KB201006

인생의
낮잠

인생의 낮잠

사진, 여행, 삶의 또 다른 시선

후지와라 신야 글 · 사진

장은선 옮김

다반
일상의 책

차례

포스트맨은 두 번 웃는다

작년 말에 짐 정리를 하고 있자니 내 이름과 주소를 새긴 고무 스탬프가 튀어나왔다. 마침 연말이었기에 올해 연하장에 그 스탬프를 찍었다. 12년 전에 인도네시아에서 새긴 이 스탬프에는 희한한 추억이 깃들어 있다.

인도네시아 족자카르타의 거리는 도장 가게들이 줄지어 서 있는 것으로 유명하다. 1.5미터 내에 베니어판으로 만든 작은 가게들이 길 위에 서서 사람들의 주문에 맞춰 고무 스탬프를 만들고 있다. 어느 나라에 가든 이러한 업종은 있기 마련이지만, 이곳의 가게들은 다른 나라에서 온 여행자들의 마음을 끄는 구석이 있었다. 4~5cm 사방의 판면에 독특하고 이국적인 꽃이나 새, 풍경, 혹은 건물이나 탈 것 같은 그림을 새겨 주는 것이다.

어떤 손님의 취향에도 맞출 수 있도록 백 가지 이상의 도안이 마련되어 있고, 손님의 주소나 이름, 전화번호가 도안 속에 어우러지도록 할 수도 있다. 조금 독특한 한정 제작 그림 스탬프인 동시에, 이국정서가 흘러넘치기 때문에 여행자들로 하여금 고향 누군가에게 편지를 쓰고 싶게 만드는 매력을 갖고 있다.

나도 이러한 유혹에 넘어간 여행자였다. 수많은 도안 중에서 마음에 드는 그림을 골라 제작 주문을 넣었다. 그 도안은 인도네시아의 종교인 이슬람의 모스크를 묘사한 그림이었다. 도장사는 나더러 이슬람교냐고 물었다. 외국 여행자들이 곧잘 스탬프를 만들어 달라고 하지만, 대개 꽃이나 새를 고르지 모스크를 선택하는 사람은 별로 없다고 한다.

그로부터 나흘 뒤, 나는 완성된 스탬프를 받았다. 그러나 호텔에 돌아가 저녁 식사 때 편지를 쓰고 봉투에 받을 사람을 적은 뒤 스탬프를 누른 순간, 거기에 모르는 사람의 이름과 주소가 찍힌 것을 발견했다.

HOYAKEH NILE

잠시 동안 의미를 이해하지 못한 채 종이 표면에 스며든 파란 철자를 응시했다. 그러나 곧 이 도장이 다른 사람의 주문품과 바뀌었다는 사실을 깨달았다. 가게에서 스탬프를 넣어 보낸 봉투 위에는 틀림없이 내 이름이 적힌 도장 그림이 찍혀 있었기 때문이다. 아마도 봉투 속에 도장을 넣을 때 실수한 모양이다. 다음 날 새로운 봉투에 주소를 적어서 편지를 발송한 뒤, 그 길로 도장 가게를 찾아갔다.

여행 중에는 때때로 이런 사건에 부딪친다. 이런 오류들은 마치 화학 방정식처럼 또 다른 실수나 엇갈림, 때로는 되돌릴 수 없는 과오 옆에 붙어 있는 경우가 종종 있다. 문제의 도장 가게 자리에 가보았더니 가게가 흔적도 없이 사라져 있었다. 주변 사람에게 물었더니 사흘 뒤에 정치 관련 높으신 분이 차를 몰고 오시기 때문에 보기 싫은 노점상들을 일제히 다 쫓아냈다고 한다. 예의 도장 가게도 마찬가지였던 모양이다.

 이러한 경위를 통해서, 호약크 닐이라는 이름이 새겨진 모스크 도안의 스탬프가 공중에 붕 뜨게 되었다. 당연한 얘기지만 내 이름이 들어간 도장도 이 남부 하늘 어딘가에서 갈 곳 없이 헤매고 있을 것이다.
 그로부터 족자카르타의 밤이 며칠인가 지났다. 그러는 사이 바뀐 도장의 문제를 잊어버렸다. 두리안과 망고스틴과 잭후르츠의 농밀한 향기가 코끝을 간질이는 이 남국의 밤 아래에서는 온갖 심각한 사건 및 실패가 발생한다. 몇 년을 함께 했던 남녀의 실연조차 대단한 일이 아닌 것처럼 보인다. 과일들의 달콤한 향기는 뇌신경에서 분출되는 호르몬의 냄새와 닮아 있어서, 모든 것을 흐트러뜨리고 만다.
 호약크의 스탬프가 생각난 것은 일주일 뒤 북쪽의 수도 자카르타를 향해 떠나려는 날 아침이었다. 짐을 싸고 있는데 호약크의 스탬프가 찍힌 그 봉투가 마루 위로 떨어졌다. 자바 티를 입에 머금고서 그것을 바라보던 나는 진작 눈치챘어야 했던 사실을 뒤늦게 깨달았다. 그 호약크 닐이라는 특이한 이름의 인물 곁에 내 이름과 주소가 들어간 도장이 있는 게 아닌가 하는 것이었다. 즉 도장 가게가 같은 도안의 스탬프를 봉투에 넣다가 틀렸을 가능성이 높다는 사실이었다. 불과 며칠 동안, 백 개도 넘는 도안 속에서, 똑같은 그림을 선택하는 사람이 그렇게 많을 리 없다.

나는 새삼스레 호약크의 주소를 읽으면서 지도를 펼쳤다.

다행스럽게도 호약크의 집은 족자카르타에서 자카르타로 가는 길에서 서쪽으로 조금 떨어진 곳에 위치해 있었다. 딱히 자카르타로 서둘러 가야할 이유도 없고 해서, 호약크네 마을에 하룻밤 묵기로 했다. 그 근처도 구경하고, 운이 좋으면 도장을 교환해야겠다는 심산이었다.

운 좋게도 그 마을에 도착하자마자 호약크의 집을 찾아낼 수 있었다. 그 마을에서 가장 부유한 농가였기 때문이다. 집을 방문한 날 오후에는 하인이 맞이하러 나왔다. 주인은 절 행사 때문에 외출 중이나, 다행히도 호약크와 그 동생은 집에 있다고 했다. 내가 호약크의 이름을 대자, 그는 나를 산뜻한 정원으로 안내했다.

그 정원에 발을 들여놓은 순간, 남쪽 식물의 풍만한 색깔에 눈을 의심했다. 사방 길이가 30m 정도 될 듯한 그 정원에는 자연스레 배치된 아로카시아와 마란타 등의 대형 관엽 식물이 무성했다. 그 주변에는 노란 첸파카와 마란타 꽃이 마치 잡초처럼 흐드러지게 피어 있었다. 정원의 중심부에는 풀메리아 거목이 상징적인 모습으로 하늘을 찌를 듯 서 있었다. 나무 옆의 연못에는 나무에서 떨어진 하얀 꽃잎이 작은 배처럼 떠다녔다. 여자를 상징하는 조각상에서 떨어지는 선명한 물줄기가 만들어 내는 옅은 파도가 꽃잎을 흔들었다. 나는 입구에 놓인 낡은 돌계단 위에서 잠시 멈춰 선 채 정원의 전경을 내려다보았다. 장미 꽃잎으로 정교하게 감싸인 아치문을 지나 정원으로 내려섰다. 나를 안내해 준 하인은 제 자리에 선 채 부끄러운 듯한 얼굴로 잠자코 정면을 바라보았다. 거기에는 키가 작은 분꽃과 작약꽃으로 색칠된 좁은 길이 몇 줄기 나 있었다. 정면으로 뻗은 가장 넓은 길은 부드러운 곡선을 그리며 풀메리아 나무를 감쌌다. 나는 산책하듯이 그 길을 천천히 걸으며 앞으로 나아갔다.

그때 어린 바나나 잎으로 가려진 왼편 공간에서 사람 그림자가 비친 것 같은 기분이 들었다. 걸음을 되돌려 엿보자, 무성한 카틀레아 꽃 속에 소녀가 한 명 서 있었다.

열다섯, 여섯이나 되었을까. 청초한 흰 옷을 입었다. 길고 검은 머리는 뒤로 묶었고, 가지런한 옆얼굴은 희미하게 웃고 있는 듯했다. 새장에 먹이를 주고 있었다.

호약크 씨는 어디 계시냐고 물으려던 그녀에게 나는 순간 입을 다물었다. 당당한 모스크 도안의 스탬프 이미지 때문에 호약크가 남성일 거라고 처음부터 생각했었다. 하지만 말을 걸려는 순간, 눈앞의 여성이 바로 호약크임에 틀림없다는 확신이 들었다.

"당신이 호약크 씨군요?"

나는 그렇게 고쳐 말했다. 그녀는 조금 겁먹은 듯한 표정으로 나를 바라보았다. 깊은 눈동자를 가진 소녀였다. 소녀는 오후의 태양처럼 요염한 입술을 움직이며 작은 목소리로 뭔가를 중얼거렸다. 나로서는 그게 무슨 말인지 알 수 없었다. 새장 속의 작은 새가 낯선 내 모습에 당황하여 푸드득거렸다. 지금 그녀의 감정을 그대로 표현하는 듯했다. 말이 통하지 않는데 이 복잡한 자초지종을 어떻게 설명할까 고민스러웠다. 순간 단순한 해결 방법이 떠올랐다. 나는 어깨에 멘 가방에 소중히 넣어두었던 스탬프 봉투를 꺼내 그녀에게 내밀었다. 그

걸 받아 든 그녀는 의아한 표정을 짓고 있었다. 나는 그 봉투를 열어 보라고 손짓으로 전했다.

봉투를 연 그녀는 잠시 동안 그 스탬프를 쳐다보았다. 순간, 불안해 보이던 표정이 마치 닫힌 꽃봉오리가 열리는 것처럼 기쁨에 넘치는 미소로 변했다. 눈물이 글썽거리는 눈동자가 나를 바라보며 흥분한 목소리로 말하기 시작했다. 아마 족자카르타에서 기념으로 만든 이 스탬프가 행방불명이 된 것에 대한 이야기이리라. 천진난만한 아이의 이야기를 듣는 것처럼, 나는 그녀가 말하는 동안 고개를 끄덕였다. 그리고 웃으며 헤어졌다.

그로부터 석 달이 지나 도쿄로 돌아왔을 때, 산더미처럼 쌓인 우편물 속에서 인도네시아로부터 날아온 내 스탬프를 발견했다.

'이것은 분명 그때 뵌 그분의 스탬프일 거라 생각합니다.'

그러한 영문 편지와 함께 비단 보자기에 싸인 내 스탬프가 나왔다. 날짜를 보니 내가 그녀의 집을 방문하고 나흘이 지난 뒤 발송된 물건이었다. 부끄러운 얘기지만, 나는 그녀에게 스탬프를 건네줄 때 내 스탬프에 대해서는 새까맣게 잊고 있었다. 이렇게 생각하고 싶지는 않지만, 나잇값도 못하게시리 귀여운 소녀의 미소 앞에서 기분이 좀 들떴던 것일지도 모르겠다.

스탬프를 보면서 새삼스레 사람과 사람의 만남이 얼마나 신기한 것인가 생각했다. 이러한 인생의 장난에 마주쳤을 때, 사람은 절대 멈추지도 숨지도 말아야 한다는 사실을 이 사건에서 배운 것 같은 기분이 든다.

천사의 눈썹

아시아는 많이 다녀봤지만 발리 섬에 간 적은 없었다.

관광의 섬이라는 말에 멀리했던 것이지만, 여러 사정에 이끌려서 드디어 발을 들여놓게 되었다.

막상 가보니 정말로 관광지로서 최적화된 곳이었다. 하지만 아직 도처에 신비주의의 파편이 남겨져 있는 모양이었다.

촬영 때문에 며칠 동안 함께 행동한 아양이라는 젊은이가 있었다. 어느 날 밤, 잠자리에 든 그가 갑자기 신음 소리를 내며 가위에 눌리기 시작했다. 힘들어하기에 깨워 줬더니, 잠에서 깬 후에도 벌벌 떨고 있었다. 나는 그의 몸을 흔들면서 "꿈이야, 꿈"이라고 말해 주었다.

이럴 때 일본인이라면 "아아, 꿈이었구나……." 하면서 현실로 돌아와 마음을 놓는 게 보통인데, 아양은 그렇지 않았다. 꿈과 생시를 구별하지 못했다. 눈을 뜬 덕에 선명해진 머리로 더 심한 공포에 짓눌리는 것이었다. 무슨 일이 있었느냐고 물었더니, 말에 탄 거인이 목을 졸랐다고 한다. 그 거인은 어디서 왔느냐고 묻자, "어제 해변을 산책할 때 상반신을 벗고 바다를 향해 오줌을 쌌어요. 그것 때문에 바다의 거인이 분노해서 절 죽이러 온 게 틀림없어요"라고 주장했다.

그 뒤 아양은 화장실에 가서 얼굴을 씻고 샤워까지 하면서 사악한 영을 쫓아냈지만, 그 날은 하루 종일 석연치 않은 표정을 짓고 있었다.

이런 적도 있다. 나는 낚시를 좋아하기 때문에 어디를 가든 현지인에게 물고기에 대해 묻곤 한다. 그러던 중 깊은 산속에 꽃잎을 먹는 물고기가 있다는 이야기를 들었다. 그야말로 전래동화에나 나올 듯한 이야기라서 믿지 않았는데, 아궁이라는 중년의 남자가 어찌나 열심히 이야기를 하는지 그만 말려들고 말았다. 도처에서 정보를 모으다가 결국 그 물고기가 있다는 늪에 도착한 것이다. 모아 온 가지각색의 꽃잎을 가방에서 꺼내 낚싯바늘 끝에 매달아 내렸더니, 그라미라는 이름의 물고기가 공심채의 하얀 꽃잎을 덥석 무는 것이 아닌가. 그것을 '꽃잎낚시'라고 이름 붙였지만, 꽃으로 물고기를 낚은 것은 이전에도 이후로도 그때 딱 한 번뿐이었다.

그러면서 돌아다니고 있을 때였다. 별 볼 일 없는 이야기인데 왠지 신경 쓰이고, 신경 쓰이다 못해 확인하지 않고는 견딜 수 없게 된 기묘한 이야기를 들었다. 요요라는 익살맞은 남자가 꺼낸 이야기였다. 이러이러 저러저러한 산속의 작은 마을로 가면 눈썹 난 개가 있어서 사람들이 그를 숭배한다는 것이었다.

개한테 눈썹이 있다는 사실 자체는 별로 놀랄 일도 아니다. 동물에게는 모두 눈썹이 있다. 개나 고양이의 눈 위를 잘 보면 수염 같은 털이 몇 가닥 고개를 빳빳이 쳐들고 있는데, 그게 인간으로 치면 눈썹에 해당한다. 털이 많은 테리어 같은 견종은 나이를 먹으면 눈썹이 눈앞으로 처지기도 한다. 하지만 인간과 달리 개는 온몸에 털이 자라기 때문에 그게 눈썹으로 보이지 않는다. 반대로 네발짐승의 입장에서 인간을 본다면 이렇게 특이하게 생긴 동물도 없을 것이다. 전신 탈모인 주제에, 왠지 모르게 다섯 군데만 무인도라도 되는 것처럼 털이 나 있다. 눈썹도 그 중 하나다. 개의 입장에서 보면 온통 탈모인 얼굴의 한가운데에 느닷없이 새까만 털이 두 개로 분리되어서 자라고 있는 셈이니 기분 나쁠 것 같다.

하지만 요요라는 이 남자의 말에 따르면, 그 눈썹 난 개는 정말로 '인간 같은 눈썹이 있는 개'라는 것이었다. 전신에 난 털 색깔은 하얀데 인간처럼 새까만 눈썹이 있고, 인간 같은 얼굴로 웃는다고 했다.

어른스럽지 못하다고 생각하면서도 그 개가 굉장히 보고 싶어졌다.

북쪽의 로비나에서 낚시를 하려던 예정을 변경한 후, 지도에 표시해 준 브린빙구라는 작은 마을로 향했다. 발리는 아이치 현 정도 되는 크기의 섬이다. 거리만 놓고 보면 차로 하루 정도 걸려 횡단할 수 있다. 그러나 중심부에 산이 있고, 거북이 형태의 깊은 골짜기가 불쑥불쑥 늘어서 있기 때문에 횡단이 불가능하다. 직선거리로는 10km밖에 안 되는 곳인데 돌아서 가야만 하니 허리가 휠 지경이다. 처음 가는 곳이고 안내인도 없어서, 아침에 누가라에서 출발했더니 오후 네 시가 되어서야 그 마을에 도착했다.

마을에 도착한 나는 인도네시아어 사전을 펴들고, 눈썹 난 개를 모시는 사당은 어디냐고 물었다. 하지만 마을 사람들은 그저 멍한 얼굴로 싱긋 웃을 뿐이었다. 열 사람 정도 붙잡고 물어봤지만, 마치 구름 너머 희미하게 뜬 달처럼 그저 하얗게 웃기만 했다. 요요가 지어낸 이야기에 속은 게 아닐까 의심되기 시작했다. 아니, 어쩌면 내 이야기가 잘 전달되지 않아서일지도 모른다. 급기야 그림을 그리기에 이르렀다. 즉, 눈썹 달린 개의 수배 전단지를 즉석에서 만든 것이다.

어떤 종류의 개인지는 몰랐지만, 발리 섬의 개는 대체로 꾀죄죄한 키슈견(일본의 사냥개―옮긴이) 같은 인상이다. 그 견종의 얼굴에 인간의 눈썹을 그려 넣고서 동네 주민의 앞에 들이밀었다.

동네 주민은 놀라지도 않고 또 환하게 웃었다. 종잡을 수가 없다고 생각하고 있는데, 이번에는 환하게 웃으면서도 뒤쪽을 가리키고 있었다. 중년 여성이 가리키는 방향에는 마을에 하나밖에 없는 정미소가 있었다. 탈곡기의 기계음이 소란스러웠다.

정미소에 있는 사람에게 물어보라는 뜻으로 해석한 내가 그곳으로 다가간 순간이었다. 콘크리트로 덮인 광장 그늘에 묘하게 처량해 보이는 개가 있었다. 움직이지도 않고 누워 있던 개는, 내가 다가오는 기척을 느끼고 고개를 쳐들었다.

그 개의 얼굴에서 강한 인상을 받은 나는 움찔했다. 처음에는 그 개의 눈썹 때문에 강한 인상을 받았다는 사실을 깨닫지 못했다. 그러나 곧 개의 눈 위에 묘한 줄이 그어져 있음을 보았다. 눈썹이었다. 이 것이 바로 요요가 말했던 '눈썹 난 개'였던 것이다.

내 모습을 본 개는 귀찮다는 듯이 일어나서 연필처럼 가느다란 꼬리를 흔들면서 다가왔다. 눈썹이 한층 더 선명하게 보였다.

발리 섬의 개들은 보통 웃지 않는다. 꼬리도 안 흔든다. 그래서 더 놀랐다. 발리 섬에는 어딜 가도 개뿐이다. 세계에서 개 밀도가 가장 높은 섬 같다. 하지만 웃거나 꼬리를 흔드는 개는 별로 없다.

　아마도 인간이 자기네들 생활에 일체 간섭하지 않기 때문일 것이다. 삼차원·사차원이라는 말이 있는데, 인간 사회가 삼차원의 세계에 존재한다면 개들은 같은 시공간 속에 있으면서도 완전히 별 세계에 살고 있다. 전혀 다른 차원 속에서 자기네들 사회를 세운 뒤 멋대로 살아간다. 인간이 전혀 개를 기르지 않는다는 말은 아니다. 기르기는 하지만 방치하기 때문에 야생견과 애완견이 마구 뒤섞여 있다. 사람의 집 마당에서 얼쩡거린다고 해서 반드시 애완견이라고 단정 지을 수도 없다. 이렇듯 개들이 멋대로 자기네 사회를 형성하고 있는 경우, 개란 모름지기 인간을 향해 꼬리를 흔드는 법이라는 사실을(인간이 멋대로 그렇게 생각하는 것이긴 하나) 잊어버리는 모양이었다.

　그런데 이 눈썹 난 개는 뭐가 좋아서, 왜 사람을 향해 애정을 표시하는 것일까?

　이 의문을 문화견류학적으로 풀기 위해 잠시 심사숙고해야 했지만, 답은 참으로 단순했다.

　이야기를 들어 보니, 이 개의 눈썹은 정미소의 주인이 그린 것이라고 한다. 정미소의 주인은 풍채가 좋은 오십 넘은 남자인데, 어느 날 어른스럽지 못하게시리 매직펜으로 개의 얼굴에 눈썹을 그렸단다. 발리 섬의 모든 사람들이 그렇듯이, 그 주인 또한 그냥 한가했던 모양이다. 몇 달 지나자 잉크가 흐릿해졌다. 인간의 얼굴도 그렇지만 일단 한번 생겼던 눈썹이 없어지니 부자연스러워 보였다. 그는 개에

게 다시 눈썹을 그려 주었다. 그리하여 반영구적인 '눈썹 난 개'가 탄생한 것이다. 요요가 말한 것처럼 마을 사람들에게 숭배를 받기는커녕, 매일매일 지나가는 사람들로부터 웃음을 사고 있었다.

그러므로 이 개는 다른 발리 개들과 달리 매일매일 자기를 향해 미소 짓는 사람들을 보면서 자라났던 것이다. 그 개의 우스꽝스러운 얼굴을 보는 사람들은 대개 웃어 버린다.

이리하여 아기가 엄마의 미소에 반응하여 웃어 보이는 것처럼, 눈썹이 달린 개와 사람의 미소 교류가 가능해진 것이라는 게 내가 내린 결론이었다.

'인격은 타자에 의해 형성된다'고 말한 사람이 있었는데, 견격(?)도 타자에 의해 형성된다는 사실을 이 눈썹견이 증명한 게 아닐까. 눈썹이 있다는 것만으로 사람과 개가 화해하고, 마음을 나누고, 이 세계의 한 구석을 평화의 아우라로 물들이고 있었다. 나는 이것을 천사의 눈썹이라 부르고 싶다.

그대가 천사의 눈썹을 지우지 말기를.
그대가 천사의 눈썹을 잃는 일 없기를.

*

그 뒤 일본에 돌아온 나는 천사의 눈썹을 세상에 알리기 위해 잡지에 눈썹견의 사진을 실었다. 그리고 예상치도 못했던 반향에 깜짝 놀랐다. 역시 일본은 사랑의 불모지인 것이다.

그 개의 사진이 맘에 드니 부디 더 많이 실어 달라는 편지와 엽서가 몇 통이나 왔다. 여자 단대의 수업 때 눈썹견의 사진을 돌리다가 결국 학교 전체에 퍼졌다는 얘기도 들었다. 그 정도라면 그냥 웃고서 끝낼 일이지만, 방송국이 달려들기 시작하면 상황이 달라진다.

'어느 아침 방송에서 눈썹견의 사진이 나와서 화제가 됐다'는 정보를 들은 것이 시초였다. 남의 사진을 무단으로 방송에 흘리는 것은 무례한 짓이지만, 제재하기도 귀찮아서 그냥 내버려 뒀다. 그랬더니 (같은 방송국인지 아닌지는 모르겠지만) 직접 내게 전화를 걸어왔다. 발리 섬의 눈썹견을 취재하고 싶으니 장소를 알려 달라는 얘기였다.

이런 일은 예전에도 몇 번인가 있었다. 터키의 이스탄불에 있는 식당에 들어갔을 때의 일이다. 흔히 클럽이나 바에 가면, 옆에서 술시중을 드는 여자가 가게의 매상을 올리려고 손님을 꼬드긴다. 그와 마찬가지로 손님의 음식을 몇 접시나 먹어 치우면서 먹은 만큼 가게에서 인센티브를 받는 무서운 대식가 여자를 만난 적이 있다. 그를 '식녀'라고 이름 붙인 나는 그 먹어 치우는 모습에 반쯤 경의를 담아 어느 잡지에 기고한 일이 있다. 그때도 방송국에서 전화를 하더니 술저를 알려 달라고 했다.

스스로 찾아보라고 대답했다.

혼자서 꾸물꾸물 벽촌 지방을 걷다가, 그 기나긴 여행의 결과 우연히 내 옆에 나타난 (혹은 발견한) 비밀스러운 사건이나 사물. 그것을 버라이어티 방송이나 퀴즈 쇼의 웃음거리 소재로 쓰려 하니 가르쳐 달라 요구하는 건 비상식적이다. 이렇듯 남의 고생을 밟고 뛰어올라

매상을 올리는 방식이 방송에서는 빈번하게 사용된다. 그게 당연하다는 감각 자체가 비상식적이라는 것이다. 직업인으로서 부끄러운 짓을 하고 있다는 자각이 있다면 죄송하다는 듯이 이야기를 꺼내야 마땅할 텐데, "넵, 후지와라 씨인가요? 사실은 말이죠……." 이런 당돌한 문법은 어디서 나오는지 모르겠다.

　후지와라가 장난으로 그 개한테 눈썹을 그린 게 아니냐고 말하는 사람도 있었다. 분명 나는 장난을 싫어하지 않는다. 옛날에 중동에서 당나귀를 탔을 때, 귀가 정말 길기에 리본 매듭으로 묶어 본 적이 있다. 자고 있는 낙타의 콧구멍에 대추야자를 넣기도 했다. 하지만 그것도 다 젊을 때의 일이지 지금은 그런 유치한 짓은 안 한다.
　그러나 그 개에게 눈썹을 그려 넣은 남자는 장난으로 그런 게 아닐 것이다. 그것은 사랑의 흔적이다. 이 점이 미묘하게 다른데, 그 차이는 꽤 크다. 만일 당신이 근처의 개에게 장난으로 눈썹을 그린다 해도 그것은 절대 천사의 눈썹이 되지는 못할 것이다. 눈썹견을 찾지 못한 방송국 스탭이 근처의 개에게 눈썹을 그려 주고 촬영한다 해도, 언젠가는 반드시 들통 나게 되어 있다.
　눈썹견 사건은 이런저런 이유로 내 가슴 속에 좋은 기억과 나쁜 기억이 뒤섞여 있었다. 그로부터 몇 달 후, 다시 발리 섬을 찾아가게 되었다. 다시 한 번 더 꽃잎낚시를 해보고 싶었기 때문이다. 그리고 또 하나 중요한 목적이 있었다. 천사의 눈썹을 가진 개가 갑자기 다시 보고 싶어졌던 것이다.

이틀 정도 들판을 건너고 산을 넘은 뒤 꽃잎낚시를 했다. 낚은 물고기는 예의상 먹어 줘야 한다고 생각하기에, 물고기 세 마리로 하루식사를 마쳤다. 그라미는 담수어치고는 신기할 정도로 기름이 많아서 마치 가을 도미 같은 맛이 났다. 그라미 한 마리를 챙긴 나는 서쪽으로 향했다. 눈썹견에게 줄 선물이다.

삼일 만에 브린빙구 마을에 도착한 나는 바로 정미소 앞의 광장으로 갔다.

그때 무언가가 느껴졌다. 도대체 뭐지? 말로 표현하기가 어려웠다.

이야기의 결말을 알리는 산들바람이 그곳에서 불어와 내 등을 쓸면서 지나가는 것이 느껴졌다. 정적이 흘렀다. 그 너머에 사람 그림자가 보였다. 기분 탓인지 그림자가 외로워 보였다.

왠지 숨쉬기가 괴로웠다. 가슴에 차오르는 공기를 뱉어 내듯이 조그맣게 목소리를 냈다. 마을 주민이 뒤돌아보았다. 나는 그 얼굴을 보고 불현듯 뭔가가 끝났음을 느꼈다.

…눈썹 난 개누요?

나는 조심스럽게 물었다.

마을 사람은 고개를 저었다.

……역시.

어느 남자가 차 때문이라고 말했다.

차에,

……치였다고?

여자 한 명이 광장 저 편의 길을 가리켰다. 차가 잘 다니지 않는 길이다. 어느 날 아침, 갓길에서 치인 듯한 천사 눈썹견의 시체가 거기 있었다. 마을 사람들이 모두 모였다. 몸은 이미 차갑게 식어 있었다. 죽었는데도 웃고 있는 것처럼 보였다. 사람들은 다함께 그를 매장했다.

나는 눈썹견을 묻었다는 자리를 찾아갔다. 그곳에 서서 눈썹견의 얼굴과 표정을 떠올려 보니 이런 운명을 이미 알고 있었던 게 아닌가 싶은 생각에 사로잡혔다. 손에 든 사진을 보니 온몸 전체에서 덧없는 분위기, 슬픈 듯한 아우라가 은은히 퍼져 나오고 있었다.

특히 눈의 표정이 안타까웠다. 이쪽을 돌아보는, 촉촉이 젖은 것처럼 보이는 눈동자. 그 누구든 자신을 봐준 자에게 티 없는 애정을 돌려주려 하는 천진무구한 마음이 너무나 무방비한 모습으로 비친다. 그 마음이 모종의 근심이 되어 얼굴과 몸 전체를 감싸고 있었다. 그러나 매직으로 그린 눈썹 한 쌍이, 정을 가득 담은 유머가, 우수에 젖은 그 모습을 익살맞게 상쇄하고 있었다. 사람 피에로가 아닌 개 피에로다. 그것을 눈앞에서 본 나는 웃었지만, 마음속 어딘가에 숨어 있는 또 다른 나 자신은 아마 슬퍼하고 있었던 것 같다. 무언가를 예감했던 것일까. 그렇듯 복잡한 상념들이 나를 이끌어 그 개의 사진을 찍게 만들었던 것이 틀림없다. 그렇게 찍은 사진에서 배어 나온 그 녀석의 한없는 우수가 사람들의 마음을 사로잡은 것이다. 지금은 그렇게 생각하고 있다.

천사의 눈썹이여, 안녕히.

　　　　　　　　　　　　　　*

　그 이후 발리 섬을 돌던 나는 개와 마주칠 때마다 눈썹견의 환상을 보는 것 같은 기분을 몇 번이나 맛보았다. 그런 상태가 며칠이나 계속되었다.

　그러던 어느 날, 발리에서 제일 오래된 마을 아가바리에 들어가게 되었다. 그곳에서 재미있는 개를 보았다.

　일 년 내내 여름인 발리에 계속 있으면 느슨해지는 탓에, 이곳의 개들은 대개 멍한 표정을 짓고 있다. 문제의 개는 오른쪽 귀를 긁으려고 왼쪽 다리를 들었다. 그 다리로 왼쪽 귀를 긁은 뒤에야 겨우 자신의 실수를 깨달은 모양이었다. 오른쪽 다리를 들어서 잠시 오른쪽 귀를 긁더니, 겨우 만족했는지 땅 위에 엎드려 몸을 둥글게 말았다. 정말 뱃속 편한 녀석이다.

　거기에 아기 돼지가 뒤뚱뒤뚱 걸어왔다. 돼지는 개와 자신이 일심동체라고 주장이나 하려는 듯이 개의 옆에 자기 몸을 말아 누웠다. 그러더니 둘은 같이 낮잠을 자기 시작했다.

　단지 그것뿐이었다. 그러나 이 남국에서 종족의 경계를 뛰어넘어 마지막 해탈에 접어든 개와 돼지의 풍경 너머로, 천사의 눈썹을 가진 개의 전설을 약간 엿본 것 같은 기분이 들었다.

　상냥한 마음을 가진 눈썹견의 영혼은 죽어서도 빛이 되어 이 세상 여기저기에서 새어 나오고 있는 것이다.

엠파이어 스테이트 빌딩 86층의 노파

불황이 젊은이들의 장기 해외여행에도 그림자를 드리우고 있는 모양이다. 들어 보니, 여행을 가기 위해 아르바이트를 그만두면 예전처럼 돌아온 뒤 금방 재취직하는 것이 어려워졌다고 한다.

반년이나 여행을 하다 보면 인생 전체가 바뀌게 될지도 모르는데, 그토록 놀라운 경험이 한낱 아르바이트 때문에 취소되는 것은 슬픈 일이다. 그러나 한편으로는 그 정도 고난 때문에 바뀔 일정이라면 아무리 긴 여행을 하더라도 얻는 것이 별로 없을 것 같기도 하다. 실제로 내 지인 중 일 년 정도 세계를 돌고 온 청년이 있었다. 그 청년의 일정에 일체 실패가 없었다는 사실을 듣고 놀란 기억이 난다. 여행의 사전 조사가 놀랄 만큼 치밀했던 것이다. 이제부터 갈 나라나 거리의 사정을 거기 사는 사람처럼 잘 알고 있었다.

이처럼 예습해서 예정대로 돌아다니는 것이 여행이라고 생각하는 젊은이들이 80년대 이후 급속하게 늘어난 것 같다. 수험 지상주의적인 교육 제도가 그런 여행 방식을 일반화하는 데 한몫했다고 생각한다. 지금의 청년들은 대학 수험이라는 목적에 맞춰서, 인생의 대부분을 '실패하지 않기 위한 예습'에 사용했다고 말해도 과언이 아니다. 그러한 삶의 방식이 여행 방식에도 반영되는 것은 당연한 일이다. 내가 본 바로는 특히 남자들이 그러한 보신 행위를 취하는 경향이 강하다. 남자들이 여자들보다 수험 관리 체제에 더 강하게 붙들려 있기 때문이 아닐까.

그러나 인간이라는 건 재미있다. 사전 조사를 통해 무슨 보험 여행이라도 하는 것 같은 젊은이들이 있는 반면, 아기처럼 아무것도 모르고 와서 무턱대고 실패하는 온실 속의 화초 같은 아이들도 있다. 즉 보험 형식의 여행이 일본 교육의 산물이라면, 온실 화초들의 여행은 엄마가 뭐든지 다 해주는 일본사회의 치맛바람과 천하태평의 속성을 띠고 있다. 그들은 실로 치졸한 사기와 도박에 단순하게 끌려간다. 때로는 목숨을 잃기도 한다.

예전에 그랜드캐넌에서 어느 일본 여대생이 떨어져 죽은 일이 있었다. 그녀 또한 일본 사회의 치맛바람 속에서 자라난 젊은이가 아니었을까. 그랜드캐넌에 관광 온 그녀는, 계곡을 배경으로 해서 사진을 찍어 달라고 친구에게 부탁했다. 구도를 잡으려고 뒷걸음치는데 갑자기 눈앞에서 모습이 사라졌다. 신문에는 그 정도 정보밖에 쓰여 있지 않았지만, 그녀가 계곡에서 떨어진 이유를 추측하는 데는 충분했다.

그랜드캐넌은 무척 위험한 곳이다. 몇 개의 포인트를 빼고는 내개의 절벽에 난간이 없기 때문이다. 낭떠러지 끝까지 조심스럽게 다가가다 보면, 평평하던 땅이 갑자기 몇백 미터 밑으로 수직 낙하하기 때문에 몸이 움츠러든다. 뒤에서 돌풍이라도 불었다간 그대로 저승을 향해 다이빙한다. 일본에서는 생각할 수도 없는 풍경이다.

내가 굳이 말할 것도 없이, 일본은 병적일 정도로 안전 관리를 하는 사회다. 마치 어린애나 청소년은 자기 관리를 할 수 없다고 생각하는 것처럼 안전망이 그물눈마냥 촘촘히 둘러싸여 있다. 공공 혹은 사설 수영장에 가면 그런 모습이 잘 드러난다. 어느 수영장이건 햇볕에 탄 감시원이 감시대에 서 있다. 아르바이트로 온 대학의 수영부원일까. 믿음직스러운 몸매와는 다르게, 맥도날드에서 일하는 여자 점원만큼이나 매뉴얼에 충실한 인형이다. 뭔가 있으면 바로 호루라기를 분다. 물에 뛰어들면 호루라기를 불고, 잠수해도 호루라기를 불고, 물안경을 안 껴도 호루라기를 불고, 지나치게 물장구를 친다고 호루라기를 불고, 떠들어도 호루라기를 분다. 결국 사람들은 마치 부스럼에 닿는 것처럼 묵묵하고 예의 바르게 수영장 물속에 들어갈 수밖에 없다. 코미디가 따로 없다.

이렇게 교도소 같은 수영장에서 오랫동안 즐기는 것이 가능했던 젊은이가, '자기 위험 관리는 스스로 하라'는 미국에 온 것이다. 그러다 난간도 없는 그랜드캐넌 같은 낭떠러지에서 발을 헛디뎠다 한들 신기할 게 없다. 죽어 버리면 손쓸 도리가 없지만, 원래대로라면 이러한 젊은이들의 첫 실패담도 그리 나쁜 것만은 아니다. 이젠 여행 중에 어이없는 실패를 겪지도 않고, 웬만한 일에는 가슴도 설레지 않게 되어 버린 나 같은 사람에게 있어서는 오히려 신선하기까지 하다.

얼마 전 스무 살이 된 조카가 처음으로 뉴욕에 가서 겪은 일도 재미있었다. 그녀 또한 아르바이트 중에 일주일 정도 짬을 내서 여행을 다녀왔다고 하니, 지금 같은 불황 중에 여행하는 젊은이들의 방식에 딱 들어맞는 케이스다. 자존심이 센 아이다 보니 의외로 자신이 귀하게 자란 탓에 아는 게 없다는 사실을 힘겹게 여기는 면모도 있다. 그래서 도대체 무슨 실수를 할지 불안한 반면 기대도 되었다. 그 결과 경사스럽게도, 그녀는 돌아온 직후에 웃기는 실패담을 하나 꺼냈다. 조카와 같은 또래의 독자들에게 이 사건의 의미를 생각해 달라는 마음에 간단하게나마 여기 개요를 적어 본다.

조카가 귀국하기 이틀 전의 일이다. 밤 아홉 시에 뉴욕의 야경을 보기 위해 친구와 둘이서 엠파이어 스테이트 빌딩에 올라갔다. 온실 속 화초들은 관광할 때 주로 높은 곳에 올라간다는 얘기가 있는데 딱 그 짝이다. 게다가 손에는 쇼핑한 물건들로 가득 찬 종이백을 들고 있었다고 하니, 일본인의 피는 속일 수 없다. 그러나 꼭대기층이 공사 중이었던 탓에 86층의 플로어에서 야경을 보게 되었다.

플로어에는 꽤 관광객이 많았다. 그 중에서 이상하게 눈에 띄는 노파가 있었다. 샛노란 티셔츠를 입은 그녀의 얼굴은 묘하게 새파랬다. 미간에는 고통의 흔적처럼 보이는 깊은 주름이 있었다. 머리카락은 더럽고, 허리는 굽은 것이 마치 병자처럼 보였다. 언뜻 보면 노숙자로 보일 정도였다.

조카는 친구와 함께 '이상한 사람이네'라면서 속닥거렸다. 그로부터 잠시 지난 후, 조카가 벤치에 앉자 그 노파노 종이백을 밀어젖히며 그녀의 옆에 앉았다. 왠지 기분 나쁜 예감이 들었지만, 관광 때문에 지쳐서 집중력이 떨어진 상태였다. 그저 멍하니 천장을 바라보고 있었던 모양이다. 그러다 엠파이어 관광을 끝내기로 한 그녀는 엘리베이터를 타기 위해 80층으로 내려갔다. 엘리베이터가 오는 것을 기다리는 사이, 그제야 겨우 종이백 속에 넣어둔 오토매틱 카메라가 없다는 것을 깨달았다.

그 순간, 가방 옆에 앉았던 노파의 얼굴이 뇌리를 스쳤다. 그녀는 서둘러서 86층으로 되돌아갔다. 다행히도 그 노파는 아직 플로어를 돌아다니고 있었다. 뒷모습을 보건대, 노파가 손에 든 비닐봉지가 묘하게 울퉁불퉁 튀어나와 있는 것이 수상했다. 그러나 그 노파에게 어떻게 말을 걸어야 좋을지 알 수 없었다. 그녀는 어쩌지도 못하고 그저 눈치채이지 않도록 노파의 뒤에 따라붙었다. 이윽고 노파는 돌아가려는 듯 아래층으로 향했으나, 80층에 도착하자 왠지 창가로 다가갔다. 그러더니 손에 든 것을 창유리에 바싹 밀어붙였다. 그 옆으로 돌아간 조카는 노파가 자신의 카메라를 들고 있음을 발견했다. 심장이 갑자기 쿵쾅쿵쾅 뛰었다. 노파는 훔친 카메라로 창에서 보이는 야경을 찍으려 했던 것이다.

"그거, 내 카메라잖아요! 내 카메라예요!"

조카는 마음을 굳게 먹고서 노파를 향해 소리를 질렀다. 카메라를 가리키는 손가락이 떨렸다. 목소리가 들뜨는 것이 스스로도 느껴졌다. 노파는 순간 당황한 듯했지만 금세 태도를 바꿨다. 그리고 뻔뻔스럽게도 "No. 이건 내 카메라야! 내 거라고!"라며 마주 소리를 질렀다.

"절 바라보는 그 할머니의 눈 초점이 전혀 맞질 않는 거예요! 정말 무서웠다니까요."

그러나 조카는 떨리는 목소리로 "내 카메라라니까요! 훔친 거잖아요!"라고 고함을 쳤다. 플로어에 있던 관광객들은 그저 두 사람이 소리치는 것을 보고 있기만 했다. 사람이 꽤 많았는데도 아무도 도와주려 하지 않았다. 조카는 뉴욕의 냉정한 모습을 처음으로 느꼈다고 한다.

플로어의 경비원이 소란을 말리러 온 것은 그로부터 5분이나 지난 후였다. 조카가 사정을 얘기하자, 경비원은 그녀에게 카메라의 명칭과 종류, 특징, 필름 형식 등을 묻고는 노파가 비닐봉지 속에 처박은 카메라와 비교해 보았다. 이윽고 훔친 것이라는 확신이 섰는지, 두 사람을 일 층의 경비원실로 데리고 갔다. 경비원실에 있던 경비원 몇 명이 묘하게 즐거운 표정으로 두 사람을 맞이했다. 경비원 한 명이 벽에 붙어 있는 소매치기 상습범의 사진 리스트와 노파의 얼굴을 비교했다. 하지만 노파는 그 리스트에 없었다. 이름을 대고 여권을 보여 주자, 그녀의 옆에 있던 흑인 경비원이 다가와서 "아키코, 아키코 좋아해"라며 서투른 일본어를 읊었다.

"그 긴급 사태 속에서 그게 뭐 하는 짓인지, 정말!"

조카는 뉴욕 시민들의 태평함에 화를 내는 한편으로 내심 좋아하고 있었다.

조사가 몇 개 더 진행된 후, 그 카메라가 훔친 물건이라는 사실이 확인되었다. 이번에는 노파의 처벌이 문제가 되었다. 경찰에 신고하겠느냐고 경비원이 조카에게 물었다. 조카딸은 "No"라고 대답했다.

그 순간, 뜬금없이 노파의 태도가 급변했다. 노파는 조카의 손을 잡고 "아임 쏘리, 아임 쏘리!"라며 눈물을 펑펑 흘리며 통곡을 했다. 눈의 초점조차 안 맞던 무표정한 노파가 갑자기 감정을 나타내자, 조카는 조금 당황했다. 이윽고 그 노파는 경비실에서 벗어나 뉴욕의 어두운 밤 속으로 사라졌고, 조카도 호텔로 돌아왔다.

그것뿐인 이야기다. 자주 있는 일이다. 하지만 이 에피소드는 그걸로 끝나지 않는다. 일본에 돌아온 조카 앞에 다시 그 노인이 나타났던 것이다. 바로 현상한 필름 속이었다. 도둑맞았던 오토매틱 카메라에 끼워 놓은 24매짜리 필름 중 3장이 노파 사진이었다. 찍은 기억이 없는 풍경 사진도 한 장 있었다. 아마도 전망대에서 유리창 밖을 찍은 사진 같다.

노파의 얼굴 사진은 도대체 누가 찍은 것일까. 삼각대도 없고, 셀프타이머 기능을 쓴 것 같지도 않았다. 아마도 플로어에 있었던 다른 관광객에게 찍어 달라고 부탁했던 모양이다. 그렇게 생각하며 사진을 보고 있자니 어이가 없어서 웃음이 치밀어 올랐다. 그러나 동시에 기분 나빴다.

노파가 남긴 사진 세 장. 조카는 그 사진들을 반강제로 갖게 된 셈이다. 그 노파의 사진 앞뒤로는 조카의 개인적인 사진들이 남아 있었다. 마치 조카의 방에 무단으로 침입한 스토커 같다.

"정말이지 기분 나빠."

이것이 그녀의 감상이었다.

나는 조카에게 감상이 그게 다냐고 물었다. 겨우 일주일 동안 여행한 것뿐이지만, 행운이지 않은가. 현지인과 접촉한 것이다. 그 사람이 어떤 인물인지 상상해 보고 싶은 기분은 들지 않는 거냐?

나는 그녀와 입장은 다르다. 그래서 그 사진들을 객관적으로 볼 수 있는 것일지도 모른다. 조카가 가져온 24장의 사진을 한 장 한 장 보면서 두 가지 생각이 들었다.

하나는 조카가 찍은 뉴욕 거리나 일행들의 사진보다, 문제의 노파가 찍힌 세 장의 사진 및 노파가 찍은 야경의 사진이 훨씬 더 현실감이 넘친다는 점이다. 그렇기 때문에 조카는 자기 카메라의 주도권을 빼앗길 것 같은 불안을 느낀 나머지 기분 나쁘다고 생각한 게 아닐까.

다른 하나 역시 그 노파의 사진이 현실감 있다는 점과 연관된다. 노파는 단순히 카메라에 찍힌다는 기쁨 때문에 사진을 찍은 게 아닌 듯한 기분이 들었던 것이다. 미소 짓는 노인의 눈은 명백히 카메라 너머의 누군가를 보고 있었다. 무언가를 거듭하여 호소하는 듯하다. 사진 두 장은 짧은 시간 동안 연속으로 찍힌 것이었다. 그러나 세 장째 사진에 보이는 미소는 치밀어 오르는 슬픔을 숨기고 있다. 게다가 야경을 찍은 마지막 사진에도 노인이 있었다. 플래시가 터지는 바람에 난간이 헐레이션(피사체에 강한 빛이 비친 탓에 달무리 같은 것이 주변에 생기는 현상—옮긴이)을 일으킨 건지, 먼 어둠 속에 떠 있는 불빛 속에 묘한 표정이 보인다.

사진에 현실감이 있다는 것은, 그 사진이 내적 필요성에 의해서 찍혔다는 증거다. 그냥 여행다니던 사람의 사진과 그 노인의 사진은 그 점에서 완전히 달랐다.

"누군가한테 보낼 작정이었나 봐, 이 사진."

조카는 처음으로 그 사진, 아니 노파를 본 것처럼 조용히 그를 들여다보았다. 그러더니 "……누구한테?"라고 중얼거렸다.

"그걸 상상해 보는 게 바로 인생의 즐거운 게임이지. 그런 재미가 없으면 여행은 하나도 즐겁지 않아. 한 번 해보렴."

바닷속 나비

아마도 초등학교 3학년 때였을 것이다. 영화 교실에서 본 「푸른 대륙SESTO CONTINENTE」이라는 영화가 지금도 눈에 달라붙어서 사라지지 않는다. 당시에는 바닷속에서 영화를 찍는 기술이 없었던 까닭에, 아마도 「푸른 대륙」이 바닷속을 본격적으로 촬영한 최초의 영화가 아닐까 싶다.

엄청난 충격을 받았다. 멍청히 화면을 바라보면서 그에 삼켜져 버렸다. 특히 파란 스크린 너머에서 정체를 알 수 없는 거대한 괴물, 쥐가오리가 유연하게 헤엄치며 다가오는 하이라이트 장면은 충격을 넘어서 신비감마저 느꼈다. 그 순간 영화의 내레이션이 괴물의 이름을 분명 말했었는데, 영화가 끝나고 보니 이름이 뭐였는지 전혀 기억나지 않았다. 넋을 잃고서 온몸으로 그 괴물을 받아들였기 때문이다.

그 후 소년의 기억에는 이름도 모르는 거대한 괴물의 영상만이 남겨졌다. 그 괴물을 본 뒤로 바닷속 세계가 그전보다 한층 더 신비하게 느껴졌다. 어리석게도 낚시를 하면서 언제나 맘속 어딘가에서 그 괴물을 찾고 있었다. 바다에 하얀 파도가 부서질 때마다 그 괴물이 있지는 않을까 생각했고, 낚싯바늘이 바닥에 걸려서 무거워지면 그 괴물이 물은 게 아닐까 싶어 긴장했다. 쥐가오리는 남태평양의 해류에만 사는 놈이니까 우스운 이야기다.

　괴물의 이름을 알게 된 것은 중학생이 된 뒤였다.

「소년」이라는 만화 잡지의 기사에서 그 괴물을 발견했던 것이다.
그제야 그 괴물 이름이 쥐가오리이며 남태평양에만 산다는 사실을
알게 되었다. 성장하면 30첩(다다미를 세는 단위로, 1첩이 90cm×
180cm이다―옮긴이)이나 된다고 기사에 쓰여 있었지만 그건 거짓
말이다. 10첩 정도일 것이다. 그 외에도 온갖 거짓말이 쓰여 있었다.
'남태평양의 어부들은 쥐가오리를 잡으면 모래사장으로 끌어올린
뒤 마을의 사람들을 모두 불러와서 연회를 연다. 연회 음식은 그 자
리에서 잘라 먹는 쥐가오리 회다. 위를 갈라보면 쥐가오리가 삼켰던
온갖 물고기들이 들어 있기 때문에 그것만으로도 잔칫상이 차려진
다.' 그야말로 거짓말 잔치다. 남태평양 사람들이 생선회 같은 걸 먹
을 리가 없다. 게다가 연회라는 발상 자체가 너무도 일본적이다. 결
정적으로 쥐가오리는 물고기를 먹지 않는다. 그 커다란 몸에 달린 입
술 비슷한 부위로 물속의 플랑크톤을 모아서 먹기 때문이다.

　이처럼 옛날 잡지들은 잠으로 내범하고 뻔뻔하게 서짓날을 마구
써놓곤 했다. 정보가 없던 시절이라 멋대로 거짓말을 지어냈던 것이
다. 그리고 그러한 기사들은 소년들의 꿈을 마구 자극했다. 나도 완
전히 속아 넘어갔다. 모래사장에 누운 거대한 쥐가오리 위에서 몇십
명이나 되는 남태평양 사람들이 술을 나누면서 회를 먹고, 춤추고 떠
드는 광경이 눈에 선했다. 우리 집은 당시 여관을 하고 있었기 때문
에 일상적으로 연회가 벌어졌다. 그 덕에 거대한 물고기의 등 위에서

펼쳐지는 연회 얘기가 현실감 있게 느껴졌다.

'쥐가오리는 새처럼 하늘을 날 수 있다'라고도 쓰여 있었는데, 반은 거짓말이고 반은 사실이다. 쥐가오리는 그 거대한 몸을 파도에 신고서 바다 위로 점프할 수가 있기 때문이다. 새처럼 날아오르지는 못한다.

*

초등학교 3학년 때부터 쥐가오리를 향한 뜨거운 마음은 숙제처럼 남아 있었다. 남쪽 세상을 여행하다가 바다에 나가면 쥐가오리가 헤엄치고 있지 않은지 무의식적으로 찾았다. 20년 전부터 오키나와에 자주 들리게 된 뒤로, 바다에 가면 언제나 쥐가오리를 떠올렸다. 쥐가오리를 보려고 오키나와의 섬들을 몇 번 돌기도 했다. 그러나 찾으려 하면 도망가 버리니 신기한 노릇이다. 괴물을 보고 싶다는 번뇌가 내 의식 속에 남아 있는 동안에는 절대로 보이지 않는다. 멀리 거리를 유지한 채로 마치 신기루처럼 도망치는 것이다. 처음으로 쥐가오리를 본 뒤로 40년이 흘렀지만 직접 마주치는 일은 없었다. 그러나.

나는 지금 이 원고를 오키나와의 타케토미 섬에 있는 어느 민가에서 쓰고 있다. 어제 '드디어' 쥐가오리를 이 두 눈으로 목격했기 때문이다.

올해 여름에는 친구 T 일행 세 명과 함께 오키나와로 갔다. 어째서인지 쥐가오리를 잊고 있었다. 도쿄에서 온 T의 친구 두 명이 바다에 대해 아무것도 몰랐기 때문에 배를 탄 뒤로는 그 사람들을 돌보느라 정신이 없었기 때문일지도 모르겠다.

어제 바다는 아침부터 사나웠다. 타케토미 섬에서 코하마 섬 사이의 해역에 배를 띄우자 바람이 옆에서 마구 불어와서 하얀 파도가 몰아쳤다. 가끔 끼어드는 큰 파도는 배를 나뭇잎처럼 흔들어 댔다. 배에 익숙지 않은 두 사람은 벌써 뱃멀미를 하느라 얼굴이 새파래져 있었다. 2시간 정도 낚싯줄을 드리웠다가, 다음 장소로 이동하기 위해 닻을 올리고 파도에 흔들리면서 천천히 움직이기 시작했을 때였다. 배의 키를 잡는 어부인 아사토가 먼 곳을 바라보면서 혼잣말을 중얼거리더니 손가락으로 뭔가를 가리켰다. 200m 정도 되는 거리에서 갈색 물체가 파도 너머로 보이다 말다 했다.

"후지와라 씨. 쥐가오리가 있는 것 같습니다."

바람 속에서 아사토의 야에야마 사투리가 확실하게 들렸다. 모두들 벌떡 일어섰다. 엔진 소리로 쥐가오리를 자극하지 않도록 천천히 나아갔다. 물고기의 그림자를 본 지점까지 갔더니, 쥐가오리는 흔적도 없이 사라진 뒤였다. 그 때 등 뒤에서 "저쪽이다!"라는 소리가 났다. 그 커다란 몸으로 닌자처럼 수면 밑을 헤엄친 쥐가오리가 어느샌가 반대편에 나와 있었다. 몇 번이나 서진 파도 속에서 쥐가오리 추격이 이어졌다. 몇 번이나 괴물의 그림자를 놓치고 놓치다가, 반쯤 포기하고 있을 때였다. 뱃전 옆의 수면이 갑자기 솟아올랐다. 괴물은 어느샌가 우리 배의 바로 아래에 있었던 것이다. 마치 장난치는 것처럼 몸을 꺾어서 배 밑을 스쳐 지나갔다.

쥐가오리의 배가 새하얗다. 그것이 바닷물의 장막을 통해서 거울처럼 빛나고 있었다. 신비한 빛이었다. 태양빛이 강하게 찌르는 수면과 하늘 사이에 월척이 날아오른 순간, 물고기는 마치 갈고 닦인 칼날이 빛을 발하는 것처럼 은색으로 반짝인다. 실로 요염한 아름다움이 거기에 있다. 그 빛이 배 아래에 가득 펼쳐져서 마치 날씨가 바뀐 것처럼 느껴졌다. 게다가 세 마리였다. 내 눈이 쥐가오리 새끼로 향했다. 카메라를 가지고 오지 않은 것에 속상해하던 기분마저 날아가 버렸다.

쥐가오리가 멀어진다.

문득, 이제 평생 볼 수 없을지도 모른다는 생각이 들었다. 그 긴급한 순간에 묘하게도 냉정한 계산이 머릿속을 스쳤다. 나는 50세다. 앞으로 바다에 열 번이나 올 수 있을지, 그 열 번 사이에 쥐가오리를 만날 가능성은 얼마나 될지…… 이제 평생 볼 수 없을지도 모른다.

그렇게 생각하면서 반쯤 넋을 놓고 옷을 벗기 시작했다. 파도가 세니까 조심하라는 음성이 들렸다. 괴물의 그림자가 점점 더 멀어진다. 마스크와 슈뇌르켈을 착용하고 바지를 찾으려 하는데 보이지 않기에 급하게 물갈퀴만 차고서 팬티 차림으로 바다에 뛰어들었다. 온 힘을 다해 헤엄쳤다. 날뛰는 파도 사이로 갈라진 물거품이 눈앞을 스치며 하얗게 변했다. 마음을 비운 채 헤엄친다. 파도가 나를 조롱하면서 출발 지점으로 돌려보낸다. 방향을 잃고 뒤를 보았다. 멀리서 배 위의 그림자가 어딘가를 손가락질하고 있었다. 또다시 자세를 바로 잡고 온 힘을 다해 물을 찼다.

그렇게 수차례 방황하면서 모종의 기척을 향해 다가갔다. 잠시 동안 무아지경으로 물을 차고 있는데, 하얀 물거품과 푸른 물 너머로 갈색 물체가 희미하게 보이기 시작했다. 저거다! 마음속으로 외쳤다. 그 환상이 지금 내가 헤엄치는 물속에 있다. 온 힘을 다해 물을 걷어찼지만, 점점 멀어지며 그림자가 흐려졌다. 슈뇌르켈을 입에 문 채로 '기다려'라고 외쳤다. 왠지 괴물의 움직임이 잦아들었음이 느껴졌다. 수면을 세차게 걷어찼다. 길고 예리한 꼬리서부터 이어지는 나긋나긋한 평면이 보였다. 마치 슬로우 모션처럼 무서울 만치 부드럽게 미끄러지면서 물속에서 날갯짓하고 있었다. 나비다. 물속의 거대한 나비다. 그러나 전체 모습이 눈 속에 들어온 순간, 내 발에서 힘이 빠져나가는 것이 느껴졌다. 아무리 박차도 앞으로 나아가지 못하고 파도에 떠밀린다. 쥐가오리가 점점 멀어져 갔다. 나는 '이쪽으로 와 줘'라고 외쳤다.

　신기한 일이었다. 정말로 불가사의한 일이 일어났다. 외친 순간 괴물 세 마리가 그 거대한 몸을 천천히 돌리기 시작한 것이다. 이윽고 이쪽을 향해 다가오기 시작했다. 그 영화 속 하이라이트 장면과 똑같았다. 너무 놀란 나는 소금물을 벌컥벌컥 들이마시고 말았다. 내 손에 카메라가 매달려 있다는 것을 깨달았다. 배에서 뛰어들 때 T의 친구가 가지고 온 '수중 몰래 카메라'라는 장난감 비슷한 것을 들고 왔던 것이다. 숨을 한 번에 들이쉬고 물속으로 왁 뛰어들었다. 수중 파인더가 없었던 탓에 손으로 방향을 잡고서 셔터를 눌렀다. 아무 느낌도 없이 눌러지는 셔터가 미덥지 못하다. 그 순간 괴물은 매끄럽게 머리를 아래로 향하며 속도를 올렸다. 내 눈앞을 연달아서 스쳐 지나간다. 가슴을 펴고서 셔터를 눌렀다. 마치 바다 밑이 움직이는 것만 같다. 등 뒤에는 찰과상의 흔적이 무수히 남아 있었다. 부드러운 듯이 보이지만 사실은 거친 놈이라는 생각이 들었다.

몸을 돌리자 쥐가오리 배에 빨판상어 몇 마리가 붙어 있는 것이 보였다. 커다란 물고기에 기생해서 편하게 살아가는 생물의 대표격으로 통하는 것이 빨판상어지만, 실물을 보니 이미지와 전혀 딴판이었다. 괴물이 천천히 헤엄치는 방향에 맞춰서 갸륵할 정도로 온 힘을 다해 지느러미를 움직이고 있었다. 우스운 한편 감동적이었다. 이 세상에 살아 있는 생물들은 모두 온 힘을 다해 살고 있는 것이다. 편하기는커녕 오히려 거대한 생물에 기생하며 살아야만 하는 숙명을 짊어진 것에 가깝다. 상대는 노는 것처럼 천천히 헤엄치건만, 빨판상어는 몸 크기의 비율 때문에 전력을 다해 움직여야만 하는 것이다. 빨판상어를 향해 '지금까지 오해해서 미안했다'고 말하면서도, 한편으로는 커다란 놈에 기생하는 비겁한 녀석이라는 이미지가 마음속 어딘가에서 사라지질 않았다.

괴물은 다시 몸을 돌렸다. 점점 속도가 빨라진다. 나는 마지막 힘을 다해 뒤를 쫓았다. 그 순간에는 이미 사진을 찍는다거나 쥐가오리를 보는 것 따위는 아무래도 상관없었다. 어디까지나 함께 헤엄치고 싶다는, 그 마음뿐이었다. 그러나 힘이 부친다. 쥐가오리는 물속 세계를 즐기는 것처럼 느릿하게, 나긋나긋한 망토를 바람처럼 파도치면서 푸른 미궁 속으로 사라져갔다. '굿바이'라고 중얼거렸다. 바다 위로 올라가서 뒤를 돌아보았다. 날뛰는 파도 사이로 멀리 좁쌀 같은 배가 보였다. 네 사람의 그림자가 희미하게 비쳤다. 약간 솟아 나온 눈물에 그림자가 번진다. 어른스럽지 못하다고 생각하다가, 지금 나는 초등학교 3학년인 거라고 생각을 바꾸었다. 그리고 충만해진 기분으로, 그 쥐가오리처럼 천천히 천천히 배로 향했다.

독수리 군단

70년대 이후의 전쟁 사진집은 베트남 전쟁 무렵과 비교해 볼 때 무척 몸을 사리고 있다. 그것이 일반 사람들의 트렌드에도 들어맞는다. 베트남 이후에도 지구의 온갖 장소에서 전쟁이 계속 발생하고 있지만, 요새는 그렇게 생생한 현장을 사진으로 보는 일이 적어졌다. 카메라맨이 소시민화되고 있는 것이다. 오히려 방송국의 카메라맨이 제대로 일을 하고 있는 경우가 많다. 소시민화된 스틸 카메라맨은 전투가 한창 벌어질 때면 대체로 자기 나라에 피신해 있다. 그러다가 전쟁이 끝나고 살해당할 위험이 없어지면 출국하는 경우가 대부분이다.

전쟁이 일어나면 당연히 난민이 발생한다. 그들은 난민 촬영을 위해 비행기를 타고 외국으로 산다. 캄보디아 전쟁 때, 지옥 같은 참극이 발생했다고 그렇게나 전 세계가 소란을 피웠건만 베트남 전쟁 때와 비교해 보면 현장 사진이 거의 나오지 않았다. 그러나 전쟁이 좀 잦아들고, 무방비하고 연약한 난민들이 쏟아져 나오면 재빨리 달려든다. 그리고 자국에 돌아가서 화려한 사진집을 만든 뒤, 일류 호텔에서 출판 기념회를 개최하는 사람이 있는 법이다. 평화로운 일상생활을 지내는 사람들이 보기엔 전쟁터에 들어간 카메라맨들이 대단히 고생하고 있을 것처럼 느껴지지만, 전투 사진에 비교하면 난민 사진은 거의 관광 사진 찍는 것만큼이나 편한 일이다.

한때 베트남 전쟁 전선에 몇 번이고 나갔던, 어쩌면 카파(미국의 유명한 전쟁 사진기자—옮긴이)보다도 아슬아슬한 활동을 전개했던 오쿠무라 아키히로는 난민보다는 전쟁 그 자체를 찍어야 한다고 주장했다. 난민은 결과다. 그전에 전쟁 혹은 정쟁이라는 원인이 존재한다. 그 연속성을 포착하고, 목숨의 위험마저 감수하며, 사진 속 사람들의 심경을 포용해야 난민을 찍는 데 의미가 생겨난다. 오쿠무라의 말 속에는 약자 앞에만 설 것이 아니라 강자 앞에도 서야한다는 의미가 담겨져 있다.

보통 전쟁이라고 하면 피가 튀기고 조마조마한 광경이 여기저기에 널려 있을 거라고 상상한다. 그러나 전선에서 맞붙는 한순간을 제외한 대부분의 시간은 의외로 따분하고 찍을 것도 없다. 그에 비해 난민 현장에는 사진 찍을 거리가 많다. 어디를 봐도 전쟁에 상처 입은 사람들의 참혹한 광경이 널려 있다. 아침에 텔레비전을 보면서 마멀레이드 햄을 씹고 있을, 평화롭고 따분해하는 전 세계 사람들의 눈물샘을 자극할 만큼 '가엾은 아이들'의 풍경이 발에 채일 정도로 많다. 유능한 카메라맨이라면 현장에 도착한 지 세 시간도 안 지나서 잡지 열 페이지 정도는 너끈히 채울 수 있을 것이다. 다칠 위험도 전혀 없다. 아니, 오히려 난민 현장만큼 약자(난민)와 강자(카메라맨)의 대비가 극명히 떠오르는 장소도 없다는 점을 강조하고 싶다. 난민 현장의 카메라맨은 때때로 죽은 사람의 살을 뜯는 독수리처럼 보인다. 한때 나 역시 그 독수리 짓을 해본 적이 있기에 그 행태가 손에 잡힐 듯 선하다.

*

　1972년 파키스탄 전쟁에서 발생한 난민은 육 백만 명이었다. 이것이 세계적인 문제로 발전하자, 세계 각지에서 카메라를 든 독수리 군단이 독수리처럼 하늘을 날아서 파키스탄으로 달려갔다. 나도 그 중 한 사람이었다. 다만 나는 하늘을 날아가지는 않았다. 당시 인도를 유랑하고 있었는데, 돈이 모자라서 생활고에 시달리고 있었다. 마침 캘커타 가까운 곳에 있었던 나는 이 일로 여행 자금이라도 벌 수 있지 않을까 하는 생각에 버스와 자전거 인력거를 계속 갈아타면서 인도-파키스탄 국경으로 달려갔다.

　인도-파키스탄 전쟁은 아직 끝나지 않은 상태였고, 정보를 얻을 수 없었던 나는 그곳이 어느 정도로 위험한지도 모르고 있었다. 내가 국경으로 향한 것은 전쟁의 참혹함을 세상에 알리기 위해서가 아니었다. 휴머니즘에 자극받았기 때문도 아니다. 약자들을 도와주려 했던 것도 아니다. 그저 용논이 필요했던 것뿐이다. 녹수리 확신범으로 보는 게 맞을 것이다. 정확히 말하자면, 당시 내게는 자신이 카메라맨이라는 자각이 없었다. 사진과 돈을 맞바꾸려는, 마침 카메라를 갖고 있었던 여행자에 지나지 않았다. 그래서 마치 여행하듯이 버스와 자전거 인력거를 갈아타면서 국경으로 달려갔던 것이다. 주요 난민 캠프로 가는 현지 길은 하나밖에 없었다. 통신사 차량에 탄 세계 각국 카메라맨과 기자들이 무서운 스피드로 그 길 위를 달려갔다. 선두를 차지하려 혈안이 되는 경쟁 원리가 여기서도 움직이고 있었다.

난민 캠프가 가까워지자, 캠프에서 빠져나와 캘커타로 가려는 난민들의 무리가 머나먼 길 끄트머리에서 움직이는 것이 보이기 시작했다. 국경까지 오느라 많은 시간을 소모했던 탓에, '저게 바로 세상을 떠들썩하게 만든 파키스탄 난민들인가' 싶어서 묘하게 가슴이 뛰었다. 캠프에 도착하니 예상한 대로 화폭에 그린 듯 참혹한 광경이 사방에 펼쳐져 있었다. 세계 각국의 독수리들도 거기에 몰려 있었다.

오해받을 것을 무릅쓰고 말하자면, 지금 세계에서 보도되는 난민들의 굶주림과 질병 같은 참혹한 광경 주변에는 매우 일상적인 취재 풍경이 펼쳐지고 있다. 방송국 기자들이 불륜을 저지른 스타 옆에 모여드는 것과 똑같다. 난민이라는 스캔들을 먹이로 삼는 것이다.

난민 캠프는 한정된 몇 군데에만 설치되어 있기 때문에, 대부분의 취재진은 가장 큰 난민 캠프에 몰리는 경향을 보인다.

세계에서 독수리처럼 날아온 카메라맨들은 그야말로 독수리처럼 떼 지어 다니며 사냥감에 달려든다. 콜레라에 걸려 빼빼 마른 엉덩이에서 피가 섞인 설사를 흘리며 땅에 쓰러져 있는 세 살 어린애를 세 명의 카메라맨들이 찍고 있는 풍경을 본 적이 있다. 카메라맨들은 아이에게서 10cm 밖에 떨어지지 않은 거리에서 앵글을 어떻게 잡을지 궁리하며 셔터를 연신 눌러 대고 있었다. 기분 좋은 광경이라고는 할 수 없다.

그러나 솔직히, 당시 현장에 있었던 내게는 셔터를 누르기보다 그 아이를 구해야 한다는 감각이 없었다. 현장에 서본 사람으로서 말하자면, 사진 따위 찍지 말고 아이를 구하라는 주장은 감자튀김과 계란 프라이를 먹으면서 기아 구제 방송을 보는 평화롭고 따분한 일반인들이나 할 소리다. 난민 현장에 들어갔을 때만큼 사람이 무력감을 느끼는 순간은 없다. 메마르고 광대한 사막에 서 있는 것처럼 나아갈 길이 보이지 않는다. 사막 한가운데에 물방울 하나를 떨어뜨리는 것만큼 무의미하고 무력하다. 동정심마저 사라진다. 아이를 둘러싸고 있었던 그 카메라맨들 역시 그런 무력감과 동정심을 마음속 어딘가에서 느끼면서 사진을 찍었을 것이다.

프리 사진작가라면 개런티 계산도 하고 있을 터이다. 고용 카메라맨은 다른 회사에 선수를 빼앗길 수 없다는 생각으로 머릿속이 꽉 차 있을 것이다. 경험 많은 카메라맨은 잡지의 페이지 수까지 계산하면서 파인더를 들여다보고 있으리라. 어쩌면 상을 탈지도 모른다며 흑심을 품는 자도 있을 것이다. 나는 완전히 탈진한 채 짐 더미에 기댄 젊은 여성에게 엉큼한 마음을 느끼기도 했다.

그러는 한편 그들은 분명히 한 명의 인간이며, 당연히 병들고 굶주린 아이들에게 연민과 슬픔도 느끼고 있다. 또한 질리지도 않고 이러한 잠독을 빚어낸 인간의 업적에 대항하기 위해 할 수 있는 것이 아무것도 없다며 안달하거나 무력감을 느끼기도 한다. 개중 어떤 사람은 그러한 슬픔이 극대화된 나머지, 앙코르와트에서 죽은 이치노세 타이조우(일본의 사진작가—옮긴이)처럼 눈물을 펑펑 흘리면서(그도 나와 같은 난민 캠프에서 취재했다고 한다) 카메라의 셔터를 누르고 있었을지도 모른다. 그러나 아이 앞에서 눈물을 흘렸다고 해서 그곳에 있었다는 사실로부터 도망칠 수는 없다. 굶주린 병자에게 카메라를 들이민 그 냉정함과 죄의식이 잊히지도 않는다. 카메라를 내던지고 아이를 끌어안는 행위가 강에 빠진 여성을 구해 낸 영웅처럼 텔레비전에 보도될 수는 있다. 그러나 현장에서 보면 단순히 온갖 모순된 고뇌를 견디지 못한 사람이 자기 자신을 변호하기 위해 보이는 행위로밖에 보일지도 모른다.

일반적인 상식으로는 파악할 수 없는 것이다.

그 카메라맨들은 성자가 아니라 그저 보통의 인간일 뿐이라며 따뜻한 시선으로 바라보려 해도, 죽어 가는 아이에게 카메라를 들여대는 그 광경은 여전히 역겹고 구역질마저 난다. 이렇듯 기묘한 현실이 제멋대로 날뛰고 있다. 현장에서는 뭐라 정의할 수 없는 모순이 만연한다. 마치 한 사람의 인생처럼.

굶주린 아이 앞에서 사진을 찍는 것과 구해 주는 것. 어느 쪽이 옳은지 단순히 탁자 위에서 이분법적으로 나누려 하는 사고방식은 평화로운 장소에서 살아가는 사람들의 생각이다. 나는 오히려 그러한 생각들이 불합리한 현실에 대한 냉담함처럼 느껴진다.

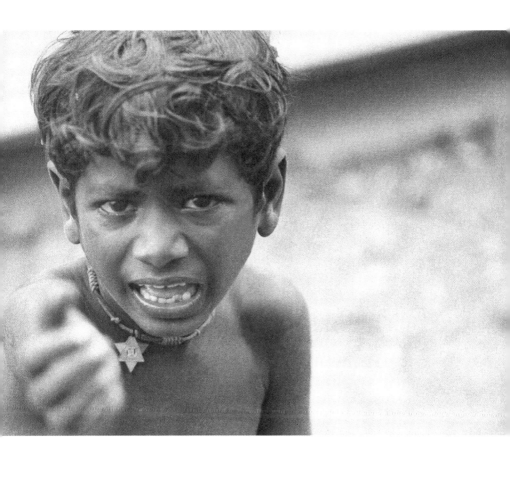

연애 소설의 조건

『침사방랑』이라는 책을 내고 오랜만에 인터뷰를 하게 되었다. 인터뷰가 끝날 무렵, 이제부터 어떤 방향의 작업을 하고 싶으냐는 질문을 받았다. 인터뷰를 마치는 전형적인 질문임을 알고는 있지만, 나는 이런 종류의 질문을 재치 있게 받아치지 못한다. 미래의 계획을 세워서 실행하는 것이 생리에 맞지 않기 때문이다. 이런 성격은 태어날 때부터 있었던 것이지만, 오랫동안 사진을 찍으면서 더욱 강해진 것 같다. 사진을 찍는 행위는 예정이라는 것과 가장 멀리 떨어진 작업이기 때문이다. 사진 촬영은 대개 전혀 생각지 못했던 순간의 만남에 의해 성립된다. 자아를 없애고, 우연을 잡아내는 안테나가 예민하면 예민할수록 세계가 점점 더 눈앞에 본래의 모습을 나타낸다. 이런 일을 오랫동안 하고 있으면 그 여파가 일상의 태도에도 미치는 게 당연하다.

그런 연유로, 나는 예정에 관련된 질문을 받으면 대충 대답을 지어내서 그 자리를 피하곤 한다. 이번에는 이렇게 대답했다.

"지금까지 딱딱한 글만 쓰느라 여성에 대한 글은 거의 쓰지 않았습니다. 하지만 이 나이가 되고 보니 더 늦으면 (여성에 대해) 다룰 수 없다는 시효가 생겨나는 것 같습니다. 그래서 슬슬 그런 글에도 손을 대볼까 합니다."

가벼운 기분으로 말했는데, 이것이 생각지도 못한 파문을 일으켰다. 사람들과 만날 때마다 "후지와라 씨, 이번엔 연애 소설 쓴다면서요?"라는 말을 듣게 된 것이다. 어느샌가 이 말에 다리가 달려서 저 혼자 걷기 시작한 모양이었다. 가벼운 책에 실릴 인터뷰니까 기사의 마지막을 마무리하기 위해서 말한 것이었는데, 사람에 따라서는 그런 분위기를 느끼게 만드는 문장으로, 게다가 꽤 직설적인 느낌으로 정리된 모양이었다. 그 결과, '이번에는 연애 소설 쓴다면서요?'라는 소문이 퍼진 것이다.

*

이런 오해 속에서, 남녀에 대해 쓰는 것이 지금까지 쓴 글들과 어떤 면에서 그리도 다른가 하는 의문이 떠올랐다. 여성은 내 여행기 속에도 때때로 등장한다. 거기에 중점을 두고 관계를 깊게 묘사하지 않았을 뿐이다. 여행기 외에는 사색적인 책밖에 내지 않았지만, 그런 글쟁이가 연애 소설을 써서는 안 된다는 불문율이 있는 것도 아니다. 아니, 남자와 여자밖에 없는 것이 세상이니만큼 사람이 있으면 그 수에 비례하여 남자와 여자의 이야기가 생겨난다. 그런 의미에서 볼 때 세상 모든 사람에게 연애 소설을 쓸 계기와 권리가 있다. 부처, 공자, 마르크스, 레닌의 인생에는 여자와의 아옹다옹하는 일들이 없었던가. 그들도 인간이니 당연히 있었을 것이다. 세상을 파악한 그들의 통찰력을 생각하면 보통 사람들보다 훨씬 엄청난 연애 경험이 있었을지도 모른다. 세상의 두 성 중 하나인 여성을 모르고서 앞뒤가 맞는 이론을 세울 수 있을 리가 없다는 생각도 든다.

그렇다면 그들은 왜 여성에 대한 글을 남기지 않은 것인가.

한가했던지라, 내 나름대로 그 이유를 생각해 보았다. 어쩌면 아래와 같은 네 가지 이유 때문이 아닐까 싶다.

첫째. 단순히 그들이 고지식하고 융통성이 없었기 때문이다.

둘째, 인간이 생애를 바칠 가치가 있는 것은 철학이나 종교라고 생각했기 때문이다. 여자랑 토닥대는 이야기는 수준이 낮다고 판단했던 것일지도 모른다. 특히 여자와 남자의 관계에서는 성을 빼놓을 수 없으니, 금욕적 색채가 짙은 기독교 교리가 지배하는 지역에서는 더욱 기피 대상이었을 것이다.

세 번째로, 남녀 관계는 실천의 대상이지 글로 쓸 만한 게 아니라고 생각했는지도 모른다.

그리고 네 번째 추측인데, 극히 단순하다.

여자들에게 인기가 많아서였던 것이다.

이 네 가지 조건을 나에게 대입해서 생각해 보자. 우선 첫 번째 조건의 경우, 나는 내 자신이 고지식하다고 생각하지 않기 때문에 맞지 않는다.

두 번째 조건의 경우, 솔직히 잠재의식 속에 있을지도 모르겠다. 여관집 아이로 태어난 나는 기생과 남자의 토닥거림이나 섬뜩한 여성의 면모를 어릴 때부터 보면서 자라났다. 그 영향이 남아 있을 수도 있다. 그런 오래된 체험은 인간의 관심이나 방향을 절대적으로 좌우하기 때문이다. 중학교 시절에 친구들 중 사창가의 아들이 있었는데, 이 녀석에게서 온갖 음담패설을 다 들었다. 흥미 깊게 들으면서도 내심 그를 경멸했던 기억이 난다. 특히 그가 엄청나게 공부를 못하는 열등생인 데다 불량학생이었기 때문에, 음담패설은 곧 비열한 것이라는 공식이 내 안에서 세워졌을 가능성도 있다. 만일 그가 반에서 일 등을 놓치지 않는 우등생이었다면 음담패설은 고상한 것이라는 공식이 생겨났을지도 모른다. 경험의 차이란 무서운 것이다.

세 번째 조건에는 꽤 마음이 끌리는 구석이 있다.

나도 남자인 탓에, 긴 여행 속에서 몇 번인가 여성과 만났다. 그러나 사진가로서 그녀들을 찍을 맘은 들지 않았다('찍다'를 '쓰다'로 바꿔도 의미는 같다). 의식해서 일부러 그렇게 행동한 게 아니라, 왠지 찍고 싶지 않았던(쓰고 싶지 않았던) 것이다. 나는 프로이기 때문에, 촬영은 곧 공적인 행동이라는 의식을 전제하고 여자를 바라보았던 것일지도 모른다. 남녀 관계는 공적인 것이 아니라 사적인 문제다. 여성을 대할 때면 그런 의식의 딜레마가 내 안에 발생했다. 사진은 어떤 상황에서선 대상과 나 사이의 거리가 벌어져 있어야만, 상대를 '보아야만' 성립되는 것이다. 냉정하기 짝이 없는 도구다. 카메라가 남자와 여자를 만나게 하는 계기로 작용할 때도 있다. 그러나 일단 시작하면 연애의 장애물로 변한다. 샤미센과 비슷한 것일지도 모르겠다.

언젠가 아버지가 이런 말을 한 적이 있다.

"기생의 샤미센이 멈추지 않는다면 좋은 손님이 아닌 거다."

남자와 여자 사이에서 샤미센 소리가 울려 퍼지고 있는 동안은 진짜 관계가 아니라는 뜻이다.

샤미센을 카메라로 바꿔도 똑같다.

마지막으로 네 번째 조건인데, 이것은 결코 농담이 아니다.

어느 고명한 심리학자가 인간의 표현 활동은 콤플렉스를 극복하는 과정의 산물이라고 말한 적이 있다. 내 경험을 고려해 보면 상당히 가능성 있는 의견이다.

우수한 마라톤 선수가 어릴 때는 병약했다는 일화는 꽤 많다. 콤플렉스를 극복하려고 다른 사람들보다 훨씬 집착하고 노력한 끝에 그런 결과가 나온 것이다. 마찬가지로, 어릴 적에 가난하게 살았던 사람이 돈에 집착한 끝에 자수성가한다는 이야기도 흔히 찾을 수 있다. 마초맨인데 사실 마마보이라면 육체를 키워서 나약한 내면을 극복한 경우다.

예술 쪽을 봐도 그렇다. 로잔진 같은 음식의 달인은 어릴 때 편식이 심했다고 한다. 천태종 승려인 세토우치 자쿠쵸에게서 들은 이야기인데, 그녀는 젊었을 때 소설가 미시마 유키오를 만났다가 완전히 실망한 적이 있다고 했다. 소설에 나오는 멋진 청년은 어디 가고, 마르고 해골바가지 같은 얼굴을 한 작가가 현관문에서 떡하니 나타났기 때문이다. 그 이후 미시마는 자신의 육체 콤플렉스를 보디빌딩으로 극복했다. 소설가 요시유키 준노스케는 이렇게 말했다. "하드보일드를 쓰는 작가는 거의 다 여성적이에요. 이쿠시마 지로(일본의 미스테리 소설가—옮긴이)가 욕실에서 다리를 모으고 앉아 몸을 씻

고 있을 게 눈에 선하다고요."

　이런 예들을 보면 예의 심리학자가 주장한 내용과 딱 들어맞는다. 세상이란, 혹은 인생이란 끝없는 역설의 산물이 아닌가 싶다. 그런 관점에서 한 번 더 생각해 보면 세상이 두 배 더 즐거워질지도 모르겠다.

시간의 장자

　에도 말기에서 메이지 초기까지의 일이다. 카메라를 들고 온 서양인들은 일본의 온갖 풍물을 기록했다. 당시에는 약품 처리를 한 대형 유리 감광판을 필름으로 썼다. 그렇게 귀중한 필름이었기에 찍는 사물도 몇 가지로 한정되어 있었다. 노출 시간도 길어야 하기 때문에 가벼운 스냅 사진을 찍는 것이 기술적으로 어려웠다. 그 까닭에 당시 사진들은 명소나 유적, 당시 사람들의 풍속을 기념으로 촬영한 것이 대부분이다.

　그러나 때때로 에도 시대의 마을이나 거리를 찍은 사진이 나온다. 이러한 사진들을 보다 보면 깜짝 놀라게 된다. 어딘가에서 직접 이 두 눈으로 본 듯한 풍경들이기 때문이다. 개중에는 전생의 기억임에 틀림없다고 말하는 사람도 있겠지만, 그게 아니다. 아시아의 여러 마을들을 여행하는 동안, 에도 시대와 비슷한 풍경을 몇 번이나 마주쳤던 것이다.

　마치 카시미르나 미얀마에 있는 목조 건물들 같다. 늘어선 처마 아래에 사람들이 아무것도 안 하고 멍하니 서 있거나 앉아 있다. 실업자가 많아서가 아니다. 제3세계를 여행했던 개인적인 경험에 비춰 보건대, 그들은 그냥 한가한 것뿐이다.

에도 시대 무렵 일본인들은 대개 농업에 종사하고 있었다. 농업은 농번기 때만 제외하면 꽤 한가한 직업군이었다고 들었다. 유목 민족은 수확의 증가를 추구하며 이동한다. 그러한 행동 원리가 자본주의적인 확장 논리로 연결된 반면, 농업에는 그러한 것이 내재되어 있지 않다.

'네 분수를 알라'는 말처럼 정해진 땅을 가꾸어 일정한 수확을 얻고, 작년이건 재작년이건 변하지 않는 생활을 반복하는 것이 농업이다. 부자가 되는 것은 무리다. 그 대신 시간은 많다. 그런 사람들의 태도는 에도 말기의 스냅 사진에도 뚜렷하게 나타나 있다. 아시아 농업 국가의 풍경도 똑같다.

사진으로 파악하건대, 옛날의 일본인은 동남아시아의 사람들처럼 피부가 검다. 종일 밖에 나가서 햇볕 아래 밭을 일구었을 테니 당연하다. 즉 일본은 그 옛날에 동남아시아였던 것이다.

요 십 년 동안 동남아시아의 나라들도 일본처럼 공업화를 지향하기 시작했다. 그 영향으로, 일본인이 한때 그랬던 것처럼 집 안에 이런저런 상품이 늘어나고 있다. 하지만 그와 맞바꾸어 '시간 빈민'이 되어가는 중이다. 아시아와 에도 시대 마을 스냅 사진에 찍혀 있는 사회적 빈민들, 그러나 우아한 '시간의 장자'들의 천국이었던 나라들이 점차 변해가고 있는 것이다.

인도네시아의 발리 섬은 근래 보기 드물게도 농업사회의 미덕을 아직까지 보존하고 있는 곳이다. 무엇보다 밭이 아름답다. 미전美田이라 부를 만하다. '미전'이라는 말이 허용된다면, 당연히 아름답지 않은 밭이라는 게 존재하는 법. 옛 사람들은 아름답지 않은 밭, 못생긴 밭을 가리켜 '심전황폐心田荒廢'라고 불렀다. 마음과 밭은 함께 황폐해진다는 뜻이다. 정원은 주인의 마음을 반영한다는 말이 있는데, 밭은 정원보다 더하면 더했지 덜하진 않다. 미국의 밭은 너무 광대해서 인공적인 초원으로 보일 지경이다. 심지어 비행기로 씨앗을 흩뿌리거나 농약을 치는데, 사람의 마음은커녕 존재조차 느껴지지 않는다. 개인적인 의견으로는 냉해 때문에 이 백만 톤의 쌀이 모자라게 된다 해도 그런 '공업미'를 입에 대고 싶진 않다. 일본의 쌀로 보자면 사사니시키나 코시히카리 같은 브랜드 쌀보다 미전에서 키운 쌀이 맛있는 법이다. 이러한 미전의 쌀에는 사람의 마음이 깃들어 있으니, 마음의 영양에도 도움이 될 것이다. 내 맘대로 말을 만들자면 '심식황폐'다. 황폐한 식사와 마음의 황폐는 동시에 진행되는 것이다.

발리 섬의 계단식 논은 때때로 예술의 경지에 가깝다. 사람이 지상에 만든 것 중, 밭은 무엇보다 아름다운 조경이다. 골짜기서부터 산에 이르기까지, 몇 첩이나 겹쳐지면서 부드럽게 경사면을 돌아 올라가는 발리 섬의 계단식 논을 보라. 그들은 쌀이라는 식재를 생산하는 동시에, 아름다움마저 초월하여 신에게 기도하는 행위 자체를 형태화하고 있는 게 아닐까 의심하게 된다.

즉 그것은 밭인 동시에 제단인 것이다. 그것이 발리 섬 농부의 생각이다. 쌀은 인간이 만드는 것이 아니다. 인간은 밭을 갈고 씨를 뿌릴 뿐이다. 그 뒤는 하나님의 손에 달려 있다. 하나님은 알맞은 빛과 물을 내려 준다. 그리하여 씨가 열매를 맺는다. 사람은 그를 거둔다. 그러니 수확의 일부분은 하나님께 돌려드려야만 한다.

발리 섬을 방문한 적 없는 사람이라도 알 만큼 유명한 풍습이 하나 있다. 차려입은 여성들이 놀랍도록 많은 과일 및 꽃과 고기를 머리 위에 올려놓은 채 운반하는 광경이다. 행운을 하나님께 되돌려 드리는 것이다. 인간이 자발적으로 바치는 세금이다. 발리 섬 여자들의 목의 힘이 유독 강한 것인지, 때로는 50kg에 달하는 짐을 머리 위에 놓고 운반한다지만 이 축제 때에 머리 위로 올리는 공물의 탑도 상당하다. 개중에는 자신의 키만큼 머리에 올리는 여자도 있다. 바나나 자루를 중앙에 꽂아 넣고 사과나 귤, 바나나, 오리 훈제고기 등을 대나무에 꽂은 뒤 꽃으로 장식해 탑을 만드는 것이다. 이토록 손이 가는 작업을 쉴 새 없이 하고 있다. 마을에서 축제가 있은 후, 일주일 뒤에 가보니 또 같은 여성이 과일 탑을 머리에 이고 사원으로 가더라는 얘기도 흔하다.

이게 무슨 뜻이냐 하면, 그들에게는 시간이 엄청나게 남아돈다는 얘기다. 즉 '시간의 장자'인 것이다. 발리 사람들은 시간의 장자면서도 절대 빈곤한 사람들이 아니다. 일본으로서는 도저히 상상할 수 없을 만큼 풍족한 자연의 선물이 사람들에게 주어지고 있기 때문이다. 쌀농사 삼모작이 가능하다는 사실은 이곳이 얼마나 빛과 물에 축복받은 땅인지를 증명한다.

자본주의는 부와 수확을 축적하며, 더 많은 부의 확장을 위해 투자하라는 원칙을 갖고 있다. 그리고 부 덕분에 얻은 여가 시간도 보다 많은 부를 축적하기 위해 효율적으로 사용한다. 이러한 확장 원칙은 근대 유럽에서 발생했고, 이윽고 자본주의로서 개화한 뒤 세계를 석권했다. 그리고 지구는 수탈되다 못해 점점 망해가는 운명에 놓이게 되었다.

그러나 본디 토착 문화에서 부란 축적하고 투자하는 것이 아니라 소비하고 연소하는 것이었다. 부를 분배하여 세계의 질서를 지킨다는, 전혀 다른 부류의 지혜가 존재했었다.

발리의 축제에서는 아직도 사람과 자연, 사람과 사람의 공생에 대한 흔적을 찾아볼 수 있다. 자연의 은혜로 인해 얻은 부와 시간은 축적하고 투자하는 것이 아니라 (이미 일부 변질되었지만) 신의 이름 아래 모두 다 탕진되는 것이었다.

여성들의 머리 위에 세우는 과일 탑은 사용 후에 어떻게 처분하는지 궁금했다. 지켜보니, 신전 제단에 놓아두고 기도를 올린 뒤에 다시 갖고 돌아가는 것이었다. 그러나 옛날에는 가난한 사람이 신전에 놓아둔 과일들을 갖고 가도 괜찮았다고 한다.

신전에 바쳐진 공물들을 가지고 돌아가는 나이 든 여인에게 사과를 하나 주지 않겠냐고 손짓으로 물은 적이 있다. 별 거 아니지만 문화인류학적 체험을 해보고 싶었던 것이다. 부자 여인은 발리 섬 특유의 미소를 활짝 띠우면서, 내게 사과 세 개와 바나나 반 덩이를 건넸다. 묘하게 요염해 보이는 그녀의 뒷모습은 이윽고 숲 속으로 사라졌다. 그녀의 행동은 공생의 지혜에 대한 기억에서 오는 것일까, 아니면 그저 그녀의 개인적 성품인가. 정확히 판별하는 것은 불가능하다. 하지만 그때만은, 그것이 공생의 지혜 때문이 아니라 나를 향한 그녀의 개인적인 선물이기를 바랐다.

저 세상 통신

○월 ○일

여자애가 교내 화장실에 들어와서 오줌을 싸자, 깡마르고 새파란 손이 떨리면서 변기의 물구멍에서 스윽 나왔다. 파란 손의 주인은 가느다랗고 떨리는 목소리로 말했다.

"닦아줄까~?"

여자애는 그 자리에 얼어붙어서 숨을 멈춘 채, "……네"라고 대답하고 만다. 그러자 기세 좋게 늘어난 파란 손은 여자애의 엉덩이에 날카로운 손톱을 긁어 대더니 도망치듯이 배출구 속으로 사라졌다.

……라는 흔한 괴담 이야기를, 초등학교 3학년인 친척 여자애가 카펫에서 뒹굴거리면서 즐겁게 떠들었다. 화장실의 손 얘기보다 여자애 쪽이 더 으스스했다.

최근 초등학교에서 유행하는 교내 미스터리를 듣고 있으면 80년대 중반에 대학생들 사이에서 유행했던 도시 괴담들이 생각난다. 그 시절 괴담들을 자세히 기억하고 있지는 않지만, 거리에 설치된 자동판매기 뒷면에 숨을 공간이 있다거나 아파트의 쓰레기장에 귀신이 있다는 식의 미스터리가 유행해서 한때 매스컴에서도 화제가 되었다.

괴담이란 현대인들의 건전함과 불건전함이 등을 맞대고 함께 존재하는 기묘한 풍속 현상 같다. 80년대 중반서부터 90년대에까지 이어진 버블 경기는 빌딩의 수요를 낳았고, 놀고 있는 땅마다 신축 빌딩을 세웠다. 공터는 줄어들었고, 빽빽한 건물 사이를 걷기만 해도 숨이 막힐 지경이 되었다. 결국 극도로 관리된 도심공간에서 인간의 손을 벗어난 땅이라고는 자동판매기, 쓰레기가 굴러다니는 어둠 속, 아파트 뒤 쓰레기장의 배수구 정도밖에 남지 않았다. 뒤집어 말하면, 도시의 인간은 극단적으로 말초적인 공간에서밖에 자신의 정념을 풀어놓을 수 없는 상황으로 몰려 버리고 만 것이다.

　그런 상념에 사로잡히는 것 자체는 지극히 인간적이기에 건전하다. 그러나 말초적인 공간에 끌리면서도 그를 혐오하기 때문에 불건전하다. 당시 이런 얘기를 들은 적이 있다. 청결 그 자체인 집 안이지만 맘에 안 드는 점이 있다는 남편의 얘기였다. 아내가 욕탕의 배수구에 꽃무늬가 그려진 뚜껑을 씌워 놨는데 그게 거슬린다는 것이었다. 이 이야기는 병적일 정도로 불결함을 혐오하고 청결을 추구하는 도시와 통하는 데가 있다.

　즉 현대의 귀신은 어둠에 대항하는 인간의 혐오와 미혹 양쪽의 김정으로 이루어졌다는 얘기다. 그로부터 칠팔 년 만에 초등학생까지도 그런 종류의 귀신에 끌리게 되었다는 것은, 시간과 공간을 철저히 관리당해서 생겨나는 스트레스가 저연령층에게까지 쌓이고 있다는 뜻이다.

　일반적으로 괴담이란 어른이 아이에게 들려주는 것이다. 아이가 어른에게 들려주는 괴담이라니 어른에게 있어서 특이한 커뮤니케이션이었다는 의미에서 조금 입맛이 썼다.

　○ 월 ○ 일

오키나와의 미야코 섬에 가라라는 물고기를 잡으러 갔다. 출발 전에 마침 오사카 아사히신문과 인터뷰를 가졌는데, 그 낚시의 이야기를 했기에 여기 인용한다.

오키나와에서 가라라고 불리는 전갱이 종류의 물고기가 있습니다. 제일 큰 놈은 60kg 정도까지 나간다고 합니다.

'가라'라는 이름의 울림에 끌렸습니다. '멋진 이름인데!' 싶었지요. 무리 짓지 않고 혼자서 다니기 때문에 낭인 전갱이라는 별명이 있습니다. 하지만 오키나와 고유의 감각적 울림이 살아 있는 '가라'가 딱 어울리는 이름이라고 생각합니다.

장마가 끝나고, 갑자기 빛이 파악 내리쏟아지는 순간 발산되는 오키나와 섬의 존재감을 매우 좋아합니다. 솔잎으로 따끔따끔 찌르는 것처럼 강한 빛 아래에서, 황홀경에 빠진 채 자신만큼 무거운 물고기와 한줄기 실로 밀고 당기는 기분.

살아 있는 것과 하나의 줄로 밀고 당기는 것은 일종의 줄다리기 같은 것이라 무척 단순하지 않습니까. 이렇게 세상 속의 시스템이 복잡해지면 단순할수록 기쁨이 더해집니다. 그 한순간을 맛보고 싶어서 오키나와에 가는 겁니다.

2주 동안이나 배 위에 서 있다가 딱 한 마리를 낚다니 체력도 꽤 소모되겠지요. 그때는 정신력으로 버티는 겁니다. 즉 체력과 기력 등 여러 가지 부분에서 스스로를 시험받는 상황에 놓이게 됩니다.

요즘은 무언가와 끝없이 겨루면서 자신의 한계를 느낄 만한 상황이 없지 않습니까. 다들 진행하던 도중에 상처 입는다 싶으면 '이쯤에서' 그만두는 것이 만연해 있어서, 인간관계에서도 되도록 상대방과 자신을 상처 입히지 않으려 하니까요.

그러니 한여름의 태양 아래서 가라와 대결할 때면, 이 나이인 내가 어디까지 할 수 있는지를 확실히 알게 되는지도 모르겠습니다. 여기서 지면 나도 늙었구나 하는 체념이랄까, 깨달음을 얻게 될 것 같거든요.

*

요새는 여성 중에도 낚시를 하는 사람이 늘었다. 위의 인터뷰를 진행한 사람도 아직 20대 초반의 여성이었다. 내 낚시 여행에도 꽹장히 관심을 보였지만(이후 휴가를 받아서 인도에 간다고 편지를 보내왔다), 이런 종류의 낚시는 그렇게 쉬운 것은 아니다.

2주 정도 배를 타다 보면 막판에는 다리가 콘크리트처럼 느껴신다. 그야말로 지옥의 낚시다. 조만간 이 낚시 여행에 대해서 쓸 작정인데, 큰 놈을 사냥하기 시작한 사람은 평소 일상의 감각과는 완전히 다른 별세계에 들어가 버린다. 외바늘 낚시를 하는 어부마냥 기분이 거칠어지거나, 뭍의 일들 따위는 완전히 무의미해진다. 프레더릭 포사이스의 「제왕」이라는 단편은 청새치 낚시를 소재로 삼고 있는데, 이러한 감각 변화의 과정이 꽤 잘 묘사되어 있기에 돌아간 후 다시 한 번 읽어 보았다.

런던의 은행에서 일하던 평범한 중년 샐러리맨이 휴가차 인도양 모리샤스 섬에 갔다가 우연히 첫 낚시를 시도한다. 그러다 느닷없이 '제왕'이라는 별명을 가진 거대한 청새치와 마주쳐서 수십 시간 격투 끝에 잡아 올린 후, 놓아준다는 이야기다.

지나치게 잘 만들어진 이야기다. 낚시에 대해 전혀 모르는 사람이 갑자기 아무 기술도 없이 근성만으로 거대한 물고기를 잡아 올릴 수는 없다. 뭐 소설이니까 넘어간다 치고, 그가 거대한 물고기와 격투하다가 반나절 만에 성격이 바뀌어 '사나이'가 된다는 전개가 재미있다. 가능한 얘기라고 생각한다. 그에게는 지난 25년 동안 끊임없이 바보 같은 불평불만을 늘어놓아 온 아내가 있었다. 뭐라고 한마디 하면 별거해서 동생 집으로 가버리겠다며 협박하곤 했다. 그러나 주인공은 뭍에 오른 순간 아내에게 이혼장을 던지고, 끝내는 '은행 따윈 엿 먹으라지!'라며 섬에서 살아가기로 결심한다.

과보호주의에 중성적인 것을 선호하는 현대 사회에서 이러한 바다식 남성성이 그대로 통용되고 평가받을 수 있을지는 의문이다. 그러나 배에 타서 물고기를 쫓는 동안은 일시적으로 이 은행원처럼 사회 부적응자가 되는 것 같다. 물론 소설처럼 잘 풀리지는 않았다. 매일 오키나와의 타오르는 여름 하늘 아래에서 배에 흔들리고 물고기는 계속 놓치는 가운데, 밤이면 밤마다 원고 독촉 전화가 침대 옆에서 울리며 귓속을 어지럽혀도 '원고 따윈 엿 먹으라지!'라고 외치지는 못했다. 그러나 무책임하게도 그런 독촉들이 딴 세상일로만 느껴졌던 것도 사실이다. 불가사의한 노릇이다. 아마도 세상 속에는 '저 세상'과 '이 세상'이 같이 존재하는 모양이다. 그래서 어느 쪽에서 전화가 걸려오건 서로 공염불을 듣고 있는 것처럼 흘려버리게 되는 것 같다.

　도쿄 키오이쵸의 편집부 근처가 저 세상이고, 남쪽 바다의 태양 아래 사투 현장이 이 세상이다. 혹은 그 반대일지도 모른다. 그것은 독자의 판단에 맡기겠다.

불의 성자

○월 ○일

발리 섬에서 귀국한 이들에게 콜레라가 대량으로 발생하고 있다는 정보가 신문과 텔레비전에서 연일 흘러나오고 있다. 그것도 다른 나라 사람들은 괜찮은데 일본 관광객만 감염되었다고 한다. 모든 보도 매체들이 참 신기한 일이라는 식으로 결론을 맺는 걸 보니 그 이상의 정보는 없는 모양이다. 이제까지 아시아를 여행한 경험으로 미루어 볼 때 두 가지 추측이 가능하다고 본다.

첫째는 기후다. 보도된 바에 의하면 마침 아시아 그쪽 부근에서 우기가 끝나 가는 중이다. 모든 것이 싱싱하게 습기를 내뿜고 있다. 잘 알려져 있듯이 세균이라는 놈은 기본적으로 습기를 취해 번식한다. 예를 들어 유럽에서 유행했던 콜레라도 첫 발생지가 중국의 곤륜산맥 지방이었다. 그 메마른 사막 지방의 병원균이 실크로드를 타고 유럽에 들어온 순간, 적당한 습기에 접촉하여 폭발적으로 번식했다. 발리 섬도 그러한 습도의 조건이 갖춰져 있다.

또 하나는 온도다. 세균이 번식하려면 습도만이 아니라 고온도 필요하다. 우기가 끝나간다는 것은 여름이 가까워진다는 뜻이다. 인도 근처에서도 그렇지만, 그쪽 지역은 계절의 변화가 비상식적으로 뚜렷하다. 3월 초중순은 매일 기온이 급속히 올라간다. 이 두 가지 조건이 겹쳐져서 이번 달에 유독 콜레라균이 급속히 늘어난 게 아닌가 생각된다. 기후 조건을 생각해 보면 일 년 중 감염자가 이달에 집중되어 있는 현상도 충분히 납득이 간다.

그럼 다음에는 왜 유독 일본인만 감염되는지가 문제다. 일본인의 창자는 최근 비상식적으로 약해졌다. 이 경향은 20년 전부터 계속되어 왔다. 인도에 티푸스나 콜레라가 발생하기 쉬운 우기가 시작되면, 배를 앓다가 픽픽 쓰러지는 일본 여행자들과 달리 다른 나라 여행자들은 그렇게까지 타격을 입지 않는다. 10년 전 인도에서 열린 아시안 게임이 좋은 예다. 그때 일본인 선수는 배를 앓는 바람에 풀썩풀썩 쓰러졌고, 성적도 좋지 않았다. 반면 다른 외국인 선수들은 그렇지 않았다.

일본인이 원래 배가 약한 걸지도 모르지만, 이 경향을 조장하는 것이 최근 국내에서 벌어지는 환경 위생화 현상이다. 요새 불티나게 팔리는 것이 대변에서 냄새가 나지 않도록 하는 약인데, 이걸 숨어서 먹는 사람들이 많다고 한다. 이런 희한한 약을 파는 나라는 세계 어디를 뒤져 봐도 일본뿐이다. 이것 하나만 봐도 일본이라는 나라가 얼마나 불결함에 민감한지를 알 수 있다. 나 같은 사람은 여행에서 돌아올 때마다 나라 전체가 무균실로 보일 지경이다. 이런 환경 속에서 살고 있으니 병균에 대한 저항력이 약해지는 게 당연하다. 저항력이 약하다는 것은 세균에 감염되기 쉽다는 뜻이기도 하지만, 병에 걸렸을 때 반응이 다르다는 이야기이기도 하다.

인도 현지인이 어떤 병균에 감염되었다. 그는 '몸 상태가 안 좋은

데'라고 느끼며 아침에 설사를 좀 했을 뿐이다. 그러나 저항력이 약한 일본인이 같은 균에 감염되어 보니 콜레라로 판정 나는, 이런 일도 충분히 있을 수 있다. 그러니 현지에서 보면 위와 같은 콜레라 소동은 도대체 웬 소란인지 이해가 안 가는 상황으로 비칠지 모른다. 올해만 대량의 환자가 발생했다면, 우연히 이번 해에 현지의 콜레라균이 활성화되었던 게 아닐까.

덧붙여서 내 배 속은 오랜 세월 여행을 하면서 온갖 균을 시험해 본 덕분에 꽤 강하다. 몇 년 전에 친구 셋이서 개량조개를 먹었을 때, 친구들이 죄다 쓰러져서 구급차에 실려 갔는데도 나는 멀쩡했다. 몸이 조금 찌뿌둥하다 싶었을 뿐이다.

○월 ○일

조카 A가 고베에 자원봉사를 다녀왔다고 했다. 나카메구로 가는 길에 타이 요릿집(간판 없이 손님 주문에 따라 문을 여는 특이한 가게다)에서 밥을 먹으면서 얘기를 나누었다. 왜 거길 갔느냐고 물었더니, 절반은 현장을 보고 싶은 호기심의 발로였고 나머지 절반은 텔레비전에서 노인이 쓰레기 더미를 뒤지는 모습을 보았기 때문이었다고 했다. 자기는 젊고 몸도 건강하니까 뭔가 도와주고 싶었단다. 나 또한 오사카의 중앙시장에서 야채를 담은 상자를 차 안과 트렁크에 있는 대로 채워 넣고 고베로 갔었다. 그것을 나눠 주는 과정에서 조카 또래의 젊은이들이 꽤 많이 봉사하러 온 것을 보고 젊은이에 대한 생각이 바뀌었다. 요새 청년들은 사회와 정치에 무관심하다고 자주 말들 하지만, 그것은 그들이 경직화된 거대 시스템에 맞서면서 무력감을 느꼈기 때문이다. 자신의 힘으로 도울 수 있다, 눈에 보이는 효과도 발생한다는 확신이 있다면 나서서 뭔가를 하려는 태도, 그러한 굶주림 비슷한 것이 그들 안에 있는 것 같았다.

그러나 청년들은 여기서 또다시 무력감을 맛본다.

"아무리 가도 쓰레기의 산밖에 보이지 않아요. 나 혼자서 노력해도 하나 소용없는 게 아닐까? 그런 생각이 들었어요."

나는 사람 한 명이 할 수 있는 일을 과대평가하지 말라고 말했다.

"사람이 개미라고 생각해 봐. 개미가 하루 종일 걸어서 밥알 하나라도 찾아낸다면 경사스러운 일이잖아. 그런 식으로 생각해야 돼."

A는 커다란 도끼를 하나 사서 재해 현장으로 향했다. 텔레비전 화면 속의 잡동사니 산을 보고 있자니 맨손으로 갈 수는 없다, 뭔가 저항할 것이 필요하다고 느꼈기에 왠지 도끼를 골랐던 것이다. 나는 몇 년 전에 A에게 도끼 및 곡괭이의 사용법을 가르쳐 준 적이 있다. 손으로 내리치는 게 아니라 허리힘을 쓰는 거라며.

A는 자신에게 할당된 초등학교를 가보고서 놀랐다고 한다. 재해가 발생한 지 3주나 지났는데 장작을 팰 도끼가 없었다는 것이다. 조그만 등산용 손도끼로 장작을 조금씩 쪼개고 있었다. 믿을 수 없는 광경이었다. 일본인은 도끼라는 걸 가진 역사가 없는 게 아닌가 싶었다. 불과 물은 생활의 기본이다. 실로 불안한 상황이었다. 그런 상황에서 큰 도끼를 들고 갑자기 나타난 A는 묘하게 주목을 받는 신세가 되었다. 본능적인 생존 속에서 지성 따위 방해가 된다. 도끼만 있으면 된다.

A는 이른 아침부터 밤까지 묵묵히 도끼를 휘둘러서 장작을 산더

미처럼 만들었다.

"일주일 동안 그랬더니 주변에서 절 의지하더라고요. 간사이 지방 사투리로 온갖 상담거리를 가지고 오질 않나, 고민을 털어놓는 사람도 있질 않나, 몰래 따라다니는 사람도 있던데요."

그리고?

"아무 생각도 없이 그냥 도끼만 휘두르는데, 이상하게 꿈꾸는 것처럼 도쿄에서 일할 때 책상 위에 놓아두었던 하찮은 물건이 떠오르기도 하고…… 지하철의 기나긴 에스컬레이터를 타고서 컨테이너 벨트처럼 움직이는 사람들 속에 파묻혀 있는 제 모습이 생각나기도 했고요."

그래서?

"왠지 유치원이나 초등학교 애들이 절 따르더라고요. 헤어질 땐 울기도 했죠."

아이들은 보고 있었던 거군.

"네? 뭐를요?"

이건 내 생각인데…… 산더미 같은 장작 옆에서 묵묵히 나무를 패는 인간은, 그 순간 성자가 되는 거야.

"성자요?"

그래, 불의 성자지.

나는 히말라야를 배회하는 '불의 성자'에 대해 이야기했다.

……그는 어떤 재산도 없었어.

무일푼이었지.

그저 낡아서 새까맣게 된 손도끼와 끝에 고리가 붙은 부젓가락만 등에 지고 있었어.

그는 어느 추운 아침에 시든 나무들을 꺾어서 순례자들이 다니는 언덕길에 기둥 모양으로 쌓아 놓고 불을 지폈어. 그는 불의 전문가였고, 불 피우는 데에도 익숙했어. 좋은 불을 일으킬 줄 알았지. 장작이 타기 시작하면 조용히 불의 신에게 인사를 올렸어. 그리고 추위에 떨면서 산길을 오르락내리락하는 순례자들에게 몸을 녹이고 가라며 말을 거는 거야.

불 주위에 인간 고리가 생겼지.

한동안 산 이야기로 이야기꽃이 피어.

그러고 있는 사이 사람들의 몸도 마음도 따뜻해져.

이윽고 사람들은 작은 만족감을 지니고서 불 곁에서 떠나가.

그것뿐이야.

성자는 단지 그걸 했을 뿐이야.

사람들을 불 옆으로 오라고 강요한 것도 아니고, 모인 사람들에게 설교를 한 것도 아니야.

불 그 자체가 뭔가를 이야기해 주는 거지.

그래서 불을 지피는 일은 익숙해야만 해.

그는 언덕길에서 웅크린 채 불이 꺼지지 않게 하려고 조금씩 장작을 넣어서, 불의 기둥을 세우는 거야. 그리고 사람들이 풀어 놓는 여행 이야기를 미소 지으면서 즐거운 듯이 묵묵히 듣고만 있어. 이윽고 떠나려는 사람이 나오면 무리하게 붙잡지도 않아. 그는 떠나가는 사람들의 뒷모습을 잠시 바라보곤 조그맣게 중얼거리는 거야.

'람, 람……(신의 뜻대로)'라고.

고양이 섬 탐방 1

　고향인 모지코우에 돌아갔을 때, 모지코우에 사는 화가인 동시에 내 오랜 친구인 카와하라다 토오루가 재미있는 얘기를 꺼냈다. 야마구치 현에 인간보다 고양이가 더 많이 사는 섬이 있다는 것이었다. 그것도 인간 인구의 2배나 된다고 했다. 그 섬에 사람이 얼마나 살고 있는지는 모르겠지만, 어쨌든 그게 정말이라면 보통 일이 아니었다. 그 섬이 일본 열도라고 치면, 일본 인구가 1억 2천만이니까 2억 4천만 마리의 고양이가 살고 있다는 계산이 나온다.

　카와하라다는 몇 년 전에 그 섬에 대한 작은 기사를 신문에서 읽은 적이 있다고 했다. 그 기사는 갖고 있지 않지만, 그 섬의 위치를 지도책에서 뒤져 본 뒤 빨간 매직펜으로 고양이 마크를 그려 뒀다고 한다.

　나는 "재미있는 섬인데!"라고 맞장구를 쳤지만, 그때는 그저 잡남으로 흘려들었다. 그러나 기억 속 어딘가에 그 얘기가 확실히 남아 있었던 모양이다. 고향에 가기 위해 비행기를 타고 창문 밖에 보이는 땅 위를 굽어보았을 때, 불현듯 그 고양이 섬 이야기가 떠올랐다. 옛날이야기라 지금 어찌 되었는지는 알 수 없지만, 어쨌든 그 섬에 가서 직접 확인하고 싶다고 생각했다.

고향에서 용건 몇 개를 처리한 후 자유의 몸이 된 나는 바로 카와하라다의 집을 찾아갔다. 카와하라다에게 고양이 섬 얘기를 꺼내자, 너덜너덜해진 중학교 시절 지도책을 꺼내 왔다. 야마구치 현 지도를 펼치니 세토우치 바다 쪽에 빨간 매직펜으로 고양이 마크가 그려져 있었다. 섬은 그 고양이 마크보다도 작았다. 야마구치 현의 동쪽 끝, 세토우치 바다에 있다. 6km밖에 되지 않는 작은 섬이다. 이름은 '오키카무로 섬'이었다. '오키(앞바다—옮긴이)'라는 단어가 포함되어 있지만 그렇게 앞바다도 아니다. 야나이와 이와쿠니 사이의 혼슈 연안 바로 남쪽에 야시로 섬이 있고, 조금 더 남쪽을 보면 야시로 섬에 달라붙듯이 떠 있는 오키카무로 섬이 있다. 아마 혼슈에서 바라보이는 섬 너머에 존재하는 섬이라서 '오키'라는 이름이 붙은 게 아닐까 싶다.

조심스럽게 자기도 같이 가고 싶다는 소망을 내비치던 카와하라다는, 아침에 모지코우 역으로 출발하려는 내 뒤를 따라왔다. 어느샌가 애들 소풍용 배낭을 짊어지고 생글생글 웃고 있었다. 이 사람은 가난한 생활 속에서도(그런 주제에 부자 같은 인상이다) 계속 호박 그림만 그리고 있다. 결국 호박 같은 모습의 집을 스스로 짓고 그 속에 호박씨처럼 들어앉아 사는 특이한 친구다. 편지를 받아 보면 주소란에 '후쿠오카현 키타큐슈시 모지구 나가야 00-0번지, 호박장 인류퇴화연구소 내, 호박하라다 토오루'라고 적혀 있다. 이런 사람이 애들용 배낭을 메고 생글거리는 걸 보자니, 혼자 여행하는 것이 신조인 나조차도 도저히 거부할 수가 없었다.

그리하여 오키카무로 섬을 향한 여정이 시작되었다. 모지코우 역에서 오구라까지 기차로 이동해서 다시 신칸센으로 갈아타서 도쿠야마로 간다. 거기서 산요 본선을 타고 오바타케라는 역에서 내렸다. 그다음에 어떻게 섬으로 갈지는 확실치 않았다. 주워듣기로는 최근 야시로 섬에 혼슈로 통하는 다리가 놓였다고 하니, 아마 버스를 타고 야시로 섬의 남단까지 갈 수 있을 것이다. 거기서 배를 타고 오키카무로 섬으로 가게 될 것 같다.

날씨가 화창해서 기분이 좋았다. 도쿠야마에서 산요 본선으로 갈아탔다. 옛날 이름을 떨쳤던 산요선도 이제는 그늘 속에 묻힌 지방 열차가 되어 있었다. 무척 차분한 분위기라 느긋한 여행의 맛이 살아났다. 일분일초 섬에 가까워짐에 따라 내 머릿속에 고양이가 길을 배회하는 풍경이 떠오르기 시작했다.

섬이다. 섬의 온갖 장소에서 길고양이들이 뒹굴거리거나 엎드려 있다. 하품을 하고, 때로는 싸움도 한다. 가끔은 서로 교미도 하고, 목적 없이 손톱을 갈거나 생선뼈를 뜯는다. 오줌도 싸고, 자신의 엉덩이를 정중하게 핥기도 한다. 그렇듯 고양이들은 부끄러움도 없이 고양이다운 온갖 일상을 죄다 공개하면서, 지구를 점유한 인간의 수를 아득히 능가하면서 인간과 행복하게 공존하고 있을 것이다.

요새는 어느 마을을 가도 들개나 길고양이를 잡으려는 인간의 오만함이 날뛰고 있지만, 이런 교만함을 용서해선 안 된다. 지구는 원래 누구의 것도 아니다. 그걸 자기네 것이라며 인간이 멋대로 소유한 결과, 지구의 생태계는 파괴되고 다른 동식물들까지 휘말려 들고 말았다. 잡아들여야 하는 것은 사실 들개나 길고양이가 아니라 인간이다.

그런 불합리한 흐름에 대항하듯, 인간보다 고양이 수가 많은 섬이라니 존재만으로도 자연 친화적인 인류 삶의 모델이라 할 수 있다. 그런 의미에서 오키카무로 섬은 도쿄 따위보다 한 발 앞서 나가고 있는 셈이다. 도대체 얼마나 호들갑을 떨어야, 이미 파괴의 길에 접어든 인류가 끝장나기 전에 정신을 차릴 것인가.

그렇게 생각하며 카와하라다를 힐끗 보니, 그도 나와 비슷한 망상과 사명감을 머릿속에 떠올리고 있는 듯했다. 예의 생글거리는 얼굴로 달리는 차창에서 화창한 하늘을 올려다보고 있다. 그러더니 툭 던지듯이 말했다.

"고양이 같은 구름이네."

"하나, 둘. 저쪽에도, 하나."

카와하라다는 이미 마음만은 고양이 섬의 주민이 되어 있는 듯했다.

올려다보니 11월이라고 생각하기 어려울 만큼 푸르른 하늘에 고양이 털뭉치처럼 폭신해 보이는 조각구름이 떠 있었다. 달리는 열차의 반대 방향으로 느긋하게 흘러간다.

나는 멍하니 구름에게 물었다.

"꽃은 흘러흘러 어디로 가나."

"고양이는 흘러흘러…… 어디로 가나."

카와하라다가 구름에서 눈을 떼지 않은 채 말을 받았다.

"그러네. 고양이는 흐르고 흘러서 모두 오키카무로 섬에 모이는 게 아닐까. 전 세계의 고양이들이."

"그렇군. 다들 거기에 모이는 거군. 흘러흘러서."

인류퇴화연구소장과 나는 도쿠야마 역 앞에서 산 단팥빵을 먹으면서 마치 세 살짜리 아이들처럼 의미 없는 대화를 나누었다. 나는 덜컥 놀랐다. 산요 본선에 타고 있는 야마구치 현 사람들의 얼굴이 순간적으로 고양이처럼 보였기 때문이다. 완전히 고양이에 취했다 싶어서 제정신으로 돌아가기 위해 양손가락으로 눈두덩을 눌렀다. 그러자 눈꺼풀 안쪽의 어둠 속에서 무수한 색깔의 고양이 얼굴이 나타나서 벽지 패턴처럼 변했다가 풍선처럼 천천히 위로 떠오르기 시작했다. 안 되겠다 싶어서 눈을 깜박이곤 허리를 펴고 심호흡했다. 머릿속이 좀 맑아진 것 같아 기차 안의 사람들을 다시 한 번 돌아보았다. 그러나 이 순간 요법은 전혀 도움이 되질 않았다. 승객들은 아까보다 더더욱 고양이처럼 보였다. 일곱째 열 앞에 앉아 있는 아저씨의 수염은 완전히 고양이 수염 그 자체였다. 오키카무로 섬에 가까워짐에 따라 눈에 들어오는 것들이 죄다 고양이로 보이는 것은, 고양이 섬이 발산하는 아우라 혹은 요기가 이 근처를 감싸고 있기 때문이 아닐까.

*

야마구치 현의 끄트머리까지 왔더니 역시나 교통이 불편해졌다.

오바타케 역에 도착해서 오키카무로 섬까지 가는 교통편을 역무원에게 물어봤다. 버스가 다니긴 다니는데, 한 시간에 한 대밖에 없고 도중에 갈아타야 하는 데다 갈아타기 위해 기다리는 시간이 상당하다고 했다. 설명을 듣는 중에 불길한 이야기가 나왔다. 최근 야시로 섬과 오키카무로 섬 사이에도 다리가 놓였기 때문에 버스를 탄 채 들어가는 것이 가능해졌다는 소식이었다. 즉, 오키카무로 섬은 이미 옛날의 순수한 섬이 아닌 것이다. 나와 카와하라다는 얼굴을 마주 보았다. 언제나 생글생글 웃고 다니는 카와하라다의 두 뺨에 드물게도 '불길'이라는 글자가 떠올라 있었다.

   야시로 섬의 연안을 따라 달리는 길은 꽤 절경이었다. 고즈넉한 바다에 무인도가 몇 개 둥실 떠 있는 것이 차창 밖으로 보였다. 우리는 거의 동시에 그를 발견하고 "고양이다!"라고 소리쳤다. 아무래도 우리는 고양이에 취한 수준을 넘어 고양이앓이 단계에 들어간 모양이다. 그러나 이 행복한 증세는 야시로 섬을 반 바퀴 돌아 다리가 멀리 보이기 시작하자 싹 사라졌다. 몸 위로 싸늘한 금속성의 냉기가 끼얹어진 듯했다. 반짝이는 거대한 철교는 오키카무로 섬의 다정한 섬 그림자를 쇠사슬로 옭아매는 괴물의 손톱처럼 보였다.
   다리를 건너서 오키카무로 섬에 도착하니, 여행하는 동안 그다지 대화하는 법이 없는 우리들은 더더욱 과묵해졌다. 우리는 불안과 기대가 섞인 기분으로 항구 촌락으로 향했다. 그러나, 고양이가 없다. 고양이가 전혀 보이지 않았다. 안 돼, 라는 생각이 스쳤다. 소문대로 고양이 왕국이라면, 촌락 바깥이라 해도 영역 밖으로 삐져나온 고양이가 당연히 어슬렁거려야 할 것이다.
   무엇보다 냄새가 나질 않았다. 섬인데 냄새가 나지 않는다. 고양이의 냄새라기보다 생활의 냄새다. 고양이는 본디 넘쳐 나는 인간의 생활 냄새에 기생해서 살아가는 동네 바보 같은 동물이며, 고양이가 많다는 것은 동네 바보를 거둘 만큼 마을에 활기가 넘쳐 난다는 얘기이자 주민들의 마음에 여유가 있다는 뜻이기도 하다. 인간의 마을은 원래 자연에서 격리된 관리공간이 아니라, 자연과 함께 살아가는 공생공간이다. 그러한 마을에는 '고양이 침대'가 여러 곳에 마련되어 있기 마련이다. 그런 의미로 볼 때, 마을 여기저기에는 분명히 고양이가 몸을 숨길 만한 공백이 눈에 띄었다. 반면 갑자기 생활 내음이 사라진 듯한 적막감이 감돌고 있었다.

나와 카와하라다는 그 적막한 공기 속을 말없이 터벅터벅 걸어갔다. 고양이는 고사하고 사람도 보이지 않는다.

그러나 항구 근처까지 왔을 때, 카와하라다가 갑자기 멈춰 섰다.

고양이였다. 여기서 처음 만나는 고양이다. 인가 쪽에서 항구를 향해 바싹 마른 회색 고양이 한 마리가 걸어가고 있었다. 뒷다리 한쪽을 다쳤는지 발을 가볍게 끌고 있다. 우리는 처음 만난 고양이 한 마리를 말똥말똥 쳐다보았다.

고양이가 지나가자 나는 어깨에 메고 있던 카메라를 들고 살짝 다가갔다. 등 뒤에서 다가오는 내 기척을 느꼈는지, 고양이의 걸음이 빨라졌다. 멀리 돌아가려 했더니 고양이가 멈춰 섰다. 몸을 움츠리고 내 얼굴을 바라본다. 불신의 눈초리였다.

고양이의 동작과 모습을 본 순간, 뭔가를 깨달았다. 이 섬에서 무슨 일들이 일어났는지 읽어 낸 것 같은 기분이 들었다. 사람의 모습과 표정에 인생이 드러나듯이, 고양이의 표정도 그 자신의 생활과 주변의 상황을 말해 준다.

고양이의 등에는 피로와 고독감이 배어 있었다. 눈에서 도시 고양이와 똑같은 날카로운 경계의 빛이 드러났다. 메마른 털은 더러워져 있었다.

잘 알려지지 않은 사실이지만, 얼굴이 창백하다는 표현은 사실 고양이한테도 통용된다. 공포에 질린 고양이의 얼굴빛이 순간 창백해지는 것을 몇 번 보았던 적이 있다. 털색이나 윤기가 순간적으로 눌리면서 얼굴색이 하얘진다. 오랫동안 스트레스를 받은 고양이도 같은 현상을 보인다. 나는 이것을 '창백냥이 현상'이라고 부른다. 오키카무로 섬에서 처음 만난 고양이도 딱 그러했다. 고양이는 자신의 털을 자주 핥는 동물이다. 방수 가공을 하는 동시에 몸을 청결하게 유지하는 것이다. 그러나 그런 행동은 배가 충분히 불렀을 때 나타난다. 즉 고양이의 털이 더러워져 있다는 것은 그 고양이가 밥을 충분히 먹지 못했다는 것을 암시한다. 등에 배인 피로와 고독. 경계의 눈빛. 그리고 창백냥이 현상. 더러운 털.

섬에 뭔가 일어난 것이다. 그런 생각이 들었다. 적어도 이 섬이 고양이들의 안식의 땅이 아니라는 것은 이 고양이의 모습만으로 확실히 알 수 있었다.

그 후 5m 정도 거리에서 표준 렌즈를 장착한 카메라를 망원경처럼 사용해서 훔쳐보니, 몸을 웅크리고 있던 고양이는 공포에 사로잡힌 것처럼 그림자를 따라 길 건너편의 마을로 도망쳤다. 고양이가 사라진 뒤, 우리는 생선 냄새가 나지 않는 작은 항구를 건넜다. 사람도 고양이도 보이지 않는다. 우리는 또다시 터벅터벅 걷기 시작했다. 발바닥에 배가 하나 달라붙은 것처럼 걸음걸이가 무겁다.

카와하라다가 문득 말했다.

"고양이는 흘러서, 고양이는 흘러흘러서…… 어디로 가나."

내가 대답했다.

"그러게. 고양이는, 고양이는 흐르고 흘러서……."

다리 쪽을 흘긋 바라보았다.

오키카무라 대교라는 이름이 붙었다고 한다. 6년 전에 세워졌단다. 달랑 300m밖에 되지 않는 철교지만, 촌스러운 섬마을 풍경과는 어울리지 않게 너무 멋지게 생겼다. 아마도 섬사람들이 다리를 놓아 달라고 했을 것이다. 차를 타고 들어왔다 나갔다 할 수 있으니 얼마나 편한가. 정치가는 섬 인구가 줄어드는 현상을 막기 위한 마지막 카드라고 목소리를 높였을 것이다. 섬사람들도 그 말을 믿었을 것이다. 하지만 그 뒤에는 더더욱 깊은 함정이 있었다.

이렇게 교통이 편리해지면, 마을과 촌락은 기대와 다르게 쇠퇴한다. 우리가 사는 모지코우가 좋은 예다. 터널과 다리가 생기자, 갑자기 차디찬 바람이 마을을 휩쓸고 지나갔다. 정말로 추운 바람이었다. 사람 또한 찬바람처럼 빠져나갔다. 여행자란 해협과 연락선이 있다는 사실만으로 그곳에서 하룻밤 묵고 싶어 하는 사람들이다. 그러나 터널이 뚫리자 사람들의 마음이 급해졌다. 모지코우는 여행자들에게 있어서 그저 통과 지점에 지나지 않게 되었다.

즉, 다리나 터널이 생기면 마을은 자체적 중심을 잃어버리게 된다. 중심은 더 커다란 중앙부로 이동한다. 섬이라는 이름의 소우주에 다리가 놓이면, 스스로 중심을 갖고 고립되어 있던 장소가 해방되면서 중앙의 변두리로 전락하고 만다. 섬의 역사 속에서 쌓아 올려 왔던 에너지가 다리를 따라 도망쳐 버리는 것이다.

같은 마을에 살고, 한때 같은 괴로움을 맛보았던 카와하라다는 내가 굳이 말하지 않아도 모든 것을 눈치챈 듯했다. 나와 함께 다리 쪽을 바라보던 그가 문득 중얼거렸다.

"역시 다리군."

"그래, 다리지."

촌락의 뒤쪽도 마찬가지였다. 사람도 고양이도 없었다. 걷다 보니 조그만 우체국이 보였다. 우체국 직원이 두 명 있기에 고양이에 대해 물어보았다. 초로의 직원이 "그러고 보니……."라고 말했다.

"오륙 년 전까지는 고양이가 엄청 많았었지."

우리는 얼굴을 마주 보았다. 다리가 건설된 시기와 딱 일치한다. 카와하라다의 얼굴에 '역시 다리잖아'라고 쓰여 있었다.

"고양이 사냥꾼들이 왔던 탓인지, 고양이가 없어졌어요."

"고양이 사냥꾼? 그건 뭡니까?"

"잘 모르겠어요. 여기저기에 덫을 쳐놓던데."

문득 맨 처음 창구에서 보았던 다리 저는 고양이의 경계하는 시선이 떠올랐다.

한때 풍어를 바라며 고양이를 소중히 여겼던 오키카무라 섬. 이 지방에서는 고양이가 엄청나게 번식하는 섬으로 알려져 있던 모양이다. 옛날에는 새끼 고양이를 버리러 연락선을 타고 온 사람도 있었다 한다. 그러나 다리가 생기자 고양이 사냥꾼들이 몰려들었다.

인구의 두 배나 된다지만 그래 봤자 600마리 정도다. 작은 연락선으로 왔다 갔다 하는 섬에서 고양이를 잡아가는 것은 너무 눈에 띄고 복잡하다. 그러나 차로 이동할 수 있다면 훨씬 쉽고 빠르다. 다리가 생기고 젊은 사람들이 순식간에 빠져나가자 고양이를 아끼는 풍습도 함께 사라졌을지도 모른다. 그 후 얻은 정보에 따르면 이 섬의 평균 연령은 67세라고 한다. 일본 최고의 고령화 섬이다. 아무래도 섬을 감싼 적막함의 원인은 거기 있는 모양이다.

더 자세한 이야기를 듣고 싶으면 시민회관에 가보라고 말하기에 그쪽으로 향했다. 하지만 시민회관의 문은 닫혀 있었다. 옆에 있는 조그만 슈퍼에 사정을 설명했더니 친절한 아가씨가 이곳저곳에 전화를 걸었다. 그러자 노인들이 속속 모여들기 시작했다. 아무래도 이 섬은 여기저기 한가한 노인들로 가득한 모양이었다.

이윽고 슈퍼 앞 광장은 노인들의 사교장으로 변했다. 나는 말문이 막힐 듯한 기분을 전환하기 위해 천천히 노인들 앞에 나서서 약간의 농을 던졌다.

"에~ 여기, 이분은 일본 최고의 길고양이 연구 일인자십니다. 인류퇴화연구소에서 소장을 맡고 계신 카와하라다 토오루 선생이지요. 저는 조수로 일하고 있습니다. 그래서……."

막 본론으로 들어가려는데, 갑자기 어느 노인이 내 연설을 잘랐다.

"흐음~ 도둑고양이 연구? 왜 그런 걸 하시는지?"

듣고 보니 확실히 날카로운 질문이었다.

내 농담 때문에 느닷없이 질문을 받게 된 카와하라다는 생글거리는 얼굴로 평정을 가장했지만, 혼란 속에 빠진 그의 뇌파가 필사적으로 생각을 정리하는 것이 암암리에 전해져 왔다. 내 실수라고 생각했지만, 소장인 카와하라다를 믿고 귀를 쫑긋 세웠다. 지방의 고교생이었던 카와하라다는 매일 등산만 다녔음에도 단번에 도쿄대에 합격할 정도로 천재적 두뇌를 갖고 있다. 과연 카와하라다는 질문을 받은 지 2.5초 만에 답변을 내놓았다.

"길고양이의 연구는 인류를 연구하는 것이기도 합니다. 인류와 길고양이는 몇천 년 전부터 같이 살아왔거든요. 길고양이를 연구하면 인류를 연구하는 것이 됩니다. 이 오키카무로 섬의 고양이를 조사하면 오키카무로 섬에 사는 사람들의 마음과 생각에 대해서도 알게 되지요."

모지코우 사투리가 이상하게 섞인 답변이었다. '그렇다면 괜히 고양이 연구로 먼 길 돌아가지 말고 직접 오키카무로 주민들을 조사하면 되지 않으냐'는 질문이 나올지도 모른다는 생각에 긴장했지만, 다들 연세가 지긋하신 분들이라 그리되지는 않았다. 대신 '인류 연구'라는 말 한 마디에 묘하게 관심이 치솟는 듯, 다음 질문이 날아들었다.

"그럼 말일세."

다른 노인이 연거푸 말을 꺼냈다. 카와하라다는 다음 질문에 대응하려 긴장했다. 그러나 사고 흐름에 맥락이 없는 것이 노인들의 특징인지라, 엉뚱한 질문이 튀어나와서 카와하라다를 궁지로 몰았다.

"도둑고양이가 자꾸 문짝을 열어. 절문도 자꾸 열어 놔. 참 곤란하다니까. 맘대로 문은 열어 놓지, 말린 전갱이는 집어 가지. 게다가 열어 놓은 문을 닫지도 않아. 어떻게 하면 좋을까? 선생?"

"……열쇠를 채우면 되지 않을까요?"

1.5초 만에 즉시 대답한 것은 카와하라다가 아닌 나였다. 조수인 내가 조수답게 평범한 해결책을 내민 것이다. 또한 선생님의 명석함을 띄우면서 생각할 시간을 벌어 주기 위한 것이었다.

다른 노인이 코웃음 치듯이 내뱉었다.

"그런 건 어린애도 알겠다. 귀찮게 문을 왜 잠궈. 들어갔다 나갔다 해야 되는데."

"그렇지요."

카와하라다는 엄숙하게 대답했다.

"함석이나 스테인리스를 쓰면 어떨까요? 고양이과의 동물은 발톱이 날카로우니까(당연하잖아!) 발톱으로 나무 문을 열 수 있습니다. 문이 무거울 때는 체중을 실어서 양발로 열기도 하지요. 고양이 발이 닿는 자리에 저것을 붙이면 발톱이 미끄러질 겁니다. 이건 고대 이집트의 민가에서도 썼던 방법입니다."

고대 이집트에 함석이랑 스테인리스가 있었느냐는 날카로운 지적은 나오지 않았다. 오히려 고대 이집트라는 단어가 묘하게 무거운 느낌으로 전달되었다. 과연 노인들이다. 게다가 거기서 그치지 않고 한층 더 맥락 없는 고양이 관련 질문들이 계속 쏟아져 나왔다. 결국 노인들의 질문을 자르고서 우리가 묻고 싶었던 질문을 던졌다.

"이제 이 섬에는 고양이가 살지 않는 겁니까?"

그러자 놀라운 사실이 밝혀졌다. 신문에 기사가 실릴 정도로 고양이가 많았던 섬인데, 노인 중 한 명도 그 사실을 깨닫지 못했던 것이다. 다들 '그러고 보니'라고 말했다.

"요새 고양이가 이상하게 줄었구만."

86

태어났을 때부터 이 섬에 계속 살았기 때문에 여기가 특히 고양이가 많은 섬이라는 사실 자체를 몰랐던 것이다. 어쩌면 그게 자연스러운 일일지도 모른다.

고양이에 대해 개탄하는 노인들을 본 순간, 우리들의 안에서 모종의 예감이 생겨났다. 고양이를 찾아 떠난 이 작은 여행도 슬슬 끝날때가 되었다는 생각이었다. 슬슬 감사의 인사를 하고 떠나야겠다 생각하고 있는데, 노인 한 명이 말했다.

"이 섬에는 이제 고양이가 안 살지만, 거 뭐시기라는 섬 항구에 엄청 많이 모여 살던데. 어부가 살아 있는 생선을 막 던져 주더라고. 엄청 살들 쪘더구만."

구름 낀 표정을 짓고 있던 카와하라다의 얼굴에 다시 생기가 돌았다. 학자다운 태도로 냉정함을 가장하려 애쓰며 말한다.

"그, 그게 뭐라는 섬이던가요?"

"으음~ 뭐였더라. 이 근처에 섬이 워낙 많다 보니, 나처럼 여기저기 다니다 보면 헷갈려. 전표를 찾아보면 생각날 거야. 좀 기다리게."

그렇게 밀힌 노인이 집으로 돌아갔다.

카와하라다가 나를 바라보았다. '가볼까?'라고 말하고 있는 눈이었다. 나도 눈으로 '가야지'라고 대답했다.

그리하여 여행은 계속된다. 그 '뭐시기라는 섬'에 정말로 고양이가 있을지는 알 수 없다. 어쩌면 오키카무로 섬 제2탄이 될지도 모르지만, 그렇다고 물러설 수는 없다. 우리들은 인류퇴화연구소의 소장과 조수다. 퇴화를 탐구하는 여행이라면 어디까지고 역행해 올라가 추적해야 하는 것이다. 그 뭐시기 하는 섬에 가서, 또 그곳의 노인들이 "그러고 보니 거시기라는 섬에……."라고 말하면 또 끈질기게 그 섬을 탐방해야 한다. 소문과 소문에 휘둘려서, 수명이 다한 별처럼 되고 만 세토우치 앞바다의 섬들을 꾸불꾸불 도는 처지가 되더라도, 그것은 인류퇴화연구소 직원이 아니면 할 수 없는 어리석은 행위(인류퇴화연구소에 있어서는 쾌락과 동의어)일 터이다.

고양이 섬 탐방 2

오키카무로 섬의 노인이 '어부가 날생선을 고양이에게 던져 주더라'고 말한 섬은 나사케(정情이라는 뜻—옮긴이) 섬이라는 곳이었다. 상당히 특이한 이름이다.

지도에서 보니 오키카무로 섬에서 다시 야시로 섬으로 나가 22km 동쪽에 있는 촌락 이호타코에 가면 배를 탈 수 있는 모양이었다.

우리는 오키카무로 섬 노인회에 들러서 "나사케 섬에 가보겠습니다"라고 인사를 했다. 그러자 한가한 노인 중 한 명이 "가다니? 버스가 없는 곳이면 어쩌려구"라며 찬물을 끼얹었다. 다른 노인이 "택시 부르면 되잖여!"라고 마음대로 받아쳤다. 하루에 몇 대밖에 없다는 연락선 출발 시간에 맞출 수 있기를 빌며 알아보니 타이밍이 딱 맞았다. 2시간 후에 출발이라는 것이었다.

하지만 출발 직전에 문제가 발생했다. 슬슬 연락선 출발 시간이 됐건만 10km 밖의 마을에서 오는 택시가 아무리 기다려도 오질 않는 것이었다. 기다린 지 20분, 30분이 지났는데 자동차의 그림자도 보이질 않는다. 섬의 모퉁이에 모인 노인들 사이에서 안달하는 분위기가 졸아붙기 시작했다. 택시라곤 해도 두 대밖에 없는 데다 연락하는 전화를 받은 기사 본인이 차를 몰고 오는 거라서, 일단 차가 출발하면 확인 전화도 한 통 넣을 수 없다. 노인회 사람들은 이 불상사를 어떻게 사과해야 좋을지 모르겠다며 허둥거리더니, 멀리서 다리를 넘어오는 차의 그림자가 보일 때마다 일희일비하고 있었다.

그러다 드디어, 연락선 출발 시각 20분 전이었다. 루프에 간판 같은 것을 붙인 차 한 대가 무서운 스피드로 다리를 건너오는 것이 보였다. 환성인지 분노인지 모를 외침이 울려 퍼졌다. 이젠 다들 연락선의 시간에 맞출 수 없다며 포기하고 있었던 것이다.

택시 기사는 얼굴빛이 새파래져서 달려왔다. 사람들에게 감사의 마음을 전할 시간도 없이, 우리는 코앞에서 유턴한 택시에 마지막 희망을 걸고 올라탔다. 오키카무로 섬 노인회가 배웅하는 가운데 택시가 맹렬하게 출발했다.

굽이굽이 절벽과 해변이 계속되는 22km의 길을 15분 동안 돌파해야 한다. 즉 평균 시속 90km로 달려야 한다는 얘기다. 상당한 곡예 수준이다. 그러나 자동차 조수석에 올라탄 나는 옆에 앉은 운전사의 모습을 보고 절망감을 느꼈다. 운전사는 섬의 평균연령인 67세(이 섬은 일본 최고 고령 지역이다)를 상징하는 듯한 사람이었다. 게다가 그 풍채로 보건대 두세 시간 전까지 밭에서 괭이를 휘두르며 무나 배추를 심고 있었던 게 아닌가 싶을 정도였다.

"이젠 다 틀렸군……."

나는 손목시계를 보며 말했다.

"해봅지요."

운전사는 다리 위에서 힘껏 액셀을 밟고 전방을 주시하며 말했다.

들어 보니 멍하니 있다가 같은 시간에 또 다른 손님의 예약을 겹쳐서 받아 버렸다고 했다. 그러나 소박한 만큼 책임감은 있었던 모양이다. 야시로 섬 폭주족의 생존자가 아닌가 싶을 정도로 미친 듯이 밟고 밟아 대는 것이었다. 위험하다고 경고하지 않을 수가 없었다.

허리가 시트 앞으로 미끄러지고 몸은 크게 앞으로 쏠렸다. 미꾸라지를 잡아 올리는 원숭이처럼 핸들을 양팔로 끌어안고 있다. 실로 냉정한 상황 판단을 내팽개친 운전 태도였다. 커브길 일곱 개가 있는 야시로 섬 동쪽 언덕의 단층 절벽길까지 접어들었다. 역시 위험하다. 몸을 딱딱하게 굳힌 나는 양옆에서 휙휙 사라지는 나락 밑바닥을 울타리 사이로 바라보았다. 왜 우리들은 고작 무명의 야생 고양이들과 만나기 위해, 아내와 손주도 있는 운전사까지 끌어들여서 낯선 섬 한 구석에서 목숨을 버리려 하는 것일까.

그 순간 운전사가 갑자기 신음하듯이 말했다.

"여기는 벚꽃 천 그루가 심겨진 곳입니다. 벚꽃이 만개하면 푸르른 바다에 비쳐서, 정말, 정말, 아름다운……데요……."

이게 무슨 소린가 싶어서 창밖을 내다보니, 낭떠러지에서부터 해변까지 잎이 다 떨어진 벚꽃나무들이 길옆으로 줄줄이 서 있었나. 운전사 옹은 생사의 경계에서 헤매면서도 잠꼬대처럼 '관광 안내'를 하고 있었던 것이다.

"하지만 유감스럽게도…… 섬을 나간 사람들은, 계절이 끝날 때밖에 돌아오지 않지요.

인구가 적어져서, 이 벚꽃들을 봐주는 사람도 없어요. ……매년, 매년……. 정말 아름다운 꽃을, 피우는데도……."

*

이 난리의 결말은 실로 이 섬다웠다. 연락선도 10분 늦었던 것이다. 덕분에 기가 막히게 타이밍이 맞아떨어져서 무사히 나사케 섬에 들어갈 수 있었다. 우리는 섬에 상륙하자마자 '나사케 섬 고양이'와 만났다.

낚시용 배처럼 작은 연락선에 몸을 싣고서 20분 정도 흘렀다. 배가 섬의 절벽에 닿았을 때에는 이미 어스름이 깔리는 저녁 무렵이었다. 배에서 뭍으로 올라간 순간, 몸을 말고서 돌아오는 어선을 기다리던 불량배 같은 고양이 여남은 마리가 바다 옆에서 우왕좌왕하는 것이 보였다.

카와하라다는 "있다! 있어!"라며 애들용 배낭을 짊어진 채로 벼랑에 주저앉더니 눈앞의 고양이들을 관찰하기 시작했다. 아무래도 이 고양이들은 어미 고양이를 따라온 아기 고양이 집단 같았다. 아기 고양이라지만 야생의 규칙을 생각하면 슬슬 독립해야 할 만한 크기였다. 그러나 야무지지 못하게시리 고롱고롱 목을 울리며 어미 엉덩이에 달라붙어들 있었다. 소위 말하는 '마마보이 고양이'들이었다. 마마보이 고양이는 인간처럼 출산 후에 어미 자식을 떨어뜨려 놓은 반동으로 생겨나는 것이 아니라, 먹을 것이 풍족하기 때문에 자기 스스로 먹이를 구할 루트를 찾을 필요가 없기 때문에 발생하는 경우가 많다. 그렇다면 여기는 오키카무로 섬의 노인이 말한 대로 '어부가 날생선을 획획 던져 주는' 맘씨 좋은 섬일 공산이 크다. 그렇게 생각하면서 고양이들의 모습을 좀 더 자세히 관찰했다. 어미로 보이는 흰 고양이는 뚱뚱했지만, 퉁퉁 살찐 도시의 애완 고양이와는 달랐다. 굵고 단단한 골격 위에 근육이 붙어 있는 것이다. 딱딱한 뼈를 씹기 때문인지, 아래턱이 단단하고 발목뼈도 굵었다. 틀림없는 야생 고양이였다. 고양이인데 어부의 얼굴상이었다.

가까이 다가가서 냄새를 맡아 보니 생선내가 진동을 했다. 먹을 것이 풍족한 탓에 몸가짐에 그다지 신경을 쓰지 않는 건지 더러운 얼굴이었다. 분명 암컷인데도 수컷 같은 걸음걸이였다. 가까이 다가가도 전혀 신경 쓰지 않고 생선 냄새가 나는 하품을 하며 사지를 벌리고 뒹굴거렸다. 이놈에게 장화를 신기고 이마에 머리띠를 두르게 하면 분명 어부로 보일 것이다.

이미 해가 진 뒤라 주변이 어두워졌다. 그러나 도착하자마자 나사케 섬 고양이들의 세례를 받은 우리들은 내일 섬을 둘러보려던 예정을 바꾸었다. 배낭과 숄더백을 지닌 채로 해변을 걷기 시작한 것이다.

그렇게 잠시 걸어갔더니, 섬의 여기저기서 "와와와와와~"하는 기묘한 소리가 들렸다. 난생 처음 듣는 소리였기에, 혹시 여기 사는 새의 울음소리인가 싶었다. 소리가 나는 장소 중 가장 가까운 곳으로 걸어가 보니, 양동이를 들고 앞치마를 두른 아주머니가 그 희한한 고함을 지르고 있었다. 그러자 놀랍게도 길고양이 몇 마리가 천천히 몰려드는 것이 아닌가.

인류퇴화연구소장 카와하라다의 분석에 따르면, 얼핏 보면 비둘기를 부르는 듯한 저 특이한 소리는 "이리 와, 이리 와, 와!"라는 말이 오랜 세월 동안 간략화되면서 "와와와와와~"라는 나사케 섬의 방언이 된 것이 아닌가 싶다고 한다.

와와와와, 하고 소리를 지른 앞치마 아주머니는 양동이 속에서 뭔가를 꺼내어 무심하게 길 위로 던졌다. 황혼으로 물드는 하늘 속에서 은색으로 반짝이는 것이 땅 위로 떨어지자, 도둑고양이들이 그를 향해 일제히 달려들었다. 바로 이 아주머니가 소문으로만 들었던 '날생선'을 던져 주는 중이었던 것이다. 실로 성대한 대접이었다. 지금 막 잡아 온 전갱이와 고등어들이 길 위에서 파닥거리고 있었다.

"다진 전갱이가 한 접시에 천 엔은 할 텐데."

나는 카와하라다에게 슬쩍 귓속말을 건넸다. 그러나 카와하라다는 내 말이 안 들리는 모양이었다.

"희한하게 생긴 고양이네." 그렇게 말한 카와하라다가 지그시 주변의 언덕을 바라보았다. 카와하라다의 시선을 쫓아가니 길 끝에 가늘고 긴 홈이 있었다. 그곳에서 고양이 한 마리가 얼굴을 내밀더니 주변을 살피고 있었다. 확실히 희한한 고양이었다. 눈 주위가 판다처럼 새까맣고 코가 묘하게 뾰족했다. 좀 특이하게 생긴 고양이다 싶어 보고 있자니, 문제의 고양이가 주의 깊게 홈에서 기어올라 전갱이 잔치판의 한 구석으로 조금씩 기어들기 시작했다. 그 몸의 형태가 전부 드러난 순간 우리는 놀라면서 웃었다.

그것은 너구리였다.

우리는 호들갑을 떨면서 "저거 너구리예요?"라고 아주머니에게 물었다. 아주머니는 "퐁타이 왔냐? 퐁타이! 와와와와~"하면서 울부짖었다. 무책임할 정도로 적당히 지은 작명이 사랑스러웠다.

*

이리하여 나사케 섬 주변은 와와와와 거리는 외침과 함께 고양이와 너구리가 섞여 노는 상태가 되었다. 너구리의 눈을 본 순간, 내 상식은 흔들렸다. 일반적으로 '너구리 같은 아저씨'라는 말은, 구워도 못 먹을 만큼 속이 시커먼 능구렁이를 일컫는다. 그러나 야생 너구리의 눈을 정면에서 바라보자, 너구리에 얽힌 관념이 한순간에 날아가 버렸다. 이제까지 여행하면서 여러 야생 동물을 보았지만, 너구리만큼 순박하고 조신한 눈을 가진 동물을 본 적이 없다. 눈을 동그랗게 둘러싼 검은 털, 그 중앙에 구슬처럼 동그랗게 박힌 눈동자는 마치 순진무구한 아기처럼 자의식 및 속마음을 전혀 담고 있지 않았다. 자의식이 강한 고양이과 동물 특유의 교활하고 영리한 눈초리와 정반대다. 고양이와 너구리. 정반대의 성격을 가진 두 종류의 동물이 마주치는, 꽤 재미있는 순간이었다.

숨을 죽이고서 지그시 상황을 지켜보았다.

퐁타이가 길 한가운데로 슬슬 기어 나왔다. 그곳에는 마침 태어난 지 두세 달 정도 된 얼룩고양이 새끼가 있었다. 퐁타이가 곁을 지나가려는 찰나, 박력 없는 하품을 하더니 몸을 힘껏 휘면서 위협한다. 둘의 거리는 겨우 30cm 떨어져 있었다. 몸의 크기를 보면 퐁타이가 새끼 고양이의 세 배는 된다. 한입거리도 안 된다.

그런데 퐁타이의 모습이 웬지 이상했다. 곤란한 듯한 표정을 짓고 있었다. 새끼 고양이와 눈을 마주치려 하지 않는다. 눈을 어디 둬야 할지 몰라 허둥대고 있었다. 그러더니 마치 야단맞은 것처럼 새끼 고양이 앞에서 고개를 숙이고 지그시 반성하기 시작했다.

저게 만일 내 아이라면 "뭐하는 거야, 제대로 안 할래!"라며 엉덩이를 때려 주고 싶을 지경이었다. 하지만 동물들의 모습이다 보니 오랜만에 품위 있는 광경을 보았다는 생각이 들었다.

"카와하라다. 역시 너구리는……."

나는 그렇게 말하면서 뒤를 돌아보았다. 카와하라다도 나와 같은 생각을 하고 있었는지, 땅 위에 웅크리고 앉아서 퐁타이를 바라보며 중얼거렸다.

"응. 역시, 너구리는……."

고양이를 찾으러 나사케 섬에 온 것인데, 우리는 이미 고양이 건을 잊고 있었다.

그건 그렇다 쳐도 퐁타이는 너무 사람이 좋다. 아니, 너구리가 좋다. 고양이한테 생선을 모두 다 양보하고는 먹다 남은 찌꺼기를 모아 먹고 있었다. 퐁타이의 그런 모습을 본 나는 길 건너에 있는 잡화점으로 달려가서 두 개에 백 엔인 마루하 소세지를 사왔다. 그것을 잘게 찢은 뒤 손바닥에 놓았다.

"와와와와와~"

퐁타이는 나사케 섬의 방언을 흉내 내는 낯선 인간의 얼굴을 멍하니 바라보았다. 이럴 때는 마음을 비운 채로, 애정을 직접 드러내지 않고 무심한 척하는 것이 좋다.

……퐁타이가 다가왔다.

눈앞에 오더니 내 눈을 한번 바라본다. 그러더니 왠지 안심한 것처럼 살짝 내 손바닥에 입을 대었다.

나는 그때서야 너구리라는 동물의 성질을 확실히 이해했다.

입을 가져다 대는 행위가 놀라우리만치 부드러웠다.

이제까지 여러 동물에게 먹이를 주어 보았다. 가령 개는 무턱대고 먹이를 주는 손에 이빨을 세운다. 고양이는 때때로 발톱을 세운다. 원숭이는 위협하면서 먹이를 채간다. 대부분의 동물에게 있어서 '먹는 순간'이란 생존 경쟁에 놓이는 순간이며, 야성의 본능이 표출되는 때이다. 그리고 종류에 따라서는 반드시 폭력성을 보인다. 그래서 먹이를 받아먹는 너구리의 모습은 불가사의하다고밖에 말할 수 없었다.

한없이 상냥하다.

그 눈동자처럼.

이빨이 내 손을 물지 않도록 살며시 부드럽게 먹이를 입으로 문다. 그리고 천천히 목구멍으로 삼켰다. 때때로 이빨과 코끝, 혀가 피부에 닿았지만, 그로 인해 오히려 너구리의 부드러운 마음이 느껴졌다.

카네코 미츠하루가 시를 통해 '입술에 닿는 입술처럼 부드러운 것은 없다'고 노래했던 감촉이 바로 이것일 것이다.

혹은 어머니의 젖꼭지를 무는 아기 같은.

아니면 사심 없는 솜사탕일까.

*

"옛날부터, 한 번이라도 좋으니 야생 너구리를 보는 게 소원이었어."

다음 날, 나사케 섬을 떠나는 배 위에서 카와하라다가 중얼거렸다.

"호오, 그래?"

그러고 보니 카와하라다네 집 현관에 벙거지를 쓰고 술병을 든 너구리의 장식품이 있었다.

"……너구리는 야채로 치면 호박 같은 거니까 말이야."

나는 차가운 바람 속에서 점퍼 깃을 세우면서 말했다.

카와하라다는 대답하지 않고 미소를 지으면서 멀어져 가는 나사케 섬을 바라보았다.

작은 섬이다.

파도가 거친 날은 바다 뒤로 숨어 버릴 것처럼 자그마한 섬이다. 일본 열도의 속도에 따라가지 못하고 아득히 뒤에 남겨진, 거룻배를 탄 어부가 근근이 물고기를 잡으며 생활을 이어가는 곳.

그러나 거기에는 살아 있는 것들의 반짝임과 양동이 하나를 채울 만한 사람의 정이 교차하고 있다. 인간 세상에 그 이상 무엇이 필요할까. 겨울 파도 사이에 흔들리면서 문득 손을 움켜쥐었다.

후지와라 악마

아이에게 이름을 지어 준 적이 두 번 있다. 4년 전의 겨울이었다. 밤 12시 경, 자려는 순간 전화벨이 울렸다. 받을까 말까 순간 고민했지만, 왠지 가슴이 두근거리기에 수화기를 들었다.

다른 사람들도 경험했을지 모르겠지만, 전화를 받을 때는 신기한 일들이 자주 일어난다. 감이 날카로울 때면 전화가 울리기 몇 초 전에 갑자기 누군가의 얼굴이 떠오르는 것이다. 그 직후 걸려온 전화를 받으면 방금 떠오른 바로 그 사람인 경우가 자주 있다. 처음에는 그 연관성을 깨닫지 못했다. 그러나 몇 번이나 반복되다 보니, 요새는 누군가의 얼굴이 이유도 없이 뇌리를 스치면 '아, 이 사람한테서 전화가 올지도 모르겠군' 하며 기다리게 되었다.

4년 전에 전화가 걸려왔을 때는 잠들기 직전이라 머리가 멍했던 모양이다. 사람의 얼굴까지 떠오르지는 않았지만, 전화벨 소리가 평소와 다른 것처럼 느껴졌다.

전화를 걸어온 사람은 옛날 내 일을 도와주었던 오오마츠였다. 지금 막 아이가 태어났다고 말했다. 축하한다고 대답했다. 남자앤지 여자앤지, 건강한지, 산모의 상태는 괜찮은지 묻고 있는 사이, 그가 미안하다는 듯이 말했다. "아이의 이름 좀 지어 주십시오."

그러고 보니 예전에 자기 아이가 태어나면 이름을 지어 달라고 했던 것 같기도 하고 안 했던 것 같기도 하다.

전화를 끊은 뒤 이불을 뒤집어쓰고 자려 했지만 머리가 묘하게 맑았다. 나도 하나의 생명체다 보니, 태어난 것이 고양이건 사람이건 생명의 탄생은 내 몸속의 율동과 감응해서 일종의 조용한 감동을 불러일으키는 모양이었다. 고조되는 감정 속에서, 평범하지만 당당한 이름 하나가 떠올랐다.

전화를 끊은 지 오 분도 안 되어 다시 전화를 건 나는 '유진勇人'이라는 이름이 어떠냐고 물었다. 오오마츠는 내가 일주일 정도는 고민할 거라고 생각했던 모양이었다. 어쩌면 소중한 첫 아이의 이름이 인스턴트 라면을 끓일 만큼 짧은 시간에 지어졌다는 사실이 찝찝했을지도 모른다. 하지만 어설픈 심사숙고는 그냥 시간 낭비라는 말이 있듯이, 오래 생각한다고 반드시 좋은 것은 아니다. 이름을 짓기 위해 고민하고 고민하던 끝에 결국 적당히 무난한 이름을 골라 버리는 경우도 태반이다. 사람의 이름이란 일종의 시구이기도 한 법이라 번뜩이는 영감이 들어가 있어야 한다는 것이 내 의견이다.

태어나기 전부터 이것저것 고민하는 것은 죽은 아이의 나이를 세는 것과 비슷하다. 그러다가 오히려 흥이 깨진다. 육신이 태어나 이 세상에 나온 그 순간, 처음으로 현실적인 존재감이 살아난다. 그 존재의 아우라를 느꼈을 때의 뜨거운 감정이 흩어지기 전에 언령言靈이 내리길 기다리는 것. 이것이 가장 이상적인 형태가 아닐까? 그것이 바로 살아 있는 말이자 살아 있는 이름일 것이다.

다른 친구로부터 여자애의 이름을 지어 달라고 부탁을 받은 적도 있다. 그때는 슈가朱夏라는 이름을 주었다. 여름에 태어난 아이였기 때문에, 가장 빛나는 절정기라는 뜻으로 '붉은 여름'이라는 이름이 떠올랐던 것이다. 이 이름은 실제로 채택되지는 못했다. '사이코彩子'라는 이름을 붙였다고 한다. 아마 양가 친척들이 반대했거나, 이름의 사주팔자에 집착하는 사람이 주변에 있었던 게 아닐까 싶다. 나는 작명소에 이름을 부탁하는 것은 단순히 불안감을 떨치기 위한 행동이라고 생각하는 사람이다. 그런 걸로 아이의 운명에 영원한 행복을 줄 수 있다고 생각한다면 우스운 일이다. 좋은 한자가 이름에 있는데 불행한 사람은 얼마든지 있다.

이름이 '아쿠마(악마惡魔라는 뜻─옮긴이)'라니, 개그 시대에 어울릴 만한 재미있는 이름이지만 조금 독특하다. 하지만 자기네 맘대로 하라고 내버려 두면 되지 않나? 새빨간 타인의 가정사에 트집을 잡으며 간섭하는 현대 일본인들은 좀 성격 이상자일지도 모른다. 아쿠마 군 자신보다 그 주변에서 난리 법석을 피우는 성격 이상자들의 존재가 훨씬 더 꺼려해야 할 사회 문제다. 나도 아이에게 이름을 붙일 때 나름의 방향성을 가지고 있음을 앞에 늘어놓았지만, 딱 그 이상도 그 이하도 아니다. 기본적으로 이름 짓기 따위는 천재지변에 비교될 만큼 큰 일이 아니다. 지구에는 백만 종이나 되는 동물들이 살고 있지만, 개체에 이름을 붙이는 것은 인간뿐이다. 그토록 인간은 자신이 세상 속에서 중요한 존재라고 생각하고 싶어 하는 나르시즘 동물이다. 오만하기 그지없다. 그러한 유아독존식 사고방식이 다른 동물들과 지구를 파괴하고 있다. 이름을 갖는다는 것은 인간적 자아의 비겁한 일면 중 하나다. 사람 이름이 천사건 악마건, 개의 입장에서 보면 그저 오줌 냄새가 나는 한낱 고깃덩이에 지나지 않는다.

단지, 아쿠마라는 이름에 이토록 거부 반응을 보이는 일본인의 이상 성격은 어떻게 형성된 것인가. 흥미로운 부분이다. 우선 80년대 이래 드러난, 불결·어둠·두려움 등 부정적인 것을 배제하려는 국민적 성향. 그와 동시에 진행된, 차별 용어와 품위 없는 언어에 대해 이상할 정도로 표출되는 거부 의식. 그 두 가지가 배경에 깔려 있다. 이 사실을 거울삼아 뒤집어 보면, '이름 때문에 아이가 왕따당한다'라는 논조로 악마라는 작명에 거부 반응을 보이는 부모의 밑에서 자란 아이는 그 '아쿠마' 군을 괴롭히는 가해자로 성장할 가능성이 높다고도 할 수 있다.

버블 이래 가족을 회복하자는 경향으로 흘러가던 일본인의 기분을 거슬렀다는 사실 또한, 아쿠마 군이 세간의 주목을 받게 된 원인 중 하나다. 전쟁 이후 가족을 지탱해야 했을 일본의 아버지들은 기업가 병역에 사로잡혔고, 아버지가 없는 가정 속에는 경쟁 원리라는 이름의 마물이 파고들어 왔다. 마물은 어머니와 아이의 꿈누리에 불을 붙여 놓았고, '집'은 가정이 없는 빈 껍질이 되었다. 가끔 아버지와 어머니의 얼굴이 아이의 눈에 악마로 비치거나, 반대로 부모의 눈에 아이가 악마로 보이기도 했다. 이렇듯 공허한 집 안에서 피비린내 나는 살인 사건이 일어나는 것이다. 일본 집에는 요 30년간 계속 악마가 자리 잡아 왔던 것이다.

버블 경제 붕괴와 동시에 기업이라는 이름의 공동체도 신뢰를 잃었다. 가족을 회복하자는 움직임이 나타나는 것도 당연하다. 그 경향은 하나다 형제(1990년대 초에 일본 스모 계에서 큰 인기를 모았던 형제 선수—옮긴이)나 황실에 대한 열광, 인자한 아버지가 암으로 병사하는 텔레비전 드라마를 향한 엄청난 반응 등에서 잘 나타나고 있다. 또한 일본의 유서 깊은 전설적 가계도를 품 안에 등장시킨 호소카와 모리히로(전직 일본 총리인 동시에 구마모토 번의 영주였던 히고 호소카와 가문의 제18대 당주다—옮긴이)에 대한 심상치 않은 인기도 마찬가지다. 버블에 의해 의지할 곳을 잃고 가족의 회복을 갈구하는 평민들의 표상으로 기능했기 때문이다.

즉 아쿠마 군은 이러한 사회적 배경 및 개인적 사정에 의해 가족 회복을 추구하는 현대 일본인들의 마음을 거슬렀다가 이토록 지탄을 받게 되었다는 얘기다. 그 이름은 야구 방망이 존속 살인 사건에서 미야자키 쓰토무 사건에 이르기까지 온갖 가족의 악몽을 순식간에 불러일으킨다. 떠올리고 싶지 않은 과거의 상처가 너무나 많다.

나는 가족 회복 경향 자체는 옳은 것이라고 본다. 건설 회사로 상징되듯, 사람들은 끝없이 돈을 벌고 확장하는 경쟁 원리가 모토인 기업에서 새우잠에 시달리느라 얼굴이 꽤나 핼쑥해졌다. 좀 더 인간다운 가치를 지닌 가족 공동체로 돌아가려 하는 현상은 당연히 기뻐할 일이다.

그러나 어제의 사기꾼이 오늘 성자가 되거나, 어제 수전노였던 사람이 오늘 청빈한 사상가로 변하기란 어려운 노릇이다. 가정 회복 역시 익숙하지 않은 일을 하는 거라서 순간 연극 같아 보인다. 아쿠마 군의 경우도 마찬가지다.

처음에 그 이름을 뉴스로 들었을 때는 '내가 4년 전에 지었던 이름 〈유진〉을 능가하는군. 모든 관념을 초월하여 태연하게 웃어넘길 수 있는 너그러움을 가진 현대 음유시인이 출현한 것인가?'라고 생각했었다. 며칠 뒤, 텔레비전에 나온 아버지의 인터뷰를 듣고 내가 완전히 잘못 짚었다는 것을 깨달았다.

"이 이름을 듣는 사람들은 누구나 놀라면서 정말로 이름이 아쿠마냐고 재차 확인하겠지요. 자연히 아이는 관심과 주목을 받게 될 겁니다."

만일 그 때문에 왕따를 당하더라도 그를 가볍게 뛰어넘을 수 있는 힘을 길러 주었으면 한다고 말했다. 잡지에 실린 인터뷰에서는 "이번 일로 몇억 엔에 달하는 홍보 효과를 보았다"며 흥분하고 있었다.

내가 상상했던 초연한 태도와는 전혀 달랐다. 쇼와 시절부터 이어져 내려온, 진저리가 나는 경쟁 원리가 여기에도 있다. 차별화 전략으로 다른 사람들보다 튀어 보려는 제품 원리다. XX군이나 OO양 등, 상품에 사람 이름을 붙이기 시작한 것은 비슷비슷해진 상품들을 차별화하기 위해서였다. 상품 사회, 정보화 사회 속에서 자란 인간 자신도 비슷비슷해졌고, '요시모토 바나나'나 '사쿠라 모모코'처럼 튀는 이름이 줄을 잇게 된 것도 그러한 유통 원리에 따른 것이리라. 아쿠마 군 아버지의 말을 들어 보니, 쇼와 시절에 시작된 마케팅 센스가 일반인 속에도 정착되어 있다는 사실에 놀라지 않을 수 없었다.

그러나 쇼와 시절과 달라진 것이 하나 있다. '아이를 사랑해서 그랬다'는 의도다. 그는 텔레비전 화면 속에서 몇 번이나 아이의 볼을 비볐다. 예전 세대 아버지들에게서는 찾아볼 수 없었던 모습이다. 그러나 왠지 이상하다. 뭔가가 딱 납득이 가질 않는다. 그렇게 생각하면서 텔레비전을 보고 있던 중, 저 부친은 아이를 사랑하는 게 아니라 아이를 '지나치게' 사랑하고 있는 게 아닌가 하는 감상이 뇌리를 스쳤다. 동물의 세계에서는 자기 새끼를 너무 귀여워한 나머지 먹어버리는 일이 발생한다. 지나침은 모자람만 못하다는 경구가 있다. 아이에게 붙여 준 아쿠마라는 작명은 사랑이 지나쳐서 자가당착에 빠진 그 자신을 가리키는 것이 아닐까.

저출산 사회, 사랑이 메마른 사회, 정신적 지주가 없는 사회에서는 부모 자식 간에 자가당착이 일어나기 쉽다. 부모 자식도 결국은 타인이다. 서로 사랑하는 것도 어느 정도 거리를 두고 있어야만 한다.

그 거리감이 사랑의 이름 아래 사라지고 변형되어가는 현상이 사회 여기저기서 보이고 있다. 얼마 전에 오오츠키 군이 갑자기 찾아와서 이런저런 정보를 공유해 주었는데, 그중에 흥미로운 이야기가 있었다. 여성 만화가가 그리는 「아기가 왔다」라는 제목의 인기 만화가 있다고 한다. 그 작품에 등장하는 어느 어머니는 아기가 너무도 귀여운 나머지 아기의 고추를 입에 물고 빤다. 그러면서 조그만 고추 모양의 구미 캔디(고무 같은 촉감의 캔디—옮긴이)를 만들면 반드시 히트 상품이 될 거라고 생각했다는 내용이 실려 있었다는 얘기였다.

이건 넓은 의미에서 보면 펠라치오다. 그러나 그전에, 내 어머니가 아기인 나에게 그러한 행동을 하는 장면을 상상하고는 온몸에 소름이 끼쳤다.

'너무 사랑하고 사랑하고 또 사랑한단다'라는 사랑의 이중첩, 삼중첩은 동물이 사랑하는 새끼를 먹어 버리는 것과 닮았다. 어느 순간 그곳에는 사랑도 타자도 사라지고 자신을 향한 나르시즘만이 남게 된다. 현대의 자기애적 연애와 닮은 변태적 행동을 떠올리게 만든다.

이러한 사회적 상징들을 보고 있으면 인간의 자아란 조신해지기는 커녕 비대화하는 방향으로 가고 있는 것처럼 느껴진다. 차라리 이름을 '사람'이라고 짓는 편이 지금의 인류에게 유익할지도 모르겠다.

아까 앞에서 개인의 이름을 갖는 것은 인간 자아의 비겁함이라고 했으나, 발리 섬에서 바람직한 인간 작명의 힌트를 찾은 적이 있다. 발리 섬에서는 개인의 이름이 없다. 장남은 와양이나 프투, 구데 중에서 정해진다. 차남은 마데 혹은 누가. 삼남은 유망, 사남은 구툿토. 오남째부터는 다시 장남의 이름서부터 돌아가면서 순서대로 붙인다.

즉, 극단적으로 대충 짓는다. 나중에 태어난 아이들을 그다지 소중히 여기지 않는다. 눈에 띄도록 유도해서 남보다 잘 나가게 하려는 팔불출 부모도 없다. 아이도 부모의 기대를 짊어지지 않기 때문에 적당히 놀고 있다. 정해진 양식 속에서 태어나 양식 속에서 죽어 간다. 한때는 일본도 발리 섬처럼 적당히 이름을 지었었다. 이치로(첫째), 지로(둘째), 사부로(셋째)가 줄줄이 이어지고, 어느 마을의 신사 경내에서 '우메 씨!'라고 부르면 여기저기서 우메라는 이름을 가진 사람들이 몰려오기도 했었다. 인간의 조신함이 드러나는, 실로 보기 좋은 광경이다.

내 모친의 이름은 우메코였다. 신야라는 이름도 부친의 이름 신타로에서 온 것이다. 나는 넷째 아이였는데, 슬슬 그만 낳고 싶다는 의미로 신타로의 '신'과 멈춤을 뜻하는 '야'를 합쳤다고 한다. 실로 빈곤한 지성과 적당주의가 낳은 이름이다. 아버지의 압박을 느끼지 않고 자란 데에는 이름도 한몫했을지 모르겠다.

어머니한테 고추를 깨물리는 '후지와라 아쿠마'로 태어나지 않아서 정말로 다행이다.

아일랜드 스튜

이국에서 처음 먹은 식사는 기억에 선명하게 남는다. 예를 들면 20대 시절에 영국에 와서 처음으로 먹은 요리는 스파게티였다. 가격에 비해 너무나 큰 접시에 담겨 나왔기에 득본 기분이었지만, 면의 색깔이나 형태를 본 순간 혀가 얼어붙었다. 지나치게 삶은 면은 불어서 표면이 흐물거렸다. 색깔은 다 빠진 것처럼 허옇고, 이상하리만큼 기세가 좋은 김이 무럭무럭 올라왔다. 미트 소스도 맛이 없었다.

내가 사반세기 전에 먹었던 그 영국 파스타의 맛을 알고 싶은가? 슈퍼에서 파는 대량 생산용 우동을 삶아 놓고 게인즈 팻쿤 같은 고양이용의 쇠고기 통조림을 국물에 푼 뒤 케첩을 부으면 대충 비슷한 맛이 나올 것이다. 맛있는 식사는 좋은 여행의 필수 조건인데, 영국에서는 첫걸음서부터 배신당했다. 그때는 영국 요리가 맛없기로 유명하다는 사실을 몰랐기 때문에 오늘 운이 없나 보다고 생각하고 말았다.

그 점에서 볼 때, 아일랜드에서 맞이한 기념비적 첫 식사는 운이 좋았다.

처음 들어간 가게가 더블린의 거리에 있는 샌드위치 음식점이었다. 얇게 썬 버섯 샐러드, 양파 슬라이스, 칠면조 구이 위에 치즈를 넣은 샌드위치를 야채 스프와 함께 먹었다. 한 입 베어 물을수록 더 먹고 싶어지는 맛이다. 먹을 때 순간적으로 샌드위치 중독 증세가 나타났다.

맛의 비결은 빵에 있었다. 카운터의 등 뒤로 보이는 선반에는 막 구워 낸 빵이 쌓여 있었다. 손님은 화이트나 브라운 등 좋아하는 빵 종류를 지정할 수 있다. 화이트는 하얀 빵이고 브라운은 표백하지 않은 검은 빵이다. 양쪽 다 프랑스빵(아일랜드와 프랑스는 한때 영국에 대항해 함께 싸운 적이 있다. 그때 프랑스에서 들어온 빵일지도 모른다)처럼 겉은 딱딱하고 속은 부드럽다. 이 상반되는 성질이 절묘하게 입속에서 맞물리면 혀끝에서 예술 같은 맛이 느껴진다.

또 하나의 비결은 주문받은 샌드위치를 즉석에서 만든다는 점이다. 카운터 앞의 진열장에는 열 종류 정도의 식재료들이 나열되어 있다. 손님은 샌드위치 속에 무엇을 넣을지 고른 후 빵 종류를 말한다. 즉 주문 맞춤 샌드위치인 것이다. 자신의 취향에 맞춰서 샌드위치 속을 고른 후 갓 구운 빵에 끼워 먹는 것이니 맛이 없을 리가 없다. 그 샌드위치를 한 입 먹은 순간, 이번 여행은 분명 풍요로울 것이라는 기대감에 가슴이 뛰었다. 그와 동시에 일본에는 왜 이런 시스템의 샌드위치 가게가 없는지 안타까웠다.

그러나 식도락은 그걸로 끝이었다.

아일랜드를 여행하는 내내 모래를 씹는 듯한 나날이 계속되었다. 아일랜드의 요리도 영국 수준이거나, 그 이상으로 심하다. 영국 요리가 비극이라면 아일랜드 요리는 참극이다. 아니, 그렇게까지 심하게 말할 수는 없을지도 모르겠다. 못 먹을 것은 아니지만 요리에 연구의 흔적이 전혀 없다. 즉 민족의 냄새(정체성)가 나지 않는다. 유명한 기네스 맥주는 그럭저럭 괜찮았지만, 마찬가지로 유명한 아이리쉬 커피는 그냥 커피·위스키·크림을 적당히 넣고 섞은 것뿐이었다. 호텔에서 내린 커피에다 시장서 산 위스키와 크림을 넣었더니 비슷한 맛이 났다. 허망하다.

대표 요리라는 아일랜드 스튜도 마찬가지다. 스튜처럼 쉬운 요리가 대표작이라니 요리 문화가 얼마나 빈곤한지가 제대로 드러난다. 스튜란 건 냄비 속에 있는 건 다 넣어서 끓이면 되는 요리지 않은가. 만들기도 쉽고 불만 있으면 언제든지 덥혀 먹을 수 있다. 챵코나베(찌꺼기를 끓여 만든 데서 유래된 일본의 부대찌개 비슷한 요리─옮긴이) 같은 것이다. 지금은 스모가 인기 있는 스포츠로 떠오른 덕분에 챵코나베도 그럭저럭 요리 대접을 받고 전문점도 생겼지만, 옛날 우리 여관에 머문 스모 선수 일행이 즉석에서 만든 챵코나베 같은 건 눈물이 날 지경이었다. 있는 건 죄다 냄비 속에 집어넣더라. 양이 모자라면 머리가 부스스한 후보 선수들이 나무뿌리나 버린 물고기 뼈까지 주워다 냄비에 넣었다.

뉴 로우라는 작은 마을에서 아일랜드식 챵코나베인 아일랜드 스튜를 처음으로 먹었다. 좀 점잔 빼는 구석이 있는 레스토랑이었다. 점잔 빼는 구석이 뭐냐고? 이 나라에서는 누구나 아는 팝송을 배경음악으로 트는 경우가 많다. 아이리쉬 음악을 트는 경우가 적다는 것은, 전후 일본이 그랬던 것처럼 이 나라의 중산 계층이 외래문화를 더 높게 본다는 증거다. 내가 그 레스토랑에 들어갔을 때는 냇 킹 콜의 「시든 풀」이 흘러나오고 있었다. 아일랜드 같은 유럽 근교에서 이런 진부한 노래라니 여행자에게 실례다. 내가 지금 어디에 있는 건지 헷갈리게 된단 말이다.

　메뉴에 눈을 돌리니 아이리쉬 스튜가 딱 눈에 띄었다. 그를 주문했더니 마침 떨어졌다고 한다. 그래서 대신 레인보우 트라우트의 비네가소스를 주문했다. 1분 정도 지났을 때였다. 웨이트리스가 생글거리면서 돌아오더니 "Good News!"라고 말했다. 아이리쉬 미대통령이라도 탄생한 건가 생각하면서 고개를 돌렸더니, 그녀가 귓전에 속삭였다.

　"다행히도 스튜 1인분이 남아 있다 합니다."

　뉴스라는 표현까지 쓰다니, 신문기사에 날 만큼 굉장한 요리가 나올 것 같은 예감이 들었다. 자세를 바로하고 기다리기를 20분(도대체 스튜라는 게 20분이나 걸릴 만한 요리인가?), 드디어 문제의 굿뉴스가 테이블로 날라져 왔다.

　역시 그냥 어디에나 있을 것 같은 스튜잖아! 아니다, 우리가 평소 먹는 스튜처럼 스프 국물이 걸쭉하지 않았다. 묘하게 묽다. 역시 즉석 챵코나베랑 닮았다.

　여행서에는 아이리쉬 스튜에 감자가 들어간다고 쓰여 있었고, 실제로 들어가 있긴 했다. 그건 별로 놀랄 일이 아니다. 원래 스튜라는 요리엔 감자가 들어간다. 그러나 유감스럽게도, 아이리쉬 스튜의 감자는 잘게 부서져 있어서 재료의 취지를 망치고 있었다(그다음에 먹은 스튜에는 감자가 통째로 들어가 있었지만 대개는 잘게 넣는다).

　내 경우, 감자를 스튜에 넣을 때는 함께 끓이지 않는다. 미리 삶아둔 감자에서 물기를 뺀 후 거의 다 끓인 스튜에 껍질째로 넣던가, 반으로 잘라서 넣는 것이 제일 맛있다. 그러나 아이리쉬 스튜는 잘게 썬 감자를 함께 삶아 버리기까지 했기 때문에 육수와 감자가 괴물처럼 한 몸이 되어 있었다.

나는 인간관계든 요리든 끈적끈적하게 엉겨 붙는 게 맘에 안 든다. 아니, 그렇다기보다는 모든 요리는 그릇 속에서 만난 재료가 각자 자기주장을 하면서, 그러면서도 부드럽게 조화를 이루는 것이 기본이다. 사교댄스랑 똑같다.

아이리쉬 스튜의 두 번째 특징은 양고기가 들어간다는 점이다. 엉겨 붙은 감자 조각 집단을 포크로 헤쳐 보니 양고기가 나타났다. 그런데 이것도 잘게 썬 상태였다. 정말 곤란한 노릇이다. 스튜 고기는 비교적 저급인 정강이살 등 딱딱한 부위를 덩어리째 넣고 긴 시간 끓여서 고급 고기보다 부드럽고 맛있게 만드는 게 기본이다. 육수를 끓이는 데 시간을 들이지 않았기 때문에 양고기를 잘게 썰어 넣을 수밖에 없었던 게 아닐까.

왜 아일랜드 사람들이 스튜에 일부러 감자를 부숴 넣는지(그러면 더 맛없어지는데!)에 대해 문화인류학적인 흥미가 솟았다. 나는 수저로(수저로 다 떠먹을 수 있는 스튜라니, 경로당이냐!) 스튜를 맛보면서 계속 고민했다. 그러던 중 아일랜드에서 벌어진 비극적 사건이 머릿속에 떠올랐다.

1845년에서 1849년까지, 아일랜드 사람들은 감자 대기근이라는 특이한 상황에 직면했었다. 당시 국토의 대부분을 영국에 빼앗겼던 아일랜드인들은 대지주인 프로테스탄트(영국인)의 소작농이 되었다. 그들은 빌린 땅의 2/3를 사용해 밀밭을 일구었으며, 그 수확물을 모조리 상납한 후 나머지 1/3의 밭을 이용해 자신들이 먹을 감자를 길렀다. 그러던 중 전국을 덮친 역병 때문에 작물들이 순식간에 말라 버린 것이다. 9백만 인구 중 백만 명이나 되는 사람들이 굶어 죽었다고 하니 무시무시한 얘기다. 또한 백오십 만 명은 아사 직전에 나라를 떠나 미국이나 캐나다로 이민 갔다고 한다.

　나는 감자 파편이 담긴 스프를 수저로 퍼서 노숙자마냥 후루룩거리며, 누가 먹다 남긴 찌개 같은 아이리쉬 스튜의 허무함과 슬픔은 그때부터 시작된 것이 아닌가 생각했다. 어쩌면 이 땅에는 역사적으로 스튜에 감자를 통째로 넣을 만한 사치가 주어지지 않았던 게 아닐까. 대기근 시절, 사람들이 썩은 감자에서 먹을 수 있는 부분을 최대한 잘라 내어 소중히 냄비에 넣는 장면을 상상하기란 어렵지 않다. 양고기를 사용하는 것도 마찬가지다. 토지가 메말랐던 시절, 사람들이 섭취할 수 있는 동물성 단백질이라고는 험준한 바위 사이의 풀을 저 혼자 뜯어 먹으며 살아남은 산양뿐이었으리라. 덧붙여서 빈민층의 빵이라고 불리는 감자도 산양처럼 끈질기다. 메마른 토지에 씨감자를 뿌리고 내버려 두면 혼자서도 잘 자란다.

　그런 풍토 조건에서 얻은 감자와 양고기, 거기에 더해진 특수한 역사적 변천사와 요리법. 그를 아이리쉬 스튜라 명명한 거라면, 이 스튜에는 아일랜드의 명물 요리가 될 자격이 있는 것이리라. 그러나 그 이름의 뜻이 단순히 '아일랜드의 스튜'라는 비시문학적인 명칭인 것처럼, 이 요리는 문화의 산물이 아니다. 그저 이 나라에서 태어난 임시방편의 먹을거리에 지나지 않는다. 나는 The Platters의 「Smoke Gets In Your Eyes」라는 유명한 노래를 뒤로 한 채 레스토랑의 문을 밀었다.

문 밖의 바람은 지독하게 추웠다. 공중의 전선이 얽혀서 불꽃이 튀고 있었다. 일상적인 요리와 음악을 즐긴 뒤, 유서 깊은 이 지방 특유의 스산한 바람에 볼을 얻어맞는 것이 은근히 기분 좋았다. 내가 스튜를 먹고 있는 동안, 진정한 '여행'은 문 밖에서 줄곧 나를 기다려주고 있었던 것이다.

원숭이와 오랑우탄

올해는 유독 원숭이들이 일본 열도 곳곳에서 날뛰고 있다고 한다. 사람들은 이를 '원숭이 재난'이라고 부른다.

이것은 인간 편에 서서 만든 조어다. 원숭이 쪽에서 세상을 바라보면 정세가 달라진다. 골프장이나 택지 개발 때문에 삼림이 잘려 나가 원숭이의 터전이 매년 좁아지고 있다. 원래 그곳은 원숭이들이 사는 땅이었는데, 인간이 멋대로 선을 긋고 자기 땅이라 주장하며 원숭이들을 몰아낸 것이다. 원숭이 편에 서서 보면 '인간 재난'이며, 몰아내야 할 것은 원숭이가 아니라 인간이다.

이런 이야기는 별로 안 하는 것 같지만, 원숭이의 터전이 좁아지는 데에는 또 한 가지 이유가 있다. 나는 보소 지방에 산 지 10년이나 된다. 집에서 산이나 바다를 바라보다 보면 요 10년간 자연 변화가 꽤 심각함을 알 수 있다. 환경 파괴라고들 하지만, 도시에 살고 있으면 파괴의 조짐이나 변질된 자연이 어떤지 알 기회가 없다. 그러나 자연 속에 살고 있으면 비상식적으로 희한한 변질도 생생하게 느껴지기 때문에, 보통 일이 아니라는 생각에 시달리게 된다.

요 십년간 곤충들의 수가 급격하게 줄었다. 아니 요 5년간이라고 해도 될 것 같다. 5년 전까지만 해도 매년 여름마다 투구벌레가 상수리나무에 잔뜩 모여들어서 시끄러울 정도였다. 상수리나무는 좋은 목재를 얻기 위해서 사람 손에 의해 재배되는 경우가 많은데, 여름밤이 되면 나뭇가지에서 달콤한 수액이 흘러나온다. 한밤중에 그 옆을 걸으면 달콤한 술 같은 향기가 코를 간질였기 때문에 보지 않고도 상수리나무임을 알 수 있었다. 손전등으로 비춰 보면 그 수액에 투구벌레와 사슴벌레가 붙어 있었다. 때로는 교미하면서 수액을 핥고 있기도 했다. 그런 장면에 맞닥뜨릴 때면 생명의 풍요로움과 난잡함에 전율이 흘렀다. 그리고 산 전체에서 에너지가 피어오르는 것 같은 감동을 느끼곤 했다.

그러나 이 상수리나무 수액이 해마다 줄어들더니, 향마저 약해졌다. 그와 동시에 투구벌레와 사슴벌레가 안 보이기 시작했다. 나무의 기본 체력이 저하되었다는 뜻이다. 나무가 약해진 원인으로 산성비 외에 떠오르는 것이 없다. 땅 자체가 오랫동안 산성비에 의해서 산화되었고, 아마 어떤 시기를 기점으로 임계점을 돌파한 것이 아닐까 싶다.

요 사반세기 동안 급속히 줄어들었던 소나무도 나뭇가지 속에 알을 낳는 해충이 감소 원인이라고들 했었다. 그 유충이 나무를 뜯어먹기 때문에 마른다는 것이다. 그 벌레라는 것이, 우리가 어릴 때 자주 잡았던 하늘소다. 하늘소는 아주 옛날부터 있었던 벌레인데, 예전에는 멀쩡하던 소나무가 전후에 갑자기 시들기 시작했다. 그렇다면 벌레의 피해는 최종 결과일 뿐, 다른 원인이 있지 않겠느냐고 몇 년 전에 글을 쓴 적이 있다. 그때 내가 들고 나온 것이 산성비였다. 소나무는 산에 특히 약하다. 산성비 때문에 나무의 기본 체력이 떨어져서 해충 피해를 당해 낼 수가 없게 된 것이 아닐까. 나는 그저 감으로 적었을 뿐이지만, 요새 이 논리가 증명되고 있는 중이다.

그 연장선으로 원숭이에 대해서 얘기해 보자. 산성비는 지구 그 자체인 땅을 더럽히고 나무를 병들게 한다. 체력이 약해진 나무는 상수리 수액이 마르는 것처럼 열매 종류도 수도 줄어들게 될 것이다. 원숭이가 좋아하는 으름열매는 한줄기의 담쟁이덩굴에서 열리는데, 그 수가 계속 줄고 있는 것을 실제로 목격했다. 원숭이가 인간에게 덤벼들기 시작한 데에는 이러한 원인이 숨겨져 있는 게 아닐까 싶다. 만일 그게 사실이라면 역시 '인간 재난'이라고밖에 말할 수 없으리라. 그런 이유로 일본 열도 곳곳에서 무차별적인 원숭이 전투가 화려하게 벌어지고 있는 것이다.

몇 년 전에 시코쿠의 우와쵸 섬에 사는 친구로부터 특이한 팩스를 받고서 폭소를 터뜨렸는데, 그 직후 묘하게 외로운 기분이 들었던 적이 있다.

*

팩스로 들어온 내용은 우와쵸 섬의 지방신문 1면 톱에 실린 기사였다. 밭 한가운데 서 있는 간판 아래서 강냉이를 먹고 있는 원숭이 몇 마리를 찍은 사진도 곁들여져 있었다. 웃기다 못해 슬퍼지는 이야기를 함축한 사진이었다.

세상이 다 그렇듯 우와쵸 섬도 오랫동안 원숭이 문제 때문에 고민해 왔다. 온갖 해결 방법을 다 사용해 보았으나, 결국 모든 것이 실패로 끝났다. 그래서 어느 날 평소처럼, 몇십 번은 반복한 것 같은 '원숭이 재난 대책을 위한 반상회'가 열렸다. 그러나 이미 모든 아이디어가 고갈된 상태였다. 그때 어떤 주민이 말했다.

"전래동화 중에「원숭이와 게의 싸움」이라는 게 있잖아요. 어쩌면 원숭이는 게를 무서워하는 게 아닐까요?"

회의 중이던 사람들은 이 참신한 의견에 귀를 기울였다. 끝없는 미로를 헤매며 몰릴 대로 몰린 사람들은 때로 망상의 하늘을 부유하곤 하는 법이다. 촌장과 회장은 이 망상적 발언에 꽤나 마음이 끌렸던 모양이다. 물에 빠지면 지푸라기라도 잡는다더니, 지역 토착민들에게 있어서 전래동화는 신화 같은 역할을 하는 것일지도 모른다. 슬픈 건지 기쁜 건지, 이 발언에 따라 예산안을 맞추었다.

이윽고 마을에서 원숭이 피해를 입은 밭이란 밭에는 모두 게를 그린 간판이 세워지게 되었다. 개인적으로 일본이라는 나라에 아직도 이런 신기한 짓을 저지르는 사람들이 남아 있었다는 것을 알게 된 것이 기쁘다.

게 간판을 세운 마을 사람들은 숨을 죽이고 원숭이들의 움직임에 주목했다. 그러나 주목할 것까지도 없었다. 마치 아무 일도 없었다는 듯, 밭에 몰려온 원숭이 떼가 평소처럼 줄레줄레 달려오더니 농부가 수확이라도 하는 것처럼 밭의 작물을 파헤쳤다. 그쯤에서 돌아갔으면 좋았으련만, 어째서인지 마을 사람들이 쳐다보는 가운데 간판 쪽으로 걸어가는 것이었다. 간판 아래에 그늘이 졌기 때문일지도 모른다. 원숭이들은 마을 사람들의 생각을 비웃는 것처럼 커다란 꽃게 간판 아래서 식사를 시작했던 것이다. 그 풍경이 사진으로 찍혀서 지방 신문에 톱기사로 실렸다는 얘기였다.

한가한 건지, 어리석은 건지. 흐뭇한 얘기인지, 슬픈 얘기인지. 복잡하고도 신묘한, 알려지지 않은 원숭이 사건이었다.

*

위의 예에서 보듯이, 떠들썩하게 보도되지 않았을 뿐이지 각 지방에서 원숭이 사건들이 의외로 많이 발생하고 있는 게 아닌가 싶다. 우와쵸 섬만큼 황당무계하지는 않지만, 내 주변에서도 원숭이 사건이 일어난 적이 있다.

우리 집 뒷산의 비탈에는 매년 7월마다 산백합이 일제히 핀다. 그런데 산의 환경이 바뀌기 시작했던 사오 년 전부터 원숭이가 산백합을 짓밟기 시작했다. 원숭이는 백합 뿌리를 캐먹는 습성이 있는데, 이번에는 백합의 꽃봉오리를 먹기 시작했던 것이다. 6월, 아직 봉오리에 물이 올라야 할 시기인데 원숭이 무리가 오더니 커다란 봉오리를 죄다 따서 먹어 버렸다. 그 때문에 정작 꽃이 흐드러져야 할 7월에는 조그만 꽃이 몇 송이 피는 게 전부였다. 대신 조각조각 뜯긴 잎들이 비참하게 땅 위에 흩어져 있었다.

도대체 뭐가 그렇게 맛있을까 싶어서, 작년 원숭이처럼 산백합 봉오리를 먹어 보았다. 그랬더니만 산백합 특유의 강렬한 향기가 콧속에 치밀어 올라서 입가심을 해도 사라지지 않았다. 역시 인간의 미각과 원숭이의 미각은 다른 모양이다. 하지만 설령 맛있었다고 해도 원

숭이의 행태를 용서해 줄 생각은 전혀 없었다. 봉오리가 필 시기가 되면 목도를 들고 올라가서 원숭이와 눈씨름을 하는 나날이 계속되었다.

그러나 어느 날, 나는 기묘한 광경을 목격했다. 내 빈틈을 타서 산백합 봉오리 하나를 따낸 원숭이가 나무 위에 올라가더니 자기 새끼에게 그것을 먹이는 것이었다. 털이 벗겨지고 바싹 마른 것을 보니 새끼는 병이 든 듯했다. 그 모습을 본 나는 문득 원숭이들에게는 산백합 봉오리가 한방약이 아닌가 하는 생각이 들었다. 그 이후로는 원숭이를 열심히 쫓아낼 기운이 나지 않았다. 생각해 보니 산백합은 누구의 것도 아니지 않은가. 그렇다고 전부 따 버리는 것을 놔둘 수도 없지만 말이다. 산백합을 원숭이들과 나눠 갖는 방법이 없을지 고민한 결과, 원숭이에게는 원숭이로 대항하는 것이 최고라는 생각이 들었다. 원숭이이긴 하지만 일본에는 없는 종류, 오랑우탄이다.

오랑우탄을 기르고 있는 건 아니다. 태평한 소리지만, 오랑우탄과 닮은 가짜 원숭이를 만든 것이다. 커다란 거북이 모양의 철망을 만들고 거기에 종려나무 껍질을 씌워서 털처럼 보이게 한다. 진짜 오랑우탄처럼 보인다고 자화자찬했다. 단지 눈, 코, 입이 없는 것이 기분 나쁘다.

내 계획은 이렇다. 동물에게는 영역이라는 것이 있다. 내가 노린 것은 그 행동 패턴이다. 즉 내 오랑우탄의 영역 안에 있는 산백합에는 적이 다가가지 못한다. 산백합이 먹고 싶으면 자기네 영역에 있는 걸 먹으면 된다. 구역 분할 작전이다.

상당히 동물행동학에 기반한 것처럼 들리지만 사실은 아직 실행하지 않았다. 종려나무 껍질 오랑우탄을 만드는 게 꽤 힘들어서, 봉오리 기간은커녕 꽃피는 시기조차 지나쳐 버렸다.

나는 내 오랑우탄을 나무 위에 매달아 놓고 홀린 듯이 바라보면서 '내년에 잘 부탁한다'며 묵묵히 질타 및 격려하는 중이다. 이게 잘 풀리면 일방적인 원숭이 구제가 아니라 인간과 원숭이가 공존하는 자연 친화적 방법으로서 우와쵸 섬 반상회에 제안할 생각이다. 촌장도 기뻐할 게 틀림없다.

인생의 낮잠

책 두 권을 동시에 출판하게 되었다. 그다지 책을 펴내지 않는 나로서는 드문 일이다. 한 권은 이제까지 찍은 사진을 집대성한 『전 동양 사진』이다. 원래는 나누어서 전집으로 만들자는 얘기도 있었지만, 분수에 맞지 않는다는 생각이 들어서 한 권으로 묶었다.

내가 찍은 사진에는 아시아에서 일본, 서구 등 온갖 곳이 있지만, 결국 내 사진의 출발점인 아시아의 사진들을 골랐다. 터키 이스탄불에서 일본까지, 사진집으로서는 이례적으로 550페이지나 된다. 책의 샘플을 보자 역시 분권하지 않고 하나로 모아 내길 잘했다는 생각이 들었다. 아시아 전역을 한 권으로 묶자, 공기와 시간을 공유하는 아시아의 전체적인 모습이 또렷하게 보였기 때문이다. 사진 밑에 흐르는 아시아를 보자 인간 정치가 빚어낸 국경이라는 이름의 구분이 얼마나 의미 없는 것인지 알 수 있었다. 이 사진들에 나타난 분위기와 시간을 통해, 내가 얼마나 오랜 시간 아시아를 유랑해 왔는가를 새삼 느꼈다.

또 하나의 책은 근래 사반세기 동안 내가 꺼낸 말이나 대담, 인터뷰 등을 '어록'으로서 모은 『침사방황』이다.

나는 인터뷰집을 낸 적이 없다. 대담이나 인터뷰가 있을 때마다 한 권으로 모아 내자는 이야기를 들었지만, '말'로 책을 만든다는 것에 왠지 모를 저항감을 느꼈다. 그래서 이 기록본 이야기가 나왔을 때도 처음에는 내키지 않았다. 나는 내 과거를 보존하는 것에 익숙하지 않은 데다, 말의 기록들은 대체로 흩어져 있기 때문이다.

그러나 내게 남아 있는 것들과 편집자가 노력해서 모은 것들을 모아서 읽어 보니 새로운 사실이 발견되었다. 오랜 기간 발언한 말의 변천 속에서 시대의 흐름이 뚜렷이 떠오르는 것이었다. 이거라면 출판하는 의미가 있겠다 싶어서 편집에 달려들었고, 결국 기획한 지 5년이나 지난 지금에서야 완성되었다. 그 사이에도 시대는 멈추지 않고 흘렀고, 작년에는 고베 대지진과 옴 진리교 독가스 사건 등 커다란 사건들이 일어났다. 시대의 흐름을 훑어볼 수 있다는 것이 이 책의 의의인 만큼, 요 몇 년간의 세상일들을 무시할 수 없었다. 결국 권말에 현 시대에 대한 나의 감상을 써서 첨부했다.

*

사반세기의 책을 두 권이나 편집한 후, 잠시 낮잠을 잤다. 대낮인데 의식이 반쯤 저세상에 가 있었다.

이것은 단순한 낮잠이 아니라는 생각이 들었다.

'인생의 낮잠'이다.

인생에도 구획이 있다. 옛날 같았으면 이쯤에서 죽었을 터이다. 에도 시대의 평균 수명을 생각하면 지금 여기서 죽어도 이상하지 않다.

하지만 죽지 않는다. 순간의 낮잠으로 저쪽 세상을 엿볼 뿐이다. 인간은 자연에 대해서도, 나이에 대해서도 뻔뻔해졌다. 만일 내가 아버지만큼 살 수 있다면 이제 47년 남은 셈이다.

여담이지만, 나는 '인생의 낮잠' 속에서 내 아버지와 만났다. 그때의 상황을 이야기해 보겠다.

*

나는 우에노의 아메요코 거리를 어슬렁거리고 있었다. 손에는 새수박이 들려 있었다. 아무래도 백중날(음력 7월 보름날. 일본에서는 평소 신세를 진 친척에게 선물을 보낸다—옮긴이)인 것 같았다. 이제까지 백중날에 선물을 한 적도 없는데, 지금은 양손에 무거운 수박을 두 개나 매달고 있다.

백중날 선물로 수박이라니 '요즘 세상을 잘 모르는구나, 순박하기는' 하는 생각이 꿈속에서도 들었다. 물건이 넘쳐흐르는 요새는 반대가 되었지만, 옛날에는 무거운 선물이 가치 있는 선물이었다. 무게가 무거우면 뭔가 좋은 것을 선물하는 것 같은 기분이 들었고, 받은 사람도 뭔가 좋은 것을 받은 듯이 느꼈다. 순진했던 시대다. 지금도 시골구석으로 가면 가끔 그 전통을 엿볼 수 있다. 재작년에 우연히 그 전통과 마주치는 바람에 그리운 느낌이 들었었다.

미나미보소의 어느 마을에 사는 지인의 할아버지가 돌아가셔서 부의금을 보냈다. 그로부터 일주일 정도 지났을 때였다. 마침 그 집 앞을 지나가던 나를 불러서 거대한 보자기 꾸러미를 주는 게 아닌가.

요전에 보낸 부의금의 답례였는데, 꾸러미의 무게가 10kg 정도였다. 인간은 참 치사한 존재라, 무거운 선물을 받은 순간 곤란하다는 생각과 함께 그 무게에 매료되었다.

기쁜 마음 반, 한숨 반으로 겨우 그 짐을 들고 집에 돌아왔다. 꾸러미를 풀어 보니 온갖 중성 세제가 싸구려 색깔을 띤 플라스틱 용기에 담겨 있었다. 그 외에 대형 세탁용 세제, 식용유 4리터 등등이 쏟아져 나왔다. 왠지 속은 것 같은 기분이 들었다.

수박 얘기로 돌아가자. 나는 양손에 수박을 들고 어디로 가져가는 건지도 모르는 채 아메요코 거리를 나와 큰길을 건넜다. 시노바즈노 이케를 돌아서 우에노의 산을 오르기 시작했다. 그러나 그곳에 있어야 할 우에노 공원 대신, 첩첩산중 심산유곡의 산이 나타났다. 경사가 가파른 길을 올라가니 그 끝에 '우에노 숲 사진관'이라는 이름이 새겨진 콘크리트 문이 있었다.

그곳에서는 어째서인지 사진사에게 여권을 보여 주어야 했다. 무사히 사진관 문을 통과하니 서쪽으로 동쪽으로 나아가는 비탈길이 사나흘이나 계속되었다. 사흘째에 눈이 쌓인 영역을 빠져나가니 히말라야처럼 하얀 고지대가 여기저기 보이는 장소에 도착했다. 산의 경사면마다 집이 보인다. 언젠가 들렀던 티벳의 풍경과 비슷했다. 나는 망설임 없이 어느 집을 향해 걸어갔다. 거기에는 따로 돌아가신 아버지와 어머니가 함께 살고 있었다. 질리지도 않는가 보다. 생전에는 뵌 적이 없는 할아버지와 할머니도 계셨다. 죽은 사람들이 모두 모여서 살고 있는 것이다. 어디선가 아이들이 졸랑졸랑 나타나기에 누구냐고 물었더니 여기서 다시 죽은 아이들이니까 내 형제라고 말씀하셨다. 죽은 것치곤 생활의 냄새가 꽉꽉 풍긴다.

식칼로 수박을 쪼갰다.

거기에 얼음과 설탕을 부어서 수저로 떠먹었다. 그러고 나서 모두 함께 기념 촬영을 했다. '우에노 숲 사진관'의 주인은 가이드를 담당하는 동시에 천국 사진을 전문으로 찍으며 생계를 잇고 있다고 했다. 사진에는 여러 분야가 있지만, 그런 사진을 전문으로 하는 사진사가 있다는 얘기는 처음 들었기에 놀랐다.

*

그 황천의 나라에서 찍은 가족사진은 지금 내게 없다. 분명 다시 산을 넘어서 사진관 문을 나올 때, 요금과 함께 이름표 크기의 흑백 사진을 5장 받았었는데. 그 사진에는 물 빠진 색의 하늘과 하얗게 빛나는 눈 고개를 배경으로 삼아 아버지, 어머니, 할아버지와 할머니, 새로운 아이들, 그리고 내가 행복한 미소를 띤 채 찍혀 있었다. 나는 그 사진을 몇 장 더 현상해서 형제와 친척들에게 보낼 생각이었다.

불가사의한 인생의 낮잠에서 깬 나는, 그 길로 카메라를 들고서 JR 야마노테선을 탔다. 그리고 질리지도 않았는지 우에노로 가서 아메요코 거리를 어슬렁거렸다.

"천 엔에 투웰브, 천 엔에 투웰브."

이란 꼬마가 주문을 외우듯이 중얼거리면서 가까이 다가왔다. "얼마라고?" 하며 묻자, 이란 꼬마는 "천 엔에 투웰브"라면서 왼손에 쥔 전화카드를 손가락으로 튕겼다. 천 엔에 열 두 장이라는 뜻인 모양이었다.

1,200엔 하는 수박을 하나 샀다.

　나는 백일몽 속에서 본 것과 똑같이 아메요코 거리를 지나 큰 길을 건넜다. 시노바즈노이케는 옛날과 하나도 다르지 않았다. 단지 꿈과 달랐던 점은, 그 주변의 길과 광장에 전부 타일이 깔려 있었다는 점이었다.

　'인간은 어째서 이렇게나 땅을 죽이려 드는 걸까.'

　갑자기 발작적인 분노가 치밀어 올랐다. 그를 가라앉히기 위해 연꽃잎이 펼쳐진 연못을 향해 눈을 돌렸다.

　흘러가는 나무토막에 탄 가마우지가 햇빛 아래서 멍청한 얼굴로 양쪽 날개를 파닥파닥거리며 말리고 있었다. 그 옆에는 해오라기가 심각한 눈초리로 서 있었다. 마치 생과 사의 로고스를 고민하는 철학자 같은 눈이었다. 저 심각한 얼굴은 도대체 어디서 오는 건가 싶어서 힐끔거리며 보고 있는데, 해오라기가 갑자기 기다랗고 뾰족한 부리를 엄청난 속도로 수면 위에 내리꽂았다. 실로 훌륭한 움직임이었나. 부리 끝에서 삭은 은비늘이 파닥거렸나. 박수를 쳐주었나. 혼자 치는 박수는 쓸쓸하다.

　물고기를 삼킨 해오라기의 눈은 순간 흐리멍텅해졌지만, 또다시 사냥 본능이 몸속에서 치밀어 오르는지 생과 사의 로고스를 고민하는 철학자의 눈초리로 돌아갔다. 사실은 그냥 물고기를 노리고 있을 뿐, 그다지 복잡한 생각을 하는 게 아닐 것이다. 아니 그렇다기보다, 한 마리 물고기에 정신을 집중하여 무아의 경지에 도달하려다 보니 생과 사의 로고스를 논하는 철학자의 눈이 되는 거라고 말하는 게 옳으리라.

우에노 숲으로 향했다.

인생의 낮잠 속에서 본 것과 다르게, 심산유곡 대신 공원이 있었다. 할 수 없이 가게에서 타누키 우동을 한 그릇 먹은 다음 문 쪽으로 걸어갔다.

역시 우에노에 오면 우에노 동물원밖에 없는 것이다.

티켓을 사고서 문을 통과해 걸었다.

거기에는 고릴라 부르부르가 있었다.

부르부르는 내 오랜 친구다.

사반세기 전, 예대에 다니던 시절(장학금을 받을 때뿐이었지만) 얘기다. 돌아가는 길에는 언제나 대학 뒷길을 넘어서 동물원 안에 들어와 부르부르를 본 후에 집에 가곤 했었다. 세계 최강의 고릴라(나는 그렇게 생각한다)인 부르부르는 젊은 내게 있어서 살아 있는 것의 위엄을 가르쳐 준 최고의 교사였다. 검게 빛나는 온몸이 세상 전체를 노려보고 있었다. 우리에 갇혀 있으면서도 그를 초월한 생물의 자존심이 빛을 발하고 있었다.

……그러나, 저놈도 변했구나 싶었다.

몇 년 만에 보는 부르부르는 빠르게 늙어 가고 있었다. 털의 윤기는 사라졌고 가슴도 검게 빛나지 않았다. 나이 탓인지 왼쪽 눈에 눈물이 고여 있었다. 무엇보다 인간을 향해 발산하던 분노가 사라졌다.

부르부르를 보면서 생각했다.

만일 부르부르가 나를 기억한다면, 녀석도 나를 보면서 똑같은 생각을 할지도 모르겠다고.

그로부터 사반세기가 지난 것이다. 지금 세계에서 가장 고령이라 하는 부르부르에게 배울 것이 있을까 생각하며 그 뒷모습을 바라보았다.

안타깝게도, 그곳에 있는 것은 절대적인 고독이다.

나는 또다시 시노바즈노이케로 향했다.

생과 사의 로고스를 고민하는 철학자의 눈을 가진 한 마리 물새의 모습을 또다시 바라보기 위해서.

부르부르의 뒷모습이 그렇게 말한 것 같은 기분이 들었다.

……이제 내게서 배울 것은 없다고.

이번에는 그 녀석에게 배우라고.

섬마을 소녀

　요 몇 년간, 장마가 끝날 때쯤이면 매번 오키나와의 남쪽 섬으로 발을 옮긴다. 가라라는 물고기를 잡기 위해서다(잘 잡히지 않는 종이다). 올해는 그간 찾아가지 않았던 요나구니 섬을 방문했다. 요나구니는 일본 가장 서쪽에 있는 섬이다. 북위 25도 근처에 있으니, 거의 인도 캘커타 근처와 같은 위도에 있다.

　이번에도 섬에 올랐을 때 '햇살도 공기도 인도랑 똑같다'고 느꼈다. 비슷한 감개를 20년 전에도 맛보았었다. 20년 전, 요나구니를 포함해 오키나와의 남쪽 섬들을 몇 개월에 걸쳐 둘러보았던 적이 있었던 것이다. 그 후 15년 정도 지나 또다시 섬들을 찾아보았으나, 왠지 요나구니만은 무의식적으로 피하고 있었다. 마음속에 걸린 채로 정리가 되지 않은 부분이 있었던 것이나. 그러나 어째서인지 요 수년간 정리하지 못한 과거들이 묘하게 가벼워진 것을 느낀다. 사람을 죽였건 빚을 졌건 세상일에는 시효가 있는 법이지만, 삶에도 시효라는 게 있는지도 모르겠다.

　시효라는 단어까지 끌어오고 있지만 사실 요나구니에서 그렇게 큰 소동이 있었던 것은 아니다. 젊은이가 여행을 다니다 마주친, 조금 특이한 사건 수준이다.

요나구니에는 소나이와 쿠부라라는 마을이 있다. 당시 나는 청새치가 있는 쿠라부에 체류하고 있었다. 마을에는 뱃사람 대상의 민박집이 딱 하나 있었는데, 돈이 없었던 탓에 바닷가 근처 나무 그늘에서 노숙을 했다. 먹을 것은 이시카키의 어부에게서 배운 손낚시로 조그만 물고기를 낚거나, 소라를 따서 마련했다.

그런 식으로 일주일을 보낸 어느 아침의 일이었다. 눈을 떴더니 눈앞에 펼쳐진 하얀 모래 해변의 물가에 두 여자가 서 있는 것이 보였다. 지금은 여름 때마다 요나구니의 해변에서 해수욕을 즐기는 사람들이 있지만, 그때는 해변에 사람이 있는 것 자체가 드물었다.

아침의 해변에 서 있는 두 사람은 검은 띠를 딴 천하장사처럼 몸집이 큰 중년 여성들이었다. 보자기로 싼 커다란 보따리를 들고 있었다. 가까이 가서 보니 공기 그릇에 가득 담긴 밥, 젓가락, 바나나, 빨갛게 물든 떡, 말린 오징어, 멕시코의 타코스 등등 온갖 먹을거리들을 보따리에서 꺼내 모래사장에 늘어놓기 시작했다. 여자들은 잠시 그 앞에서 의미 불명의 말을 중얼거리더니, 앞에서 멍하니 바라보고 있는 나를 야단쳤다.

"오빠, 거긴 신께서 내려오는 길이니까 비켜!"

내가 서 있는 장소는 아무것도 없는 그냥 모래밭이었지만, 어딘가 내 눈에는 보이지 않는 길이 있는 모양이었다. 나는 자리를 비켰다. 여자들은 빠르게 기도 같은 것을 올리면서 먹을 것 앞에서 불을 피우고 네모난 종이를 차례차례 불살랐다. 기도가 끝나자 음식들을 다시 보자기 안에 싸기 시작했다. 나는 뭘 하고 있는 거냐고 물었다.

"바이바이."

여자는 그 한마디를 남기고 보자기를 어깨에 짊어지더니 사박사박 물속으로 들어갔다. 그리고 기도문을 읊으면서 보자기의 내용물을 바닷속에 쏟아 버렸다. 나는 해변에 서 있는 또 한 명의 여자에게 뭘 하는 중이냐고 물었다. 그녀는 묘한 억양이 깃든 일본어로 "신에게 세금을 내는 거야"라고 대답했다. 다시 바다 쪽을 쳐다보았다. 각양각색의 음식들이 새파란 수면 위에 떠서 해류를 따라 천천히 앞바다 쪽으로 쓸려 내려가고 있었다.

신비한 광경이었다. 저편의 수평선에서 희미하게 대만의 섬 그림자가 보였다. 신기루 같은 섬 위에서 하얀 적란운이 미친 듯이 치솟기 시작했다.

여자들은 이미 내가 해변에서 노숙 중인 타지인이라는 사실을 알고 있었다. 돌아가는 길에 행사를 주관했던 '요우'라는 중년 여인이 네모난 곤약 같은 모양의 빨간 떡을 주었다. 그러더니 "우리 집에서 묵어"라면서 반강제로 나를 자기 집으로 데려갔다.

요우의 집은 왠지 마을을 멀리하려는 것처럼 떨어진 곳에 지어진 함석지붕의 단독 주택이었다. 안에 늘어가 보니 증기방처럼 너웠다. 집 주인도 안 보이고, '이슈'라는 특이한 이름의 열일곱 살 딸이 있었다. 이슈는 듣고 말하는 것이 부자유스러운 아이였다. 검은 얼굴의 중심으로 은하수 같은 주근깨가 모여 있었고, 코는 들창코였는데 눈동자 깊은 곳에 푸른빛이 감돌았다. 웃지 않는 아이였다.

저녁 무렵, 요우는 나를 제단이 있는 장소로 데려갔다. 그리고 내 앞에 앉아서는 낮에 보이던 태도와는 다르게 "잘 오셨습니다"라며 양손을 모으고 정좌하더니 이 지역의 술을 담은 잔을 건넸다. 잔을 비웠더니 내가 오는 것을 줄곧 기다리고 있었다며 이야기를 꺼냈다. 그녀가 무슨 얘길 하는 건지 영문을 알 수 없었던 나는 애매한 답변을 계속했다.

밤이 되자 요우는 주변에 빨간 떡을 장식하고 이슈의 잠자리 옆에 내 잠자리를 폈다. 묘한 기분이 들기에 본능적으로 그 잠자리를 피했다. 대신 잠자리의 반대편에 이불을 펴놓고 그 위에 누웠다. 잠시 동안 이슈 쪽을 쳐다보자, 이슈의 눈이 어둠 속에서도 희미하게 푸른색으로 빛나는 것이 보였다. 이슈의 눈에서부터 시선을 돌린 나는 허공을 바라보았다. 바다 한가운데 홀로 떨어진 작은 섬의 어둠 속에서 기어오를 수 없는 절구통의 모래 구멍에 빠진 것 같은 위기감이 문득 나를 사로잡았다. 귓전 멀리서 파도 소리가 들려왔다. 나는 아침까지 계속 그 소리를 들으며 꾸벅꾸벅 졸았다.

다음 날 아침, 요우네 집을 떠났다. 또다시 해변가의 노숙터로 돌아온 것이다. 둘째 날 요우가 와서 작별 인사라며 식재료를 주고 갔다.

남쪽 섬 위로 떠도는 빛들은 과거를 순식간에 풍화시킨다. 그 사이 나는 요우네 집의 어둠 속에서 느꼈던 작은 공포심을 잊어버렸다. 그리고 생선만 줄줄이 먹는 나날에 질려서 식사 때는 종종 요우네 집을 방문하게 되었다.

무표정인 이슈는 무슨 생각을 하는지 알 수 없는 딸내미였다. 식사 때는 내 앞에 앉아서 밥을 퍼 담고 차를 내왔다. 젊었던 나는 식사 시중 받는 식객이라는 신분에 때때로 기쁨을 느꼈다. 이슈는 글을 읽고 쓰는 것도 할 줄 몰랐다. 단지 그녀 특유의 대화 방법이 있었다. 남에게 물건을 건네줌으로써 자신의 기분을 표현하는 것이었다. 한 줌의 모래, 평범한 감자나 조개, 풀잎, 때로는 녹슨 음료수 캔인 적도 있었다. 처음에는 그냥 장난이라고 생각했었다. 눈앞에서 그걸 버리면 슬픈 표정을 짓기에, 온갖 잡동사니를 노숙지까지 갖고 돌아가서 모래 속에 묻었다. 잡동사니로 가득찬 모래 속에 이슈의 말이 잔뜩 모여 있는 것처럼 느껴졌다.

　내가 처음으로 물건을 건넨 날, 이슈가 웃었다. 어느 날 점심 때 그녀의 집을 들렀다. 이슈는 꽃과 야채와 기타 온갖 것들을 심은 밭의 한가운데에 멍하니 서 있었다. 나는 가벼운 기분으로 발밑에 굴러다니는 도기 파편을 주웠다. 그리고 이슈를 흉내 내어 무표정인 채로 그녀에게 조각을 내밀었다. 그 순간 느닷없이 이슈의 눈이 빛나면서 미소를 지었다. 그녀는 뛰어나가더니 집 안에 숨었다. 점심 식사 시간에는 다시 무표정한 얼굴로 돌아와 있었다. 그러나 식사를 끝나고 요우가 집에서 나가는 걸 보자 어린아이처럼 내 러닝셔츠를 잡아당겼다. 나는 그녀가 어딘가로 가자고 조르고 있다는 것을 깨달았다.

　이슈는 동쪽 곶의 낭떠러지로 나를 데리고 갔다. 요나구니에는 뿌리를 깊이 박은 낭떠러지가 서쪽과 동쪽에 위치하고 있다. 그 밑 바다에는 몇 층이나 겹쳐진 산호 지반이 잠들어 있다. 이슈는 놀랄 만큼 수영을 잘했다. 그녀는 절벽의 뿌리 근처에 나를 데려가겠다고 했다. 내게 나무로 된 물안경을 건넨 이슈는 티셔츠와 반바지 차림으로 바다에 뛰어들었다. 파도가 센 바다다. 절대로 안전하다고는 말할 수

없다. 이슈는 하얀 파도 속에서 내 쪽을 보면서 들어오라고 신호를
보냈다. 결심한 나도 바다로 뛰어들어 이슈의 뒤를 따랐다. 이슈는
절벽에서 좀 떨어진 곳에 잠긴 바위 쪽으로 헤엄쳐 가더니, 돌연히
물속으로 모습을 감추었다. 굉장히 긴 시간 동안 그녀의 모습이 보이
지 않았다.

　그러다 갑자기 내 앞에 떠올라 온 이슈의 손에는 아기 손 크기의
거북이 등껍질이 들려 있었다. 등껍질에는 어째서인지 거의 다 벗겨
진 빨간 페인트가 칠해져 있었다. 이슈가 그것을 내게 건넸다. 나는
신비한 기분에 젖어 든 채 그것을 반바지의 주머니에 넣었다. 이슈는
또다시 잠수하면서 내게도 잠수하라고 손짓했다.

　이슈는 놀라운 스피드로 물 밑까지 내려갔다. 나로서는 쫓아갈 수
없었다. 푸르고도 검은 물의 장막 아래 이슈의 그림자가 작아졌을 무
렵, 나는 숨이 달리는 것을 느끼고 수면으로 올라갔다.

　이슈는 오래도록 올라오지 않았다. 불안해진 나는 뭍으로 헤엄
쳐 나와 높은 곳에서 바다를 내려다보았다. 이슈가 잠수하고 아마
12~13분은 지났을 것이다. 요우에게 알려야 되겠다고 생각한 순간,
파도 사이로 이슈의 몸이 떠올랐다. 믿기 어렵게도, 이슈는 마치 아
무 일도 없었다는 것처럼 뭍을 향해 헤엄쳐 오고 있었다. 그녀의 손
에는 텅 빈 야광 조개가 들려 있었다. 어째서인지 그 조개껍질에도
거북이 등껍질과 똑같은 빨간 페인트가 묻어 있었다. 가까스로 그 페
인트가 '셋'이라고 쓰여 있음을 읽어 낼 수 있었다. 이슈는 바위에 오
르더니 숨을 커다랗게 뱉어 내면서 그것을 내게 건넸다.

　이슈가 바다에서 이상한 물건을 꺼내서 내게 건넸다는 사실을 안

요우는, 왜인지 내게 이슈를 시집 보내겠다는 결의를 굳힌 모양이었다.

나는 도망가야겠다고 생각했다. 어느 날 내 짐의 일부를 위장용으로 요우네 집에 남겨 둔 채, 연락선을 타고 몰래 섬을 떠났다. 멀어지는 섬을 보면서 허탈함을 느꼈다. 그로부터 얼마동안 눈앞에 이슈의 얼굴이 떠올랐다. 이슈의 눈에는 눈물이 맺혀 있었다.

이슈가 행방불명이 되었다고 들은 것은 6년이 지난 뒤의 일이었다.

요우는 정월대보름 때마다 매년 연하장을 보내왔다. 기나긴 여행에서 돌아오면 빨리 섬으로 돌아오라고 적힌 연하장이 몇 장이나 쌓여 있었다. 6년째 배달된 연하장에 이슈의 소식이 적혀 있었다. 나는 거북이 껍질과 야광 조개를 요우에게 보냈다. 요우의 소식은 그로부터 2년 뒤 완전히 끊어졌다.

요나구니 동쪽 곶 아래의 물 밑에 가득 찬 신비한 투명감은 지금도 20년 전과 다르지 않다. 요우의 집을 찾아간 나는 그곳이 폐가로 변한 것을 보고 곶으로 향했다.

슈뇌르켈과 고글과 물갈퀴를 짊어진 채 절벽에서 내려왔다. 이슈가 곁에 있는 것 같은 기분이 들었다. 파도가 닿지 않는 바위 위에서 바다로 들어간 나는 멀리 잠겨 있는 절벽 뿌리 쪽까지 헤엄쳐 갔다. 이슈가 자맥질했던 장소에 도착한 후, 몇 번이나 심호흡하며 태세를 가다듬었다. 이 나이가 되어서 그 시절보다 더 먼 거리를 잠수할 수 있을까. 불안감이 뇌리를 스쳤다. 하지만 반드시 잠수하고야 말겠다는 결의가 재차 치솟아 올랐다.

이슈의 행방불명 소식을 전해 들은 후, 나는 요우에게 편지를 썼다.
이슈는 스스로 제물로서 바다에 들어간 것이 아닐까?
왠지 그런 기분이 들었던 것이다.
분명, 그 물에 잠긴 바위 아래에 빈 공간이 있을 것이다.

숨을 들이켠 뒤 바로 잠수했다.
소리가 사라지면서 귀가 아팠다.
짜부라질 듯한 압력과 함께 수온이 빠르게 바뀌면서 별세계가 펼쳐졌다.
맑은 파랑이 온몸을 감싼다.
자맥질하는 이슈를 마지막으로 본 깊이까지 헤엄쳤다.
한층 더 발을 찼다.
바닷속의 낭떠러지 아래에서 그림자를 본 듯한 기분이 든 순간, 가슴이 꽉 조여들었다.
한층 더 발을 찼다.
나아갈 수가 없다.
나는 몸을 돌렸다.
해수면을 박차고 오른 순간 머리 위의 태양빛에 눈이 부셨다.

자살 미수의 가을

아침에 머그컵을 손에 들고 맨션 8층 사무실에서 창밖을 내다보니, JR 타마치 역에서 통근하는 사람들이 우글우글 쏟아져 나오고 있었다. 마치 수험생들처럼 각자 여기저기 빌딩을 향해서 묵묵히 걸어간다. 꿈틀대는 사람들의 복장이 달라졌다. 햇살에 비쳐 선명하게 빛나던 여름 원색 옷들이 가을 하늘의 기색을 베끼는 것처럼 우수에 젖은 쥐색으로 변해가고 있다.

돌고 도는 죽음의 행진을 발 아래로 굽어보던 나는, 버블 경제가 꺼졌을 무렵 지금 같은 우수의 가을에 취재했던 이야기를 문득 떠올렸다. 편지 분류함의 세 번째 서랍을 열었다. 취재 노트에는 자살 미수를 저지른 어느 60대 회사원의 인터뷰가 사인펜에 악필로 기록되어 있었다.

밤이 길어지는 가을, 차를 마실 때 그의 자살 미수담을 곁들여 보면 어떨까.

콕 집어 원인이 있는 건 아니었습니다. 그냥 이제 됐다, 포기해도 되겠다 싶었습니다. 회사를 그만둔 뒤 계속 그런 생각을 해왔습니다. 자식은 시집갔고 아내도 먼저 보내고, 정열이나 미련이 전혀 남아 있지 않았습니다. 아랫배에 힘이 안 들어가더라고요. 딱히 자살할 만큼 슬프거나 절망한 것도 아닙니다. 그냥 새하얗게 기력이 빠진 나날이 계속되었을 뿐입니다. 자살하는 사람들은 어쩌면 이런 심경일지도 모르겠다고 생각한 날부터 정말 자살해야겠다는 소망에 사로잡혔습니다. 그것이 마지막 남겨진 정열이었는지도 모릅니다.

그 뒤로 거리를 걸으면서 항상 위를 바라보는 습관이 생겼습니다. 자기도 모르는 사이에 뛰어내릴 건물을 물색하고 있었던 겁니다.

저 빌딩은 위치는 좋은데 너무 낮아서 즉사 못 할지도 모르겠군, 저 빌딩은 높이는 좋은데 떨어지다가 행인과 부딪칠지도 모르겠군, 저 빌딩은 왠지 어두운 느낌이 들어서 싫고, 다른 빌딩은 조건은 다 맞는데 뛰어내릴 장소가 없고. 도회지에는 온갖 장소에 빌딩이 들어차 있지만, 자살하기에 적합한 빌딩은 의외로 찾기 어렵습니다.

그러면서 3주 정도 보내고 나니, 웃기는 얘기긴 합니다만 자살하려던 걸 잊어버렸습니다. 대신 빌딩을 샅샅이 관찰하면서 물색하는 즐거움에 빠져 버렸지요. 이건 마치 가족들과 함께 아파트를 고르며 돌아다녔던 서른네 살 때의 들뜬 기분과 비슷하다는 생각에 쓴웃음이 나왔습니다.

처음에는 생활감이 없는 마루노우치 지역에서 오테마치까지 걸어다녔습니다. 그러나 회사가 끝났을 시간에 그쪽을 걸어다니면 갑자기 외로워지더라고요. 결국 저는 회사 빌딩 말고 아파트 옥상에서 뛰어내리기로 결심했습니다. 왠지 아이들을 보고 있으면 묘하게 그리운 기분이 들었기 때문이지요. 아마 아이들과 놀고 있는 가족들의 활기가 느껴지는 곳에서 죽고 싶었기 때문인 것 같습니다.

　시나가와 근처의 고층 아파트는 콘크리트로 된 비상계단이 거주
층 위로 이어져 있는데, 가장 위에 2평 정도 되는 층계참이 있었습니
다. 아무도 오지 않는 조용한 장소였지요. 11층까지는 제가 평소에
생활하는 높이라서 그랬는지 현실감이 있어서 아래를 보면 무섭더
군요. 그런데 18층쯤 되니, 높아진 반면 오히려 공포감이 옅어졌습
니다. 땅 위를 걸어가는 사람들의 모습은 깨알처럼 작지, 마을은 장
난감처럼 보이지. 그래서였는지도 모르겠습니다. 잠시 동안 그를 내
려다보고 있자니 어린 시절이 떠올랐습니다.

　다섯 살 때 할머니가 미국에서 들어온 플라스틱 블록을 사주셨습
니다. 저는 빨갛고 파란 블록들을 집이나 마을로 조립하며 놀았습니
다. 아버지의 커다란 구두를 신고 밖에 나갔다가 혼난 것도 이 시기
입니다. 저는 블록으로 아버지, 어머니, 할머니가 사는 어른의 마을
을 만들면서 빨리 어른이 되어서 이 마을의 구성원으로 참가하고 싶
다고 생각했습니다. 마을을 완성하면 마을의 주인공이 된 것 같은 기
분에 젖어서, 어디를 어떻게 걷고 뭘 할 건지 생상하며 오랫동안 황
홀한 상상에 빠져 있었습니다. 문득 정신이 들어 보니, 제가 하려던
일들은 아버지가 평소 하고 있던 것들과 똑같았습니다. 지금 생각하
면 어렸던 저는 아버지 같은 아버지가 되어 어머니 같은 여성과 생활
하며 나나 여동생 같은 아이를 데리고 우리 가족이 사는 것 같은 마
을에 살고 싶다는 꿈을 꾸었던 것 같습니다. 정말 행복한 아이였지요.

10월인데도 한여름처럼 더운 날이었습니다.

빌딩 사이의 바람이 느닷없이 불어오자 그를 타고 아래 세상의 소리가 대공장의 소음처럼 들려왔습니다. 보이지 않는 바람을 눈으로 좇으며 하늘을 바라보니 소리가 하늘에서 들려오는 것 같은 기분이 들어서 숨이 가빠졌습니다. 넥타이를 풀고 잘 접어서 와이셔츠의 앞주머니에 넣었습니다. 싸늘한 바람이 땀이 배어난 목덜미 위를 지나가자, 그때까지 느끼지 못했던 희미한 공포가 등골에서 다리까지 전해졌습니다. 평소와 똑같다고 나 자신을 진정시켰지만, 저도 모르는 새에 가벼운 자아 상실 상태에 들어섰던 것 같습니다. 기분을 진정시키기 위해서 오른쪽 주머니에서 마일드 세븐을 꺼내 불을 붙이고 느긋하게 빨아들였습니다. 저는 회사를 그만둔 뒤로 자기 입에서 나온 담배 연기가 완전히 사라질 때까지 계속 쳐다보는 습관이 생겼습니다. 그러면 기분이 가라앉기 때문이죠. 그런데 바람이 너무 강해서 연기들이 순식간에 도시 상공으로 흩어져 사라져 버렸습니다.

담배를 다 피운 뒤 난간에 양손을 대고 잠시 동안 발아래 세상을 내려다보았습니다. 처음에는 동정심이라곤 하나도 없는 메마른 거리라고 생각했는데, 뛰어내릴 결심이 서자 왠지 거리 전체가 살아 있는 생물이 꿈틀거리는 것처럼 보였습니다. 모종의 그리움이 치솟았습니다. 갑자기 눈물이 흘렀습니다. 그리고 눈물을 흘린다는 행위 자체에 그리움을 느꼈습니다.

도대체 이렇게 운 것이 몇 년 만인가. 기억을 되짚어 보니 고등학교 3학년 때였습니다. 레슬링 체전 준결승에서 5분 만에 폴(상대의 양어깨를 동시에 매트에 닿게 하는 일—옮긴이) 당하고 짐을 챙긴 채 체육관의 계단을 내려가면서 폭포처럼 눈물을 흘렸지요. 그 이후 줄곧 눈물을 흘릴 만한 격정과 인연 없는 삶을 살아왔습니다. 반세기 동안이나 운 적이 없었던 것입니다.

용케 눈물샘이 퇴화하지 않았다는 생각에 울면서 웃음이 나왔습니다. 눈물이 마르자 기분이 꽤나 맑아졌습니다. 시간이 멈춰 버린 것처럼, 맛본 적이 없는 정적. 마을을 내려다보니 또 다른 느낌으로 다가왔습니다. 이번에는 그곳이 저 세상처럼 보였던 것입니다.

저는 구두를 벗고 잘 정돈해 놓았습니다. 뛰어내릴 때 꼭 신발을 벗을 필요는 없지만, 저 신성한 장소를 흙발로 더럽힐 것 같은 기분이 들었기 때문입니다. 항상 땅과 접촉하며 이 세상의 먼지를 묻히고 다니는 신발을 신고 있으면 저승에 갈 때 방해가 될 것 같았거든요.

미리 적어 둔 유서가 들어 있는 윗도리를 접어서 신발 옆에 놓고 난간 쪽으로 걸어갈 때였습니다.

비상계단 아래에서 발소리가 들려왔습니다. 저는 숨을 죽였습니다. 들키면 안 된다는 생각이 들었습니다. 아마 이런 경험을 해본 사람밖에 모를 테지만, 죽으려는 사람은 그 순간까지 여러 노력과 미음의 준비를 끝내고 마지막 결심을 하는 겁니다. 만일 거기서 흐름이 끊긴다면, 이토록 정열과 에너지를 소비하는 일은 다신 못 할 것 같다고 느끼게 됩니다. 그냥 폐인이 되는 게 아닐까 하는 두려움이 그 사람 안에 있는 것입니다.

최상층의 거주자가 뭔가 볼일이 있어서 비상계단을 올라왔던 게 아닌가 싶습니다. 숨을 죽이고 떨면서 귀를 기울였습니다. 그 순간,

갑자기 몸에 변화가 일어났습니다. 나쁜 짓을 하고 있는 것도 아닌데 심장이 두근두근 뛰면서 괴로울 정도로 빨라지는 것이었습니다. 이마에 땀이 배어 나오고 호흡도 힘들었습니다. 힐끗 보니 다리가 부들부들 떨리고 있었습니다. 귓속으로 발소리와 함께 마을의 소음이 다가왔습니다. 왜 이러는 건지 생각하면서 어쩔 줄을 몰랐습니다.

그 직후, 철문이 닫히는 커다란 소리가 울려 퍼지나 싶더니 발소리가 불현듯 사라졌습니다. 순간 그 자리에 웅크렸습니다. 벽에 등을 기대고서 몇 시간이나 방심한 상태로 있었습니다.

이윽고 멀리 아래 세상에서 아이들이 뛰노는 소리가 들려오기 시작했습니다. 밤이 되었습니다. 서서히 일어서서 야경을 바라보았습니다. 다시 눈물이 흘렀습니다. 낮에는 느끼지 못했건만, 뺨 위로 흘러내리는 눈물이 뜨거웠습니다.

……그리고 벗었던 신발을 다시 신었습니다.

지금도 그때 제 심리를 모르겠습니다.

자그만 발소리가 들려온 것뿐인데 온몸에 열이 올랐고 죽을 생각도 사라졌습니다. 약간이긴 하지만 다시 살아갈 용기와 정열 비슷한 것도 얻었지요. 왜 그랬는지, 지금도 모르겠습니다.

그로부터 몇 개월이 지났습니다. 그 때 일을 떠올리자 묘한 생각이 뇌리를 스쳤습니다.

그 발소리는 정말로 존재했던 것일까요. 어쩌면 환청은 아니었을런지.

창피한 얘기지만, 이런 생각도 해보았습니다.

죽은 아내가 땅 밑의 황천 세계에서 비상계단을 타고 올라오는 소리였을지도 모른다고.

대나무 꽃

　세상이 도시화되면서 사람과 자연의 관계가 희박해지자, 사람이 특정 식물과 함께 추억을 만드는 일도 줄어들었다.

　지금은 꽃가루를 대량 생산하는 삼나무가 민폐 식물로 통하지만, 내가 어릴 적에는 삼나무 열매로 총포를 만들어서 놀곤 했었다. 삼나무 열매보다 조금 더 큰 구멍이 뚫린 대나무를 30cm 길이로 잘라서 열매를 장전하고, 잘 깎은 댓조각으로 힘차게 밀어내면 진짜 같은 작렬음이 나면서 열매가 날아갔다.

　이 총포를 만들려면 대나무가 필요하다. 내가 어릴 적에는 대나무가 놀이에 빠질 수 없는 추억의 식물이었다. 대나무를 칼만 한 길이로 잘라 허리에 차고서 검객 놀이도 했었고, 대나무 헬리콥터를 만들어서 하늘에 날리기도 했다. 잡화점에서는 죽마를 팔았고 아이들은 그에 빠져들었다.

　식물을 이용한 놀이는 뚜렷한 목적이 없다는 점이 특징이다. 요새 아이들이 하는 게임처럼 점수를 따거나 뭔가를 공략하는 등 수험 전쟁의 연장전처럼 성과를 올려야 하는 놀이가 아니다. 아이들의 놀이가 이렇게 바뀐 것은 어느 시기부터인가 일본 전체가 성과를 다투는 시스템이 되어 버린 것에 따른 영향일 것이다.

삼나무 총포에서 소리가 났다지만 별 것 아니었다. 대나무 헬리콥터를 날렸다지만 백 초 정도 대나무가 빙글빙글 돌면서 허공에 떠 있는 것을 본 것이 전부다. 죽마를 타봤자 평소보다 4~5cm 정도 키가 커져서 세상의 원근감이 조금 변할 뿐이었다. 그런 쓸데없는 놀이에 흥분했던 옛날 아이들은 불행했던 걸까, 행복했던 걸까.

고등학생이 되자 대나무 놀이가 한층 교묘해졌다. 개인적인 경험일 뿐이지만, 나는 한때 사냥 도구인 낚싯대 만들기에 빠졌었다.

낚싯대를 만들려면 우선 대나무를 골라야 한다. 마디가 가지런하고 구부러지지 않고 탄력이 있는 대나무를 찾아내는 것이다. 그것을 두세 달 정도 그늘에서 말린다. 다 마르면 그것을 숯불에 갖다 대면서 구부러진 곳을 가지런하게 편다. 동시에 불 가까이에서 대나무를 굽는다.

불을 들이대면서 덥히면 대나무 껍질이 땀을 닦아 낸 것처럼 빛나기 시작한다. 대나무 속의 기름이 열을 받아서 껍질 밖으로 빠져나온 것이다. 이 작업이 낚싯대 만들기의 핵심이다. 대나무에서 필요 없는 기름을 다 빼내는 것이다. 대나무에 땀이 맺히면 수건으로 닦아 낸 후 다시 불에 굽는다. 또 닦아 낸다. 이런 작업을 끈기 있게 계속 반복한다. 대나무 다이어트 같은 것이다. 군살을 다 뺀 대나무는 탄력이 강해지고 광택이 자르르 흐르는 멋진 물건이 된다.

이 일련의 작업을 거치면 무엇보다 '감도'가 좋아진다. 이 부분이 제일 중요하다. 맥낚시(미끼를 쓰지 않고 손에 느껴지는 진동으로 물고기를 낚아 올리는 가장 기본적인 낚시법―옮긴이)를 할 때 물고기의 감각이 더 잘 느껴지게 되기 때문이다.

약간 농담조로 말하자면, 결국 대나무란 여자 같은 것이다. 내가 어릴 때부터 대나무라는 식물에 시간을 바친 데에는 그런 특성에도 간접적인 원인이 있을 것이다.

요새는 낚시 붐이라고 한다. 여성은 말할 것도 없고 붐이라면 바로 따라하려 드는 모 유명 카피라이터 같은 사람까지도 실로 노골적인 모습으로 낚싯대를 들고서(낚싯대를 든 모습만으로도 그 사람의 성품과 인격과 품위가 다 드러난다는 점이 재미있다) TV 화면에 나온다. 하지만 그들은 대나무에서부터 낚시를 시작해야 한다는 점을 모르고 있다.

낚시의 가장 큰 즐거움은 손에 물고기의 퍼덕거림이 느껴질 때다. 마치 섹스하는 순간 같은 황홀감이 찾아든다. 아무리 과학이 진보하고 새로운 재료(탄소나 유리 섬유 등)가 나온다 해도, 집념으로 만든 대나무 낚싯대만큼 감도가 뛰어난 재료는 아직까지 없었다. 어릴 때 최고의 낚싯대를 만들기 위해 시간을 바쳤던지라, 필연적으로 학교 성적은 엄청나게 나빴다. 반에서 대체로 끝에서 두 번째 정도였다. 기왕 이리된 거 어중간한 위치가 아니라 꼴찌가 되려 했지만, 천재적으로 머리가 나쁜 오소리 같은 눈을 한 아이가 있어서 끝내 그 녀석을 이기지 못했다.

*

나는 이렇듯 대나무와 함께 자랐다. 그러나 이 대나무 소년의 꿈 중 이루지 못한 것이 하나 있다.

헌책방에서 구한 책 중 메이지 시대에 쓰인 낚시법 서적이 있었다. 여기에 에도 시대의 낚시꾼 선인의 이야기가 실려 있었다. 이 선인은 이 세상에서 가장 훌륭한 낚싯대를 스스로 만들어 가지고 다녔다고 했다. 그 낚싯대를 물 위에 드리우면 실도 미끼도 없는데 물고기가 다가왔단다. 소문을 들은 어느 유명인사가 천 냥에 팔지 않겠느냐고 제의했지만 거절당했다. 뭐든지 돈으로 사려는 태도를 선인이 싫어하기도 했고, 두 번 다시 그런 낚싯대를 만드는 것이 불가능하다고 생각했기 때문이다.

왜냐면, 설적조雪滴調라 불리는 그 낚싯대는 꽃이 핀 대나무로 만든 것이기 때문이었다.

다들 알겠지만 대나무는 꽃이 피지 않는 특이한 식물이다. 대나무는 스스로 시들어서 생을 마치는 순간에만, 60년에서 100년에 단 한 번 꽃을 피운다. 60~100년으로 예측 폭이 큰 이유는, 한 개체를 그토록 오랫동안 관찰하는 것이 인간에게 있어 불가능하기 때문이다. 식물학자들 중에도 실제로 대나무 꽃을 본 사람은 거의 없다. 평생 한 번 만날까 말까 하기 때문에 인간의 수명과 비슷하게 60년에서 100년이라는 기간이 나온 게 아닐까. 백 년 이상이라는 실도 존재한다.

그 선인은 자신이 170살일 때 꽃핀 대나무를 발견했다고 했다. 어슴푸레한 대나무숲 속에서 거기만 하얀 눈의 결정이 빛나고 있는 것처럼 보였기 때문에 '설적조'라는 이름이 붙었다.

고등학교 때 이 이야기를 읽은 나는 무서울 정도로 자극을 받았다.

그 뒤로 불쑥불쑥 산과 산을 전전하는 나날이 이어졌다. 좋은 낚싯대가 될 것 같은 대나무를 발견해도 구미가 당기지 않았다. 학교에 갈 때는 산을 넘으며 대나무 숲 두 군데를 가로질러 갔다. 오늘은 아니라도 내일은 백 년에 한 번 피는 대나무 꽃을 보게 될지도 모른다. 당연히 여름방학 봄방학 내내 대나무 꽃을 찾는다며 세 끼를 거르는 지경에 이르렀다. 그러나 당연하다면 당연할 노릇이지만, 소년은 대나무 꽃을 보지 못한 채 대나무 낚싯대에 집착하는 시기를 마치게 된다. 돌이켜 생각하면 16~17살의 꼬마가 대나무 꽃을 보려 하다니 참새가 웃을 일이다. 사람이 대나무 꽃과 마주치는 것은 그 선인처럼 170년 정도 살지 않으면 어려운 일일 것이다.

*

그런데 기적이 일어났다. 문제의 대나무 꽃을 본 것이다. 4월 중순 어느 날, 야생 산철쭉 사진을 찍으려고 미나미보소의 산들을 돌고 있었다. 산철쭉 사진을 몇 장 찍고 돌아가는 길에, 비탈지에서 숨이 차기에 잠시 앉았다.

그때, 내 눈높이 정도 되는 작은 대나무에 저녁놀이 비쳤다. 그곳에 물방울이 빛나고 있는 것 같은 기분이 들었다. 비도 안 왔는데 신기했다. 원숭이가 오줌이라도 쌌나 싶어서 자세히 보니, 대나무 가지 끝에 붙은 검은 벼 같은 곳에서 하얀 꽃이 바깥을 엿보고 있었다.

이게 뭐지 싶었다. 대나무에 이런 희한한 것이 붙어 있는 걸 처음 본 까닭이었다. 지그시 바라보던 중, 순간 과거를 거슬러 올라가는 것처럼 소년 시절이 떠올랐다. 이게 혹시 그게 아닌가 생각하자 정신이 멀어지는 것 같았다. 가까이 다가갔다. 역시 꽃이었다. 그러나 아직 반신반의하고 있었다. 필름은 몇 장밖에 남아 있지 않았다. 아니, 약간 남아 있었던 것이 행운이었다.

셔터를 눌렀다.

사진을 다 찍은 손바닥을 내려다보았다. 생명선 끝에 땀이 배어 있었다.

그 길로 도쿄에 달려갔다. 다음 날 도서관에서 대나무 책을 뒤졌다. 내가 찍은 사진이 정말로 대나무 꽃인지 아닌지 알아보기 위해서였다. 그리고 행운은 아직 끝나지 않았다. 대나무 꽃은 사진이 아니라 그림으로 설명되어 있었지만, 내가 본 것과 완전히 똑같았다.

운명이란 얼마나 공교로운 것인가. 지금부터 수십 년 전, 한때 대나무 꽃을 찾아다니던 소년이 잠시 주저앉은 자리에, 그 전날 대나무 꽃이 피어 있었다는 기이한 우연. 이것은 도대체 무엇을 뜻하는 것인가. 너도 꽤 나이를 먹었구나, 슬슬 보여 줄까? 하는 신의 장난인가. 그게 아니면 신이 시간의 종말을 살짝 알려 준 것인가.

옛날부터 대나무 꽃이 피면 천재와 인재를 포함하여 세상의 끝이 온다는 전설이 있다. 하지만 우화 속의 꽃 대나무는 사람에게 영원히 물고기를 낚아 올리는 낚싯대를 선사했다.

생각건대, 불가능하다.

심란함은 깊어만 간다.

그로부터 사흘 후, 나는 그 장소로 돌아갔다. 그러나 꽃은 온데간 데없었다. 한순간의 일이었다. 백 년으로 치면 눈을 깜박이는 것처럼 한순간이었다.

대나무 꽃을 둘러싼 온갖 불가사의는 접어 두고, 우선 감사의 마음을 표하지 않을 수 없다. 그 순간, 우연이었든 무엇이든 간에 내가 그 장소에 존재했다는 사실에.

새의 노래

이맘때면 매년 장마를 보러 오키나와의 사키시마, 야에야마 제도에 간다. 본토에 장마가 찾아올 때쯤 야에야마 제도에 내리던 장마가 그친다. 때문에 야에야마 제도에서 본토의 장마를 피해 여름을 보낸후 돌아오면 본토도 여름이 되어 있다. 여름을 두 배로 늘리는 방법이다.

이번에 야에야마로 가면 아직도 잡지 못한 가라를 꼭 낚을 작정이었다. 목적은 그것만이 아니었다. 야에야마에 사는 친구가 처음으로 CD를 취입하기로 결정이 났다기에, 그 자리에 입회하기로 했던 것이다.

그의 이름은 아사토 이사무다. 쉰 살이다.

언뜻 보면 눈에 띄지 않는 용모에, 전혀 꾸밈이 없는 자연인이다.

그러나 야에야마 샤미센과 노래의 명수이며 자맥질의 달인이다.

칠 년 전 그의 노래를 처음 들었을 때는 귀가 저절로 쫑긋 섰다. 그전까지도 오키나와나 사키시마의 노래는 무던히도 들어 보았다. 그러나 그가 자아내는 음색은 조금 달랐다. 예능감 따위 먼지만큼도 느낄 수 없다. 노래가 들리기 전에 그 육성에 먼저 붙들려 버린다. 결코

미성은 아니다. 오히려 보잘것없고 녹슨 것처럼 들리는 목소리다.

하지만 잘 들어 보면 그 목소리의 울림 속에 비틀린 인생이 조화되어 미묘한 음색으로 흩어지고 있음을 알 수 있다. 아사토의 노래를 듣고 있자면 노래란 목소리가 몸을 가리기 위해 뒤집어쓴 옷차림에 불과한 것처럼 생각된다. 하지만 그의 목소리는 그토록 존재감이 강하면서도 어째서인지 들어 달라고 강요하는 느낌이 없다. 노래 도중에 조금 다른 생각을 하면 바로 노랫소리가 멀어지면서 후쿠기 나무 잎사귀가 서로 스치는 소리, 멀리 암초에서 밀려오는 하얀 파도 소리 등이 몰려온다. 밤일 때에는 사방에서 밀회를 즐기는 올빼미들의 우는 소리도 들린다. 그러다 문득 정신이 들면 아사토가 아직 노래하고 있다. 그의 노래, 혹은 목소리가 야에야마의 농밀한 여름 기운 속으로 녹아들어 간다.

그러나 어째서인지, 때때로(이게 또 신비한 점인데) 순간 노랫소리가 목구멍의 깊은 나락에서 올라오는 업화처럼 불타오를 때가 있다. 새파란 하늘과 잎사귀에 감싸인 남해의 섬을 찾아온 낙천적인 여행자는 그럴 때마다 조금 당황한다. 낙원 같은 풍경과 목 끝에 피가 맺힐 듯한 노랫소리 사이로 깊은 골이 드러나기 때문이다. 문득 그의 인생, 그리고 야에야마의 섬에 스며든 어두운 부분에 흥미를 느꼈다.

야에야마 제도는 오키나와 본토에서 남쪽으로 300km 정도 떨어져 있다. 미야코 섬, 이시가키 섬, 타케토미 섬, 이리오모테 섬, 하테루마 섬, 쿠로 섬, 코하마 섬, 파나리 섬 등 여러 섬들이 모여 이루어진 제도다. 아사토는 쿠로 섬에서 태어났다. 원경 26km, 현재 육 백

명이 살고 있는 작은 섬이다. 야에야마 제도의 주요 섬들이 대부분 관광지로 변했지만, 쿠로 섬은 혼자 남겨진 것처럼 몰래 숨어 있다.

쿠로 섬에서 태어난 그에게 있어 샤미센은 어릴 적부터 친근한 존재였다. 하지만 샤미센은 신기神器로서 아이가 손을 대지 못하도록 금지되고 있었다. 아사토는 귀가 불편한 할아버지의 눈을 속여 샤미센을 훔쳐 냈고, 집의 그늘이나 옥수수밭 속에서 몰래 현을 켰다. '손을 잡고서'라는 제목의 본토 노래였다. 그가 어렸을 무렵, 오키나와는 일본의 식민지였다. 표준어 대신 섬의 말을 사용하면 질책당할 뿐만 아니라, '이 자는 섬의 말을 썼다'라는 팻말을 목에다 걸어야만 했다. 그로서는 어릴 때부터 사용해 온 자신의 말을 쓰는 것이 왜 안 되는지 이해할 수 없었다.

중학교 때는 집단째로 취직되었다. 단체로 관서 지방으로 보내졌다. 그러나 완전히 비인간적인 노동을 강요당한 탓에 집단으로 탈주해서 또다시 훌쩍 섬으로 돌아왔다. 그 사이 전기 공사 등 기술을 배운 덕에 입에 풀칠할 수 있었다. 하지만 이후 물질을 하며 바다로 생계를 해결하게 된다. 내가 그를 처음 만난 것도 바다에서였다.

8년 정도 전이다. 바다 한가운데로 가는 합승선에 탔다. 꽤나 상처가 많은 배였다. 디젤 엔진도 거의 부서지기 직전이었고, 시끄러운 엔진음이 무색할 만큼 느려서 도통 나아가질 않았다. 그 배의 선장이었던 아사토는 키를 붙잡은 채 등을 돌리고 있었다. 두터운 가슴만이 눈에 띌 뿐, 딱히 이거라고 할 만한 특징이 없는 평범한 사나이였다. 그의 존재 자체도 그다지 눈에 들어오지 않았다.

이윽고 배가 수영할 장소에 닻을 내렸다. 청년들이 기다렸다는 듯

바다로 뛰어들자 배 위에는 나와 그만이 남았다. 잠시 후 등 뒤에서 물소리가 나기에 뒤돌아보았더니 아사토가 바닷속으로 뛰어드는 참이었다. 물놀이를 좋아하는 선장이라니 참 난감한 일이라 생각하면서, 나도 반대편에서 물속으로 들어갔다.

삼십 분 뒤, 바닷속에서 생각지도 못한 것과 마주쳤다.

깊이 3m에서부터 30m까지, 물속에 숨어 있는 바위에서 놀던 나는 물밑 바닥의 문어와 조개를 찾아 3~4m를 더 잠수했다. 그때였다. 깊은 균열이 파인 왼쪽 물 밑에서 검은 그림자가 나를 향해 다가왔다. 조용하고 유연한 몸놀림. 그 매끄러움에 걸맞게 빠른 속도. 그림자에 감도는 한줄기 살기.

순간 상어가 아닌가 싶어서 몸을 뒤로 뺐다.

그러나 잠시 후, 그 그림자가 인간의 형상이라는 것을 깨달았다.

아사토였다.

물이 빠져서 회색이 된 데다 군데군데 구멍이 난 웨스트 슈트로 몸을 감싼 그의 왼손에 사람 키보다 더 긴 작살이 들려 있었다. 작살의 끝에는 4~5cm 정도의 커다란 물고기가 꽂혀 있었다. 불과 십몇 초 전에 꽂힌 듯한 새까만 물고기는 이미 숨이 끊겼는지, 사냥꾼의 움직임에 따라 물결과 함께 흔들거렸다. 작살의 끝은 물고기의 급소를 한방에 꿰뚫고 있었다. 아사토는 그대로 내 앞을 유연하게 지나더니 수면을 향해 올라갔다. 물 위로 떠오르는 아사토의 주변으로 태양빛이 흩어지고 있었다.

나는 처음으로 순수한 바다의 사나이를 보았다.

바다 사나이는 여난이 끊이지 않는다는 말이 있지만, 아사토도 그 말에서 자유롭지 못하다. 다만 그는 여자에게 반하는 쪽이다.

　무서운 일화가 있다. 한때 타케토미 섬의 여자와 사귄 적이 있는데, 누덕누덕 기운 스티로폼으로 보트를 만들어서 여덟 시간이나 표류하며 쿠로 섬과 타케토미 섬을 왕복했다 한다. 그것도 몇 년이나. 약간 파도가 일어도 거르지 않았단다. 그야말로 죽음을 목전에 둔 데이트다. 그러나 목숨마저 내걸었음에도, 이 사랑은 이루어지지 않았다. 야에야마의 각 섬에는 등급 비슷한 것이 있어서 쿠로 섬의 남자가 타케토미 섬의 여자와 맺어지는 데에는 여러 장애가 많았다고 한다.

　아사토의 노래는 때때로 목에 피가 배는 것 같은 고음을 낸다. 그 노래가 듣고 싶어질 때면 거친 바다 한가운데를 스티로폼 보트로 건너가는 아사토의 모습을 상상해 본다. 부드럽게 녹아드는 섬의 노래를 듣고 있으면 삶의 굴곡을 맛본 자만이 알고 있는 조용한 바다의 흐름을 볼 수 있다.

　남자에게 들이닥치는 온갖 일을 겪고 끝마친 아사토는 지금 노래를 부르고 있다.

　바람과 같은 그 노래를 그대로 풍화시켜 버리는 것은 너무 아깝다고 생각한 사람들에 의해, 오늘 처음으로 녹음이 이루어졌다.

　요새 오키나와의 노래는 온갖 스타일의 편곡을 통해 피어나는 중이다.

　그러나 아사토는 샤미센 하나와 목소리만으로 노래하고 싶다고 했다.

　에코 처리도 전부 거절했다. 맨목소리다.

　바람이 숭숭 지나가는 오래된 민족의 다다미 위에서 녹음이 진행

되었다. 때로 개나 올빼미, 도마뱀붙이가 우는 소리도 같이 들린다. 11월에 도쿄 아오야마의 스파이럴 홀에서 딱 한 번 콘서트를 하기로 되어 있다. 아마도 그 것을 처음이자 마지막으로, 아사토는 다시 바다로 돌아올 것이다.

인간과 고양이의 항해 일지

사람은 비가 부슬부슬 내리는 장마를 싫어한다. 하지만 장마 때는 장마만의 풍경이 있다. 개인적으로는 이 계절 특유의 어슴푸레한 태양빛 아래서 낮잠을 자는 것만큼 속세를 등질 수 있는 시간은 없다고 본다.

바깥세상은 인간 피부만큼 부드러운 온기를 띠고 있다. 뜨겁지도 춥지도 않다. 바람도 없고, 공기 중 수분에 소리가 흡수된 건지 잡음이 사라지고 물소리만 몸에 스며든다. 하늘은 로랑생이 칠한 것 같은 회색이다. 공기는 페르메르 그림 속의 다정하고 희미한 빛을 아련히 품고 있다.

어머니 몸에서 나온 인간은 결국 외부 세계에 안긴 채 살아갈 수밖에 없다. 그러나 장마가 내리는 계절은 바깥세상 전체가 거대한 자궁으로 변해 버린 것 같은 느낌이다. 그 속에서 잠드는 것이다. 수면은 부드럽고 깊으며, 자아를 멀리 보내 버린다. 귓전에 내리는 빗속에서 몽롱하게 꾸는 꿈도 좋다. 이 자궁의 계절에 찾아드는 잠은 어째서인지 속세와는 거리가 먼 이상한 꿈을 실어다 준다. 요전에 안개비 속에서 낮잠을 자다 꾼 꿈도 그랬다. 기묘한 꿈을 꾸었던 것이다.

올해 장마는 여름날처럼 맑은 순간이 가끔 끼어 있어서 가짜 장마인가 싶을 정도였다. 그날은 한밤중부터 술렁거리며 안개비가 나뭇잎을 쓰다듬었다. 아침에 일어나니 창밖 멀리 보이는 산 주위가 안개비 구름으로 덮여 있었다.

오전에 글을 몇 개 쓴 후, 미역과 연꽃을 넣은 점심밥을 먹었다. 오후 2시쯤에 고개가 까딱거리기 시작했다. 세상 사람들이 모두 일하고 있을 주중 이 시간대에 낮잠을 잘 수 있다는 게 좋다. 일 때문에 낮잠을 잘 수 없다는 건 거짓말이다. 사무실 의자 위, 회의실 안, 버스 정류장의 벤치, 역 플랫폼, 화장실 안, 어디서든 낮잠을 잘 수 있다. 단지 그럴 용기가 없을 뿐이다. 갖가지 향상심과 경쟁 원리, 자신의 장래, 남의 시선 등 현세의 규칙을 태연하게 초월하여 온갖 잡념을 떨치고 잘 만한 용기와 자신감이 없을 뿐이다.

꾸벅꾸벅 졸고 있었다.

이윽고 빗소리만이 술렁거리며 몸을 뒤덮었다. 물소리가 의식을 저 먼 곳으로 데려간다. 내 의식은 두터운 비구름 속을 지나 위로 떠올랐다. 머리 위에는 성층권의 파란 빛이 좌락 펼쳐져 있었다. 마치 '사자의 서' 속의 의식 변용을 경험하고 있는 것 같았지만, 그냥 깜박 조는 정도로 저 빛까지 도달하는 건 무리다. 나는 다시 땅 위로 돌려보내졌다. 그리고 멍하니 눈을 뜬다. 반쯤 닫힌 눈꺼풀 사이에서 아련히 금색 원이 보인다. 처마 밑의 풀 위에서 뭔가가 둥글게 몸을 말고 자고 있었다.

'타마고(알卵이라는 뜻—옮긴이)구나……'

멍한 머릿속이 그렇게 생각했다.

계란색을 띤 길고양이였다.

나는 이 길고양이의 이름을 '타마고'라고 지어 주었다.

"야, 타마고!"

그렇게 부르면, 타마고는 시골 고양이 특유의 순진무구한 눈으로 "야옹~"하며 대답했다. 보통 고양이라는 동물은 자기 맘대로다. 대체로 먹이가 필요할 때만 사람한테 달라붙어서 아양을 부린다. 하지만 타마고는 달랐다. 아무것도 없이 "타마고!"라고 불러도 항상 "야옹~" 하고 대답했다. 보기에 따라서는 그냥 조건 반사적으로 움직이는 단세포 고양이라고 할지도 모르지만, 목적이 없는 것을 좋아하는 나 같은 사람과는 상당히 잘 맞았다.

'……타마고였군.'

그렇게 생각한 순간 또 눈꺼풀이 무거워졌다.

또다시 의식이 저쪽 세계로 멀어져 간다.

바다에 떨어지려는 참이었다. 손도 발도 움직이질 않는데, 의식만 서서히 바다 밑으로 가라앉는다. 하늘로 날아갈 때처럼 외부 세상의 색깔이 차례로 변화하더니 결국 주변 모든 것이 깊고 푸른색에 감싸였다. 그랑 블루라고 불리는 세계였다. 대체로 수심 50m쯤 되면 그랑 블루가 보인다고 한다. 하지만 그렇게까지 심해로 내려온 것은 아니었다. 아마도 책을 읽고 얻은 지식이 이러한 색깔을 불러낸 듯했다. 그랑 블루보다 더 아래쪽으로 내려가면 칠흑의 세계가 있다. 거기까지 가긴 싫다고 생각하자 몸이 다시 떠오르기 시작했다. 수면 근처에 도착하자 어렴풋이 눈이 떠졌다. 눈꺼풀을 살짝 열었더니 자다가 몸을 뒤척거렸는지 몸이 서남쪽을 향하고 있었다. 그 건너편에 아련하게 몸을 말고 있는 나무 색깔의 물체가 보였다.

'요시자와가 자고 있구나.'

요시자와라는 이름의 고양이였다. 내가 멋대로 붙인 이름이다. 저 나무 빛깔 고양이는 산기슭에 사는 요시자와라는 이름의 농사꾼이 기르던 고양이다. 요시자와 씨랑 살 때는 치코라는 이름이었건만, 내가 멋대로 요시자와! 요시자와! 하고 불러 댔더니 어느 순간부터 자기 이름이 요시자와인 줄 알고 있다. 어쨌든 본명이 치코인지라 한번 "치코!"라고 불러 봤는데 어째서인지 반응이 없었다. 그래서 언젠가 요시자와 씨와 길에서 만났을 때 "그 집 고양이는 치코라고 불러도 반응하나요?"라고 물어보았다. 물론 반응한다고 한다. 신기한 일이다. 아마 내게만은 치코 대신 요시자와로 불리고 싶어 하는 게 아닌가 싶다. 그런 생각이 든 이유도 있다.

좀 예전 일이다. 요시자와 씨네 집에서는 고양이에게 쌀겨만 먹인다는 소문을 들었다. 그야 물론 농사짓는 집이니까 쌀겨가 산더미처럼 남겠지만, 고양이가 쌀겨를 먹어? 싶었다. 그러나 요시자와가 눈 대변을 보고 놀랐다. 쌀겨가 그대로 대변 속에 묻혀 있었다. 요시자와가 요시자와 씨네 집에서 쌀겨만 먹는다는 것은 사실인 모양이었다. 가엾은 일이다.

요시자와가 왜 자꾸 우리 집에 드나들게 되었는가. 내가 언젠가 바다에서 낚아 온 볼락을 산 채로 주었기 때문이다. 요시자와는 그 먹이가 이 세상 것이라고는 생각할 수 없다는 것마냥 흥분했었다. 야옹야옹 소리를 지르면서 격렬하게 살을 뜯었다. 그렇게나 기쁜 듯이 먹는 모습을 보니 낚시의 보람이 있었다. 그 후로 요시자와에게 낚은 생선을 주는 일이 잦아졌다. 치코가 요시자와라고 불러야 뒤돌아보는 이유는 달리 생각할 수 없다. 이 고양이는 치코라고 불리면 쌀겨를 연상하고, 요시자와라고 부르면 펄떡거리는 볼락을 떠올리는 게 아닐까.

이러한 사연을 간직한 '요시자와'가 몸을 만 채 자고 있었다.
'아, 요시자와구나'라고 생각한 나는 다시 눈을 감았다.
고양이와 같이 있으면 잠이 온다. 고양이는 자주 졸기 때문이다. 갖가지 동물 중에서 가장 잘 잔다. 인생, 아니 묘생의 반 정도를 자면서 보낸다. 괘씸한 동시에 볼만한 구경거리다. 그렇게 잠만 잘 거면 왜 세상에 태어났느냐며 그 존재의 무의미함을 놀리지 않을 수 없다. 아까 얘기했듯이 잠이라는 것은, 특히 낮잠은 자살과 비슷하다. 이 세상이 우리에게 내린 괴로운 삶을 뻔뻔하게 배신하기 때문이다. 거기에 잠의 미학, 혹은 존재 가치가 있다. 세상이 있기에 잠도 존재한다.
하루의 절반을 위장 자살로 보내는 고양이는, 일설에 따르면 사차원 세계를 떠도는 중이라고 한다. 그럴 때는 뇌파에서 알파파가 나온다. 사람도 그에 감응한다.
나는 타마고와 요시자와가 뿜어내는 고양이 알파파에 안겨서 또다시 꿈속으로 떨어졌다.
세 번째 꿈속에서는 배를 타고 있었다. 바다는 장마철을 맞이했는지 하늘도 바다도 납빛이었다. 이슬비가 주룩주룩 내리고 있다. 바람은 없지만 천둥이 멀리서 으르릉거린다. 배는 천천히 돌고 있다. 마

치 요람 같다. 꿈속에서 멍하니 눈을 뜬다. 뱃머리에는 타마고가 몸을 말고서 자고 있었다. 고양이가 사차원 세계를 떠돈다는 말이 정말이었던 모양이다. 그러나 여기서도 자고 있다. 꿈속의 꿈으로 오차원 세계를 보고 있는 건지도 모르겠다.

'타마고가 있구나' 하고 생각하면서 틀림없이 요시자와도 있을 거라 생각하며 그쪽을 돌아보았다. 역시나 요시자와도 둥글게 몸을 말고 있었다. 요시자와 너머로 보이는 수평선에 밤의 어둠이 내리깔리는 중이었다. 수평선을 바라보던 시선을 다시 가까운 곳으로 옮겼을 때, 불가사의한 일이 일어났다. 잠든 고양이의 수가 늘어난 것이었다. 뱃머리와 선미, 배 그늘 밑과 갑판 위, 엔진실 등에 타마고와 요시자와랑 닮은 고양이가 몸을 말고서 자고 있다. 눈을 뗄 때마다 그 수가 점점 더 늘어난다. 늘다 못해 드디어 배 안이 잠든 고양이로 꽉 찼다. 아무래도 삼차원 세계에서 잠자고 있는 고양이들이 속속들이 이 배에 승선하고 있는 모양이었다. 내 몸 옆과 위에도 몇 마리의 고양이가 놓여 있었다. 문득 정신을 차려 보니 나는 계란 빛깔의 고양이를 한 마리 안고 있었다.

드디어 낮잠 자는 고양이들의 대단원이 가까워졌다. 집단 가짜 자살선은 천천히 수평선 너머로 나아갔다. 주변이 어두워졌다. 비가 그치고 달이 아련히 떴다. 누군가가 부른 것 같은 기분에 문득 맑아진 밤하늘을 올려다보았다. 거기에도 고양이가 있었다.

보름달도 몸을 돌돌 말은 고양이었다.

계란색 고양이 달의 어렴풋한 고양이 빛이 밤바다를 비추었다. 파도 하나하나에 빛이 실린다. 수평선까지 이어지는 무한한 파도에 감도는 빛 또한 계란색 고양이였다.

'아아, 온 세상이 자는 고양이로 가득 차 있구나.'

나는 몽롱한 머리로 중얼거렸다. 그리고 또다시 수마에 사로잡혔다.

등 뒤에서 배의 엔진음이 기분 좋게 푸릉푸릉 울렸다.

이 고양이선이 어디로 갔는지 아는 사람이 있다면 부디 가르쳐 주었으면 한다.

애수의 아침 식사

런던에 와 있다.

지금 런던 시내 호텔방 안에서 이 원고를 쓰는 중이다. 아침 8시 반인데도 창밖은 아직 어둡다. 런던에 도착한 사흘 전부터 줄곧 비구름이 끼어 있다. 비가 내릴 듯 말 듯하고, 진눈깨비인지 비인지도 판단하기 어렵고, 안개비인지 안개인지 정체가 불분명한 이 땅 특유의 날씨. 런던탑의 정원에서 깃을 접은 채 날지 못하고 방황하는 갈까마귀의 젖은 깃털 같은 나날이 계속되고 있다.

서유럽 극단 섬나라의 만성적 겨울 날씨는 마치 미스터리 소설의 배경 같다. 그리하여 오늘도 역시 아무 일도 없는데도 불구하고, 젖어 있는 창밖의 다크 그레이 돌건축을 나른한 시선으로 바라보며 사건 해명을 위한 추리를 시작했다. 이 기나긴 밤과 낮게 깔린 구름, 그리고 역사의 장막에 갇힌 런던의 겨울 속에 있으면 누구나 한번쯤은 셜록 홈즈의 기분이 되기 마련이다.

그럼 오늘 최초로 일어난 사건을 짚어 보자.

그 사건은 내가 런던에 도착하기를 기다리고 있었던 것처럼 이른 아침의 식당에서 부리나케 발생했다.

일본은 런던보다 9시간이 빠르다. 그 시간을 거슬러 올라가 런던에 막 착륙했더니 시차로 인해 유독 눈이 빨리 떠졌다. 너무 일찍 잠에 깨는 것에 익숙하지 않아, 침대 위에 누워서 멍하니 눈앞의 허공을 바라보며 일본에서 외워 온 마더 구스의 노래를 중얼거리고 있었다. 그러나 다행히도, 나는 시차로 인해 졸릴 때마다 왠지 모르게 식욕이 왕성해진다. 아마도 머리가 멍한 탓에 뇌신경계의 억압에서 해방되는 게 아닐까 싶다. 그리하여, 여기 온 후 사흘 연속으로 아침 7시 반에 1층 식당으로 내려가서 뷔페에 놓인 아침 식사 메뉴를 호시탐탐 공략했다.

오늘 그 식당에서 일어난 최초의 사건을 얘기하기 전에, 먼저 서구의 레스토랑이나 식당의 테이블을 둘러싸고 수면 밑에서 발생하는 불화와 비애에 대해 설명해야겠다.

대부분 같은 피부색과 혈연으로 통일되어 있는 일본인들은 타자와 일어나는 갈등에 상당히 태평하다. 그것은 무방비한 데다 빈틈투성이인 채로 거리를 걸어다니는 행인들의 모습에서 잘 드러난다.

레스토랑에 갈 때도 마찬가지다. 일본인은 레스토랑에 들어가서 안내받는 테이블에 따라 자신의 인격이 차별을 받는다는 것에 대한 감각이 전혀 없다. 물론 가끔 마음에 늘지 않는 자리에 앉게 뇌어서 찜찜해하는 경우는 있다. 하지만 그렇다고 해서 자신이 차별을 받았다고 생각하지는 않는다. 안내한 쪽도 인종 차별적인 의도를 가지고 테이블을 골라 주었을 리가 없다. 그런 의미에서 우리들은 일본 어디를 가도 태평하게 밥을 먹을 수 있는 것이다.

그러나 서구에서는, 특히 약간 격조 있는 레스토랑의 문을 열 때면 왠지 모를 긴장감이 등줄기를 스친다. 입구에 형 집행관이 서 있기 때문이다. 그 남자, 혹은 그 여자는 한순간에 수형자의 인종 등급부터 용모의 레벨까지 판별한다. 그리고 수형자의 신분에 맞추어 아무렇지도 않게, 혹은 차별적 태도를 노골적으로 드러내며 형의 집행장인 테이블로 인도하는 것이다.

신경 써서 관찰해 보니, 유감스럽게도 황인종이 백인보다 좋은 테이블에 안내되는 일은 거의 없었다. 이 '테이블 크라이시스'는 미국 여행을 하는 동안 질릴 정도로 경험했다. 특히 남부는 노골적이다. 남부에서는 데니즈 같은 패스트푸드 식당조차 당당하게 형을 집행한다. 조지아 주의 국도 근처에 있는 데니즈에 들어간 적이 있다. 점심시간 전이라 아직 손님이 하나도 없을 때였다. 그런데도 흑인 웨이트리스는 나를 창가에서 가장 멀고 어두운, 감옥의 풍취마저 느껴지는 입구 근처의 테이블로 안내했다. 나는 그녀가 정의한 내 신분에 응하기 위해 콘 스프만 마시고 나옴으로써, 내 영문 모를 행동을 고찰할 사색의 기쁨을 그녀에게 부여했다. 그러나 사람을 차별하는 사람은 사실 그 자신도 일상적으로 차별받는 사람이다. 그렇게 다른 사람을 차별함으로써 자신이 받은 마음의 상처를 메우려 하는 것이다.

인간이란 슬픈 동물이다.

*

오늘 아침의 호텔 식당으로 돌아가겠다. 그때 나는 인류의 역사 속에서 인종 차별의 근대사를 구성해 온 대영제국의 산물, 형장에 있었다.

어제와 그저께는 항상 먼저 왔기 때문에 테이블 갈등이나 비애에 맞닥뜨릴 기회가 없었다. 그러나 오늘 아침 7시 3분 20초 경, 시저와 아이리스의 조각상이 설치된 두 개의 흘림기둥 사이에 끼어 있는 식당 입구에 섰을 때였다. 거의 동시에 앵글로 색슨 신사 한 명이 입구 경계를 넘어왔다. 그는 싸워 보기도 전에 이미 이겼다는 듯한 태도였다.

　딱 잘라 말하건대, 잉글랜드에서는 몽골로이드가 경멸의 대상이다. 가령, 극동의 몽골로이드 나라인 일본의 황실을 보자. 주요 인물이라 할 만한 자는 대대로 극서의 앵글로 색슨 나라에 유학했다. 알 듯 모를 듯한 이러한 관습은 당연한 듯 지속되어 왔으나, 그럼에도 불구하고 일본 황태자의 약혼자 결정이라는 중대 뉴스는 영국의 일부 신문에 작게 실려 있을 뿐이다(일본의 어느 신문을 읽었더니 영국에서도 이 뉴스를 대서특필하고 있다고 보도 중이었다. 누가 그런 근거 없는 기사를 작성한 것일까). 호텔의 프런트에 물어봐도 아무도 모른다.

　이렇듯 몽골로이드는 무시당하고 있다. 그러니 전혀 유명하지도 않은 황인종과 유서 깊은 앵글로 색슨 노신사가 농시에 시저와 아이리스의 문을 통과한 순간, 서로에게 내려질 상벌은 이미 결정된 셈이다. 신사는 당연하다는 듯이 높은 콧등을 세우고 콧소리를 흠흠 내면서 내 앞에 서서 걸어 들어가려 했다.

　이 날의 형 집행인은 매일 서 있던 제3국 백인풍의 중년여성이 아니었다. 곰보 자국이 있는 검은 피부에 눈이 날카로운 아랍인 사내였다. 양복을 벗기고 나비넥타이를 떼어 내면 이라크와 이란 국경 사이의 산간지방에서 당나귀의 엉덩이에 올라타도 전혀 위화감이 없을 용모였다. 그의 얼굴을 본 순간, 잠시였지만 조지아에서 겪은 악몽을 떠올리지 않을 수 없었다.

옷을 가다듬은 나는 등급을 결정하는 자의 시선을 똑바로 받아쳤다. 순간 아랍인의 눈빛이 꺾인 것처럼 보였다. 그의 찰리 채플린식 수염이 약간 벌어지는 것을 느꼈다.

"몇 명이세요?"

"한 명."

"이쪽으로."

무슨 일인지, 그는 나보다 한 걸음 앞에 나와 있었던 백인을 내버려 두고 황인을 에스코트하기 시작했다. 스쳐 지나는 순간, 백인의 옆얼굴에 경련이 일어나는 것이 보였다. 흠흠거리던 콧소리도 나지 않았다. 여유를 잃어버렸다는 징조다.

슥슥 앞장서 걸어 나간 아랍인은 정원이 보이는 2인용 창가 테이블로 나를 안내했다. 뒤에서 다시 한 번 백인의 콧소리가 들려왔다. 이번에는 흥분한 콧속의 모세혈관이 팽창해서 나는 소리 같았다. 일종의 일시적 정신적 비염인 셈이다. 그는 이 식당에 하나밖에 없는, 정원 옆 2인용 테이블에서 다섯 종류의 견과류 및 건포도와 대추야자가 들어간 시리얼을 천천히 음미할 작정이었으리라. 그런 후 가디언 지를 펼치고, 어제 벌어진 블랙번과 맨시티의 축구 경기에 대한 브라이언 월노어의 해설에 눈을 돌린다. 그러다 가끔 논설을 검증하는 것처럼 창밖을 내다보며 하얗게 물들기 시작한 정원의 잔디밭 위에 망상을 굴리는, 그러한 아침의 쾌락에 몸을 내맡길 생각이었음에

174

틀림없다.

그러나 아침의 쾌락은 순식간에 깨지고 말았다. 그는 아랍인에 의해, 창가에서 한참 멀리 떨어진 뷔페 옆의 2인용 테이블로 정중히 안내되었다. 정신적 비염이 한층 더 심해졌다. 콧소리가 일종의 항의 주문처럼 실내에 울려 퍼졌다. 그에 대응하듯이 아랍인이 말했다.

"Fine?"

이 자리에 만족하느냐는 질문이다. 자신의 외양을 소중히 해야 한다는 행동 원리에 의해 움직이는 신사는 의외로 이런 상황에 약하다. 이 자리가 불만이라고 말하면 자신이 차별받았다는 사실을 인정하게 되고 만다.

"Sure!"

그는 아무렇지도 않다는 듯이 말했다. 이걸로 아침 승부는 끝이 났다. 아니, 승부라고 하기에는 백인에게 있어 너무나도 이해할 수 없는 상황이었다. 황인의 오프사이드 슛을 심판이 못 본 채 용인해 준 것과도 같다.

런던의 겨울 아침은 정말로 춥다.

아짐 여넓시에 시계바늘이 가까워졌지만, 아직도 희미하게 겹쳐진 창밖의 새벽빛은 역사를 호흡하는 건물들의 주름에 깃든 채 정적 위를 떠돌고 있었다. 딱 사색하기 좋은 분위기다.

황인은 체다 치즈를 먹으면서 창밖의 잔디밭을 바라보았다. 지금 일어난 사건을 해명하려는 참이었다.

……도대체, 그는 왜 그랬던 걸까.

짚이는 데가 하나 있다. 여기는 영국이다. 차별의 역사가 깊다. 미국처럼 단순하지도 않다. 차별에 의한 굴절은 또 새로운 굴절을 낳고, 결국 런던 거리처럼 미로화되고 만 것이 아닐까.

계속 차별받던 자가 차별하는 자를 대하는, 굴절된 역차별 구도. 만일 이것이 오늘 아침 일어난 작은 사건에 대한 해석 중 하나라면, 우리 동양인들은 결탁해서 백인 신사 한 명을 보이지 않는 테이블에 밀어 넣은 셈이다. 그런 생각을 하다 보니 문득 아랍인의 채플린 수염이 뭔가를 신호하는 것처럼 벌어졌던 것이 뇌리를 스쳤다.

우리 일본인들은 극동에서 매일 영국 톱뉴스, 즉 왕실의 스캔들을 가지고 떠들어 댄다. 그러나 뱃속 편한 일본인들이 알지 못하는, 중첩된 역사와 인종 혹은 계급 차별에 의한 굴절을 바탕으로 싹튼 것이 바로 왕실 스캔들 문화다. 그 사실을 오늘 아침의 사건이 암시하고 있는 것처럼 느껴졌다.

즉, 차별받아 온 시민의 역차별 대상이 왕실인 것이다. 영국에 온 외국인들은 왕실 뉴스를 가장 자세히 다루는 신문이 노동자 계급 대상지인 「The Sun」이라는 사실에 신기해한다고 한다. 오늘 아침 식사 때 겪은 개인적 경험을 통해 그 수수께끼의 일부가 풀린 것 같다.

롤스로이드가 아니라 당나귀의 엉덩이에 타고 있어도 이상할 것 같지 않은 그 아랍인. 그 사람은 다이애나 비의 이혼의 진실이나 왕실의 권위를 깎아내리는 스캔들 정보를 읽기 위해, 퇴근하여 나비넥타이를 떼자마자 「The Sun」을 사서 읽으며 싱긋 웃고 있을 터이다.

오컬트에 대한 상념

최근 출판사의 친구가 인도의 사이바바 및 아가스티아의 잎에 대해 쓴 책을 발간했다. 이후 그런 이야기에 흥미를 갖게 된 그는 여러 가지 특이한 이야기를 들려주었다.

진맥도 그중 하나다. 도쿄의 모처에 진맥을 엄청나게 잘 보는 사람이 있다는 것이었다. 나는 사람의 과거를 꿰뚫어 보거나 장래를 예언하는 것이 쓸데없는 참견이라고 생각하기에 그런 사람을 만나 보려 생각한 적도 없다. 하지만 진맥은 예전부터 흥미로운 동양 의술이라고 생각했기에, 어떤 것인지 한번 경험해 보기로 했다.

진맥을 보는 M 씨는 스기나미 구 한 구석의 임대 아파트에 살고 있었나.

그의 부인은 세계 대전 당시 철수하는 일본군을 따라오지 못하고 중국에 남겨진 일본인 고아였다. 8년 전 흑룡강성에서 아이를 데리고 일본으로 왔다고 한다. 아버지가 본디 살던 중국 지방에서 4대 명의로 손꼽힐 만큼 진맥의 대가였단다. 그러나 문화 대혁명 때 부르주아로 몰려 목숨을 잃었다. 부친을 잃은 것도 중국에 미련을 버리는 계기 중 하나였을 것이다.

그런 비극적인 역사를 겪었다고는 믿을 수 없을 만큼, M 씨는 언제나 미소를 띠고 밝게 행동했다. 중국의 어느 거리에나 있을 법한 52세의 평범한 아저씨다. 몸집은 작았고, 아마도 부인이 잘랐을 반삭 머리가 나이와 안 어울리게 새까맣다. 오래된 아파트는 뱀장어의 잠자리마냥 현관과 베란다가 긴 구조라 바람이 잘 통한다. M 씨가 풀어 젖힌 하얀 셔츠의 앞섶이 부드럽게 바람에 흔들리고 있었다.

그는 저렴한 합성수지로 만든 식탁보 위에 스펀지 베개를 놓고서 내 팔을 잡았다. 그가 내민 팔의 피부가 하얗다. 맥은 엄지손가락을 제외한 다른 네 개의 손가락으로 듣는 모양이었다.

이럴 때 명의들은 안광이 날카롭다. 때로는 공중에 시선을 던지면서 심상치 않은 풍모를 보임으로써 사람을 압도하는 것이 보통이다. 그러나 M 씨에게는 그런 것이 전혀 없었다. 약 5분간 맥을 짚었는데, 그 동안 식탁 옆의 작은 선반 위에 놓인 14인치 텔레비전을 보고 있었다. 입을 멍하니 벌린 채 텔레비전의 연예계 뉴스를 바라보는 것이었다. 나는 옆에 앉은 출판사 친구에게 "사이바바보다 정확할지도 모르겠다"고 농을 던졌다. 성자나 의사인 사람은, 아니 성자나 의사만이 아니라 어떤 일이건 간에 뭔가를 꿰뚫은 사람은 지극히 평범한 모습으로 되돌아오는 경우가 많다. 너무 대놓고 직업 티를 내는 사람이 오히려 수상하다.

*

한때 나는 7년 정도 인도를 여행했다. 그때 특이한 사람들을 여러

명 만났다. 이 나라에는 사두(성자)라고 불리는 사람이 30만 명 정도 있기에 '성인'이란 무엇인지 공부하기에 딱 좋다. 그 가운데 믿을 만한 사람과 몇 명 만났다. 지나고 생각해 보니 다들 성인처럼 치장하지 않고 평범한 일반인처럼 살아가는 사람들이었다.

사이바바는 20년 전 당시부터 유명한 성자 중 한 명이었다. 뉴델리의 일류 골동품 가게 주인이 사이바바와 꽤 가까운 신자였다. 다음에 캘거타에 같이 가면 만나게 해주겠다고 말했을 정도였다. 손바닥에서 재를 내어 가난한 사람들에게 나눠 주는 사이바바의 그림은 당시에도 유명했다. 그러나 부자인 골동품 가게 주인이 그랬듯이, 그 신앙은 인도 도시 상류층의 지적 악세사리 같아 보이는 구석이 있었다. 골동품 가게의 신위 선반 위에 장식된 사이바바의 발 사진 앞에서 정중한 향내가 풍겼다. 공작초 꽃이 장식되어 있는 것을 보면서, 젊었던 나는 반발심을 느꼈다. 성인이라면 명예와 권위를 버려야 한다는 생각 때문이었다. 그래서 나를 설득하려는 그에게 이렇게 반발했다.

성자는 신도를 가져선 안 된다.

성자라면 집을 가져선 안 된다.

성자는 자신의 발을 다른 사람의 이마에 대선 안 된다.

자기가 대단하다고 생각하는 성자는 성자가 아니다.

성자는 거지여야 한다.

나는 여행 도중에 만났던 어느 사두와 비교하며 사이바바를 몰아붙이려 했다. 이렇게도 말했다.

그의 손에서 재와 반지가 나왔다지만, 그게 진짜인지 속임수인지에는 관심이 없다. 당신이 말한 것처럼 그의 손에서 재가 솟아난다는 것도 믿겠다. 분명 신기한 일이다. 하지만 그 것에 무슨 의미가 있는가?

그렇게 말했더니 가게 주인은 순간 반론이 궁해진 모양이었다.

거기에 아무 의미도 없다면, 그게 정말로 나왔다 할지라도 속임수와 다를 게 없지 않은가.

*

그로부터 12년이 지났다. 세상은 많이도 변했다.

옛날 여행하던 젊은이들은 과학에도 불가사의에도, 그런 것을 휘감은 권위적 존재도 따르지 않고 알몸의 개인으로서 존재하려 했다. 그러나 지금은 청년들뿐 아니라 일본 전체가 신기한 일이 일어나기만 하면 마치 바람 속의 갈대처럼 이쪽저쪽으로 따라다닌다. 이따금 오컬트 클럽화된 집단 의식이 무섭다는 생각이 든다.

하지만 신비로운 현상에 몸을 의탁하려 하는 사람들의 행위가 전혀 이해되지 않는 것도 아니다. 그를 보면 시대 배경을 읽을 수 있다. 곤란해지면 신을 찾듯, 불안한 불황 시대에는 종교가 유행한다는 것은 옛날부터 익히 알려진 사실이다. 그러나 지금의 사태는 더 큰 흐름을 따라 이루어진 것처럼 보인다.

20세기의 종교였던 과학은 체르노빌이나 우주선 폭발 사건을 기점으로 하여 인류의 희망을 대변하지 못하게 되었다. 경제 또한 난국이다. 성장의 신화가 인간에게 본질적인 행복을 가져다주는 것이 아니라는 사실을, 우리들은 진저리 나도록 알아 버렸다. 중국의 놀라운 성장과 열광을 볼 때마다 기가 질린다. 그러한 성장의 신화를 위해 프로그램된 교육이 인간을 만드는 게 아니라 경제 가축을 키우는 시스템으로서 굳어져 버리면 되돌릴 수가 없다. 국회의사당은 이미 도쿄의 요시모토 흥업(일본 최대의 개그맨 전문 기획사—옮긴이)이라 부를 만큼 희극화되고 말았다.

또 하나의 20세기 종교라 할 만한 '물질적 발전에 대한 신봉'은 환경 파괴라는 복수를 통해 자기 목을 조르는 자살행위로 변했다. 인간의 심신에 눈을 돌려 보면, 미국 문화의 끝에 이르러 나타난 그린 신드롬은 삶의 환경을 무균화하고 면역부전 증후군(AIDS)이라는 절대적 병리를 낳았다. 지구라는 육체가 면역 체계를 잃어 가고 있는 것과 같다.

미국에서 일어난 사건은 그것만이 아니다. 불결과 질병을 추방한 순간 면역 부전이 일어났던 것과 똑같이, 평등 및 비차별이라는 절대선의 가치가 인간 마음의 자유를 옭아매기 시작했다.

즉, 과학, 정치, 경제, 교육은 물론이고 이제까지 명백하다고 생각했던 생활 이념조차도 여기저기서 의심받고 있다는 얘기다. 온갖 문제들을 끌어안은 인간의 자기 증식 사태가 21세기 초반이면 한계에 부딪칠 것이라 예견되고 있다.

'개인의 상실'도 오컬트를 향한 동경을 낳는다.

인류가 달에 발자국을 남긴 것이 상징적이다. 공포스럽게도, 자본주의는 눈에 보이는 것은 물론이고 눈에 보이지 않는 자연이나 인간의 비밀까지도 차례차례 정보화(상품화)시켰다. 즉 상상력의 영역을 소비해 버린 것이다. 사적인 상상 속에 안주하는 존재가 개인이라고 본다면, 우리들은 자신의 방에서 밀려 나와 노숙자가 된 셈이다. 텔레비전 CF가 제일 먼저 인간의 개인적 상상이나 욕망을 빼앗고 풍속화했다. 1969년 이후에 태어난 아이들이 밤하늘에서 볼 수 있는 것이라곤 덩그러니 남아 있는 달뿐이다. 상상의 세계를 펼칠 거리도 없다. 신비주의를 향한 호기심은 노숙자의 자기 집 찾기에 다름 아니다.

이러한 효율주의와 개인 말상의 사회가 인간 마음의 교류에 장벽을 높이는 가운데, 신비주의가 일종의 사이코테라피로서 기능하게 되었다는 사실을 놓쳐서는 안 된다. 정보화 사회는 인간들 사이의 커뮤니케이션 소멸을 부추길 뿐 치유하지는 못했다.

노숙자인 동시에 인간 간의 소통 의지를 점점 잃어가고 있는 우리들은 보다 깊은 원시적, 집단적, 유전자적 무의식에 최후의 희망을 걸고 있는 것처럼 보인다. 달러 본위제가 계속 붕괴되면서 미국 문명이 주도한 20세기형의 합리적 생활 양식이 파탄을 맞고 있다. 청산의 시기가 점점 다가오고 있는 것이다. 20세기가 끝나려 하는 지금, 인간은 무의식 속에서 그 대항 문명을 모색하는 중이다. 모색이라고 하면 듣기엔 좋지만 사실은 그냥 신에게 기도하고 있을 뿐이다.

마음이 이미 받아들일 자세를 갖췄으니, 오컬트가 파고들 틈은 얼마든지 있다.

*

　M 씨는 환하게 웃는 얼굴로 나를 보았다.

　대체로 건강하지만 담낭에서 나오는 액이 조금 많은 듯하다며 어설픈 일본어로 말했다. 그리고 메모 용지에 한방 처방전을 써주었다.

　담낭이라는 말에 떠오른 것이 있었다. 내 어머니는 12년 전에 담낭결석으로 입원하셨고 그대로 돌아가셨다. 담낭은 간장에 합류하는 소화액을 농축 및 저장하는 부위다. 십이지장에 갈색 액을 보내서 유지분을 분해한다. 이 기능이 망가지면 혈관에 콜레스테롤이 쌓이거나 눈이 쉽게 지친다. 심지어 백혈병에 걸리는 일도 있다. 내 아버지는 백내장을 앓다가 아흔 살에 수술했다. 아버지도 담낭이 약했던 걸지도 모른다고 생각하니, M 씨의 말이 묘하게 신빙성을 띠는 듯한 느낌이 들었다.

　진맥에 관련된 이야기는 여기서 일단 끝이다. 그러나 돌아가는 길에 예상 못했던 일이 발생했다.

　요츠야에 있던 나는 친구를 따라 택시를 타고 M 씨의 아파트로 왔기 때문에 여기가 스기나미 구라는 것 외에는 아무것도 몰랐다. 그래서 지금 어디에 있는지도 모르는 채 근처의 풍경이나 구경하고 돌아가려고 베란다로 나갔다. 그 순간 잠시 내 눈을 의심했다.

　아버지의 무덤이 내 눈앞에 있었다. 아파트의 뒤쪽이 바로 아버지의 묘가 있는 스기나미 구의 절이었던 것이다. 그 사실을 친구에게 말했더니, 사이바바에 관심이 많은 그는 놀라워하며 호들갑을 떨었다. 그를 보고 오히려 냉정해진 나는 우연이라며 얘기를 무마했다.

올해는 일본에 없었던 탓에 성묘를 하지 못했다. 마침 좋은 기회라고 생각한 나는 갈색 국화를 한 아름 사다가 성묘를 하러 갔다.

한창 가을인데도 묘 앞에 놓인 국화를 비추는 햇살이 한여름처럼 따가웠다.

20세기 말의 이 계절 또한 인간사처럼 갈 곳을 잃고 혼돈스러워하는 것이 느껴졌다.

난로와 신화

○월 ○일

오늘, 로스트웰프의 거리에서 차와 약간의 접촉 사고가 있었다. 잠시 후 두 사람의 경관이 장비도 없이 느긋하게 나타나는 것을 본 순간, 아일랜드에 온 지 며칠이나 지났는데 지금까지 경찰의 모습을 한 번도 본 적이 없다는 사실을 깨달았다.

이 나라의 범죄율이 비이상적으로 낮은 탓일지도 모른다. 고풍스러운 카톨릭 교리에 열심히 따르는 신앙심 덕분일 거라고 추측된다. 그러나 그것만은 아니다. 지방 마을에서 인구 이동이 거의 없는 탓도 있다. 서로 얼굴을 다 알고 있는 데다 상호 간에 관계가 많아서 범죄가 일어나지 않는 것이다.

최근에는 그래도 많이 늘어난 편이라지만, 아일랜드의 마을에는 아직도 특이한 관습을 굳게 지키고 있는 사람들이 있다. 집을 비울 때 자물쇠를 채우는 것은 세계의 어디든 공통적인 현상이다. 그러나 옛날 아일랜드 사람들은 집을 비울 때 문을 잠그지 않았다. 그뿐만이 아니라, '지금 집에 없습니다'라고 문밖에 써붙이고는 정중하게도 열쇠를 열쇠 구멍에 꽂은 채 외출을 한다. 요즘 사람 눈으로 보면 이상한 풍습이라고 부르기에 딱 좋은 관습이다. 요새는 그런 일이 별로 없다지만 나도 실제로 몇 번 보았다. 그런 이 나라도 유럽 각국의 범죄율이 급상승하는 가운데 애를 먹고 있다고 한다.

저녁 식사를 마치고 호텔로 간 어느 날이었다. 밤 열 시에 할 일이 없어서 텔레비전 스위치를 눌렀는데, 수상한 프로그램이 눈 속으로 뛰어들어 왔다.

「크라임 라인」이라는 방송이었다. 거리에서는 거의 본 적도 없는 경찰관들이 긴박감 넘치는 얼굴을 하고 등장하더니, 여성 캐스터에게 범죄의 내용을 설명하고 있었다. 범죄 상황은 재현 드라마의 형식으로 보여 주고, 드라마가 끝난 뒤에 일반 시청자의 제보를 받는 시스템이다. 아일랜드에서도 흉악 범죄 사건이 일어나는구나 싶어서 계속 지켜보았다.

이날은 '행방불명된 부부 사건'과, 천 본드(약 십칠만오천 엔)를 강탈해 간 '은행 강도 사건', 청년이 노인들에게서 육백 본드(약 십만오천 엔) 정도를 사기 친 사건이 방송되었다. 그것도 행방불명 사건은 이미 발생한 지 일 년 반이나 지났고, 은행 강도는 삼 개월 전의 이야기였다. 살인 사건은 아예 없었다.

듣기로는 하도 소재가 없어서 매번 같은 사건을 반복 취재하는 탓에, 시청자들은 이미 질릴 대로 질려 버린 눈으로 보고 있다고 한다. 그날의 메인 사건이 보고된 후, 사소한 범죄가 옴니버스 식으로 열 건 정도 나오는데, 주로 이 사소한 범죄들이 최신 사건이라고 한다. 그러나 이 '최신 사건'들에서는 박력이라곤 눈을 씻고도 찾아볼 수 없었다. 보고된 열 개의 사건 중에서 제일 큰 범죄라는 것이 프로용 비디오 카메라를 도둑맞았다는 얘기였다. 막판에는 저가의 골프 세트를 도둑맞았다며 사진을 보여 주고 있었다. 이래 가지고는 식후에 보는 버라이어티 쇼 수준이다. 만일 내 카메라를 도둑맞고 경찰에 신고라도 했다간, 다음 주 월요일 열 시에 방송되는 「크라임 라인」에 내 사진이 등장해서 전국으로 방송될 위험성이 다분하다.

아일랜드에 온 후로 여러 가지로 웃을 일이 많았다. 그 중에서도 「크라임 라인」처럼 위기감과 웃음이 넘치는 경우라면 대환영이다.

○월 ○일

식당 창문 옆에서 피쉬앤칩스로 점심을 먹고 있는데, 창유리를 노크하는 소리가 들렸다. 돌아보니 덥수룩하게 수염을 기른 중년 남자가 나를 바라보며 싱긋 웃고 있었다. 마주 웃어 주니 한쪽 손을 들어 보이고선 가버렸다.

모르는 사람이었다. 처음 보는 새빨간 남이다. 그 남자는 아마도 그냥 걷다가, 이 조그만 서부 마을의 식당 창가에서 너무나 보기 드문 인종을 발견한 것뿐이리라. 이 한가한 남자는 내가 식사를 하는 동안 세 번 정도 창밖을 왕복하면서 내 모습을 유심히 바라보았다. 이래서야 완전히 동물원의 원숭이나 다름없다.

이십세기 후반, 일본인은 세계에서 가장 많이 해외여행을 다니는 민족이었으나 벽촌에서는 알려지지 않은 민족이기도 했다. 어째서인지 관광하러 가는 지역이 딱 정해져 있었던 것이다. 없는 곳에는 하나도 없는 반면, 있는 곳에는 고구마 넝쿨마냥 줄줄이 몰려다닌다. 이 지방에서도 마찬가지였다. 런던의 피카티리 서커스에 가면 커다란 종이백을 양손에 든 일본 젊은이들이 깨소금 속의 깨처럼 잔뜩 모여서, 가게에서 가게로 줄지어 들뜬 얼굴로 달려다닌다. 그러나 아일랜드의 시작점인 더블린에 오면 하나도 없다. 한 시간 정도 지난 뒤 사업차 온 것으로 보이는 어떤 일본인 그룹과 스쳤을 뿐이다. 이런 지경이니 서부로 가면, 그것도 지도에 겨우 실려 있는 것 같은 깡촌으로 가면 내가 지방 역사에 등장한 첫 일본인인 경우도 흔하다. 나는 모르는 사이에 아일랜드의 역사를 바꾸고 있는 것이다.

영국 사람들은 그래도 신사인 것이, 보더라도 슬쩍슬쩍 훔쳐본다. 그러다 나와 눈이 맞으면 싹 모르는 척한다. 하지만 아일랜드 사람들은 참으로 소박하다. 식당에 들어가면 모든 사람들이 오소리라도 된 것처럼 호기심에 넘쳐서 일거수일투족을 쳐다본다.

일요일에 레힌치라는 마을의 식당에서 점심을 먹을 때의 일이다. 가족과 함께 식당에 온 이삼십 명 정도의 사람들이 자기 밥 먹는 것도 잊고 나를 쳐다보고 있었다. 그래서 일부러 고지식한 표정으로 연어 프라이를 포크로 잘라 나이프로 찍어 먹었더니, 반짝반짝거리는 시선이 사방에서 날아들었다. 이럴 때 코웃음을 치거나 비웃지 않는 점이 아일랜드 사람들다워서 기분이 좋다.

아일랜드 사람들보다 더 순박하고 호기심에 넘치는 것이 아일랜드의 송아지다. 이 나라의 논밭에서는 때때로 소가 자기 맘대로 걸어다니기 때문에, 모르는 소와 길 위에서 딱 마주치는 일도 드물지 않다. 아일랜드인과 꼭 닮은 아일랜드의 소는 아무래도 나 같은 인종을 처음 본다는 사실을 깨달은 모양이었다. 돌아서 지나갔더니 눈을 치뜨고서 내 동작을 응시하고 있었다. 개중에는 만난 순간 내 얼굴을 보자마자 발길을 돌려서 도망치는 녀석도 있지만, 이런 녀석일수록 자제심이 없는지라 호기심을 버리지 못한 채 또다시 돌아와 멀리서 내 모습을 바라보고 있다. 유인하려고 풀숲에 숨으면 겁내면서도 가까이 온다. 그러다 내 모습을 발견하면 순식간에 뛰어서 도망친다. 정말 아일랜드 사람 이상으로 맥락이 없는 소다. 한번 도망쳐도 내가 숨으면 멈추지 않고 다시 다가왔다가 또 도망간다. 이 패턴의 반복이다. 그러나 머나먼 아일랜드 벽지까지 와서 풀숲에 숨어서는 별다른 이득도 없이 소의 반응을 조사하고 있는 일본인도 있으니, 그도 생각하기에 따라서는 아일랜드 소보다 더 골 아픈 존재가 아닌가 하는 깨달음이 들었다.

○월 ○일

다른 유럽 땅에 발을 들여놓은 적이 없어서 모두 다 그런지는 모르겠으나, 적어도 아일랜드에서 난로라는 것은 단순히 따스함을 전달하기 위한 물건이 아니다. 집의 중심에 위치한 일종의 신화다. 이 나라에서는 불이 항상 집 안 중심에 놓여 있었다. 그리고 가족들은 몇 세대에 걸쳐 불을 꺼뜨리지 않고 보존해 왔다. 가족들의 수명을 다 합쳐도 난로 하나의 수명보다 길지 않다. 그것은 가문의 역사를 관통하는 증인인 동시에 신화인 것이다.

처음에는 그들의 집에 초대받을 때마다 맨 먼저 난로를 자랑하는 이유를 알 수 없었다. 그들은 특히나 난로의 역사나 두터운 외벽을 자랑한다. 사백년이나 계속 타오르고 있는 난로라니, 켈트 신화 세계 전체가 그 안에 담겨 있는 것처럼 고색창연하게 느껴지는 것은 사실이다. 하지만 그 이상의 감정은 느껴지지 않았다. 그러나 몇 번이나 반복해 보는 동안, 난로의 존재감이야말로 이 집의 존재감이며, 집안 윤리의 중심이 거기에 있다는 것을 어렴풋이나마 깨닫기 시작했다.

그 깨달음을 준 것은 모조 난로였다. 아일랜드의 공업 제품이나 거리에서 팔리는 상품은 한결같이 조잡하지만, 모조 난로만은 매우 정교했다. 난로의 구멍 속에는 석탄의 모양과 색깔을 그대로 재현한 물건이 들어 있었다. 그 가짜 석탄 아래로 가스관이 지나간다. 기체의 흐름을 약하게 조절하는 가스관은 뭔가가 불타는 듯 흔들흔들 불꽃을 피워 올린다. 가짜 석탄의 주위에서 피어오르는 불꽃 덕분에 마치 석탄이 타고 있는 것처럼 보인다. 게다가 원래 철가루를 뭉친 석탄은 타들어간 부분이 빨갛게 된다. 그러니 눈으로 봐서는 이게 진짜인지 가짜인지 판별할 수가 없다. 난로 앞에서 반년이나 지냈는데 석탄의 형체가 전혀 변하지 않는다면 겨우 가짜임을 알 수 있을 것이다.

요새 아일랜드인들은 편리하고 손이 덜 드는 난로를 많이들 선택하는 모양이다. 하지만 나는 모조 난로로 몸은 덥힐 수 있어도 마음은 덥히지 못한다고 몇 번이나 느꼈다. 난로인 주제에 추위를 느끼게 하는 기묘한 감각. 집의 중심에 그런 모조품을 두기 시작한 아일랜드인들. 아일랜드에서 숲이 사라지는 순간 켈트 신화 세계가 사라지는 것처럼, 난로가 소멸하는 순간 가족의 신화 또한 그 숨이 끊길 것이다.

환희의 물고기, 방황하는 뼈

작년 운젠과 오쿠시리 섬에서 재해가 발생했을 때 운명이 얼마나 불합리한가를 느꼈다. 사람 내면에는 애니미즘적인 자연 신봉 사상, 그리고 자연의 재량을 확인하고 싶어 하는 심리가 있다. 아무리 우리가 도시 생활에 물들었다 한들 이 심리는 농경 민족의 피를 타고 흐르며 일본인 속에서 깊이 숨 쉬고 있다. 자연재해란 어떤 의미에서는 하늘이 내리는 벌이며, 그러한 천벌을 받았으니 우리가 뭔가 죄를 지은 것이 아닌가 생각하게 된다. 그렇게 자연의 행태에 합리성을 추구하는 경향이 있다. 그러나 요 몇 년간 일본에서 일어난 자연재해는 농업이나 어업을 평범하게 진행하는, 즉 자연의 순리를 충실히 따르며 살고 있는 이른바 '양민'들에게 일어나고 있다. 이러한 자연재해들을 목격한 사람들은 '왜 천벌은 자연의 순리를 어지럽히는 도쿄나 오사카 같은 대도시에 발생하지 않는가, 왜 저런 시골에 일어나는가' 하며 마음속 어딘가에서 자연의 변덕과 불합리함을 느끼게 된다.

이런 식으로 말하면 오해를 살 위험이 있겠지만, 그러한 잠재의식이 있는 상태에서 갑자기 도심지에 재해가 발생할 경우 사람들은 왠지 모를 카타르시스를 느끼게 된다. 좋고 싫어하고를 떠나, 자본주의라는 이름의 사회에 사로잡혀 그 득실과 소비에 매일매일 쫓겨야만 하는 자신에 대한 파괴 충동을 가장 만족시키기 때문이다. 특히 고속 도로나 신칸센의 고가다리, 롯코산을 깎아 만든 포토피아나 도시 중심부 산노미야의 참상은, 20세기 말에 도시에서 살고 있는 사람들의 마음속에 앙금처럼 가라앉아 있는 대재앙의 꿈을 순간 이루어 주는 부분이 있다.

그러나 문제의 대재앙이 일어난 벌판으로 시선을 옮기면 인간들의 참극이 보인다. 잊고 살았던, 너무도 오랜만이라 더욱 생생한 비극이 눈에 띄는 순간 논리에 안 맞는 동물적 감정이 터져 나온다. 로렌츠가 「공격」에서 묘사했던 열광(물에 빠진 원숭이를 본 다른 원숭이가 딴 생각을 전혀 못하고 충동적으로 물에 뛰어들어 동료를 구하려 하는 것 같은 원초적 감정이라고 한다)이 유출되는 것이다.

고베 대지진을 보는 현대인의 안에는 이루 형언할 수 없을 만큼 폭주하는 감정이 혼재되어 있었을 것이다. 솔직히 나 또한 빨리 재건하여 일상으로 돌아가기를 바라는 마음과 열광이라는 두 가지의 감정이 복잡하게 얽히는 것을 부인할 수 없다.

재해기 일어난 후 3주가 지나서야 거우 그곳으로 갈 마음이 생긴 것은, 그런 복잡한 감정으로 인해 망설임이 있었기 때문이다. 그러나 역시 현장을 보고 싶었다. 재건 소망과 열광이라는 모순된 감정을 품은 채로 그곳에 서고 싶었다.

결과적으로 재해 현장에 대고 셔터를 누를 맘이 생기지 않았기에 두세 장 정도 찍는데 그쳤다. 양심의 가책 때문이 아니다. 뭔가 비상식적으로 막연하고 무의미한 것을 보고 있는 기분이 들었기 때문이다. 현장에 들어가자 신의 의지나 자연의 섭리, 혹은 인간의 죄 같은 이치를 갈구하던 모든 의미들이 사라졌다. 그저 의미 없는 대지가 남겨져 있을 뿐이었다.

어디까지나 계속되는 거대한 기왓장들과 자갈 더미를 보면서, 사람은 물체를 계속 쌓아올리는 동물에 지나지 않는다는 감상이 새삼스럽게 들었다. 동시에 그 물질에 담긴 거대한 욕망이 끝없이 무의미하게 보였다. 그렇다고 해서 그를 날려 버린 자연의 힘으로부터 신의 의지를 느낀 것도 아니다. 자연의 행위 또한 무의미하게 느껴졌다.

이 무의미한 잡동사니들 속에서 단 하나 현실감을 가지고 숨 쉬고 있었던 것은 살아남은 사람들의 벌거벗겨진 감정이었다. 숨김없이 드러나 술렁이는 감정들의 사이를 걷다가, 나가타 구의 불탄 들판을 바라보자 웬 군중들이 보였다. 그때서야 처음으로 긍정적인 기분이 들어서 셔터를 눌렀다. 그곳에는 생선 가게가 있었다. 놀랍게도 아직 살아 있는 신선한 생선들이 싱싱하게 빛나고 있었다. 거기 모인 사람들은 당연하게도 생선을 사려는 중이었다. 그러나 그곳에는 '생선을 산다'라는 일상적 행위와는 다른 감정이 흐르고 있었다. 사람들이 널빤지 위에 놓여 파닥거리는 바다의 생명들을 마치 부처 보듯 바라보는 것이었다. 다들 미소 띤 얼굴이었지만 눈이 약간 촉촉해져 있었다. 내게도 그 신비로운 감정이 느껴졌다. 그때서야 겨우 카메라를 들어 올릴 기분이 들었다.

찍을 건지 말 건지 망설이다가 결국 찍지 못한 것도 있다. 불타 버린 나가타 구, 수선화가 피어 있는 어느 골목에서 낯선 여성이 조금 남아 있는 유골을 젓가락으로 줍고 있었다. 그녀는 내게 아버지의 뼈를 모으고 있다고 말했다. 순간 망설였지만 결국 카메라를 들지 않았다. 찍었어야 했는지, 안 찍길 잘했는지 약간 고민하면서 돌아가는 길에, 내 인생 속에서 마주쳤던 뼈들이 생각났다.

유치원에 들어가기도 전이다. 큰이모가 젊은 나이에 폐렴으로 돌아가셔서 화장한 후였다. 어머니가 나무 상자에 담긴 뼈를 보여 주셨다.

윤기 하나 없이 침착하게 가라앉은 느낌의 유골은 약간 그슬린 잿빛이었다. 마치 골격 표본처럼 뼈 모양이 부위별로 확실히 드러나 있었다. 군인의 철모 같은 두개골을 들어내자 그 아래에서 온갖 모양의 뼈들이 튀어나왔다. 당시 사람의 죽음을 애도하기엔 너무 어렸던 나는 장난감 상자를 엿보는 것 같은 기분으로 그에 시선을 빼앗겼다. 어머니가 대나무 젓가락으로 집어 낸 울대뼈가 마음에 들었다.

마치 부처가 좌선하고 있는 것처럼 보이는 그 뼈는 이모의 목 부근에 있었던 것이라 했다. 인간은 누구나 부처 모습의 뼈를 목 부근에 갖고 있다고도 했다. 이후 나는 인간 속에 부처가 있다는 관념을 품게 되었다. 어린아이였던 내게 있어, 부처란 사람들이 부처님이라고 부르는 거실의 자그마한 조각상에 지나지 않았다. 그러한 물건이 인간 목 속에 있다고 생각했던 것이다.

그로부터 30년이 지나, 어머니도 타계하셨다. 오이타 현 벳푸 시의 화장터에서 태운 어머니의 유골을 받아들었을 때, 그 유골의 색이나 모양이 이모 때와 너무도 달라서 내심 놀랐다. 세라믹 상자에 가루가 되어 누운 어머니의 유골은 완전히 불타 버린 숯의 재처럼 하앴다. 뼈도 완전히 불타 버려서 인간의 형체를 구별할 수 없었다. 물어 보니, 60년대 말부터 효율이 좋은 등유가스를 사용하는 화장터가 늘어났다고 한다(현재는 거의 다 가스를 쓴다). 옛날에는 나무로 사람을 태웠지만, 나무는 불의 온도가 낮기 때문에 몸이 잿가루가 되지는 않는다. 뼈를 구성하는 칼슘이 남는 것이다. 그러나 화학적 불은 온도가 높기 때문에 모든 것을 살라버린다.

나는 고베에서, 내 인생 가운데 마주친 두 육친의 유골을 떠올렸다. 나가타의 불탄 폐허에서 본 뼈는 화장한 아버지와 어머니의 그것처럼 하얗게 불타 있었다.

이상한 일이었다. 타들어 간 모양이 간토 대지진 때와 다르다. 내 어머니는 간토 대지진 당시 그곳에 있었다. 불탄 자리 곳곳에 숯덩이가 된 사람들의 시체가 있었다고 들었다. 몸부림치며 괴로워하는 순간적 모습이나 표정이 그대로 남아 있고, 하얗게 드러난 이빨이 두려움과 슬픔을 함께 불러일으켰다고 한다. 그런 긴급 상황 한가운데를 중국집 볶음밥을 배달한다고 달리는 중국인이 있기에 그 믿음직한 모습에 기가 질렸다는 애기도 했었다.

어머니의 이야기에도 나오듯이, 간토 대지진 때의 사진을 보면 잡동사니 틈과 길 위에 던져진 시체들이 검게 그을려 있다. 생전 모습도 알아볼 수 있는 경우가 많다. 그러나 내가 본 나가타의 유골만이 아니라 이번 재해를 보도한 영상을 보면 하얗고 바삭바삭하게 불탄 뼈가 많다. 간토 대지진과는 명확하게 다르다. 신기한 일이라는 생각에 고민하다가 화장터에서 들은 이야기가 떠올랐다. 즉 사람을 태운 불의 온도가 달랐던 게 아닐까 하는 점이다. 지금은 간토 대지진 때와 다르게 집의 재료나 가구는 물론이고 주변에 화학제품이 너무나 많다. 이미 환경 그 자체가 되었다고 해도 과언이 아니다. 불이 난 나가타 구의 골목이 화학제품을 다루는 산업 지역이었다는 점도 한몫했을 것이다.

불행 중 다행이라고 하기는 그렇지만, 이번 재해에 발생한 화재처럼 완전히 타버리는 편이 유족의 슬픔과 고통을 경감시키는 효과가 있지 않나 싶다. 하얀 무기질이 된 아버지와 어머니의 유골을 받아들었을 때 느꼈던 메마른 감정이 기억난 탓이다. 이모의 뼈를 보았을 때와는 다르게, 그 하얗고 메마른 물질은 생명의 흔적을 남기지도 않았고 내 슬픈 감정을 온전히 끌어내지도 못했다. 이번 재해 때문에 지붕에 깔려 산 채로 불에 휩싸인 사람들이 많았다고 들었다. 그런 사람들이 간토 대지진 때처럼 아비규환인 모습을 남긴 채로 발견되었다면 유족의 아픔과 고통은 한층 더해졌을 것이다.

스미요시 역에서 오사카로 향하는 열차의 창밖에 비치는 기왓장 더미들을 바라보며, 그 사진을 찍었어야 했나 아닌가에 대한 고민이 이상하게 계속되었다.

여러 장소를 가보고 온갖 경험을 해보았는데도, 나는 아직 새로운 상황 앞에서 딱 부러지는 판단을 내리지 못한다.

활주로

○월 ○일

집을 비운 동안 산더미처럼 쌓인 신문들을 조금 펼쳐 보다가 특이한 기사를 보았다. 아마 집을 비운 사이 세간의 화제가 되었던 모양인데, 요미우리 신문, 마이니치 신문, 산케이 신문이 자원 에너지 관청과 제휴했다는 내용이었다.

자원 에너지 관청이 광고란에 광고를 투고하는 대신에 플루토늄 사용 추진 홍보를 기사로서 써달라는 요청이 들어왔는데, 그걸 또 하필이면 대형 신문이 받아들이고만 것이다. 까놓고 말해서 저널리즘이 자신들의 성역인 기사란을 돈에 팔았다는 얘기다. 즉 정조를 판 것이니 살짝 바꿔 말하면 명백한 신문의 매춘 행위이며, 독자에 대한 사기 행위다. 사기와 매춘을 동시에 저지른 것이니 꽤나 중범죄다. 본래 관청에 끌고 가야 하거늘, 정작 관청은 이름도 없는 사기범이나 매춘업은 단속하면서 이런 큰 신문의 범죄는 체포할 의지도 법률도 갖고 있지 않다. 불합리한 노릇이다. 이럴 때, 독자 스스로가 사기 행각을 벌인 그 신문을 보이콧하는 것 외에 방법이 없다.

원자력 발전소에 찬성하건 반대하건 개인의 자유다. 찬반문제가 아니라, 사기와 기만으로 가득 찬 이 세상을 똑바로 주시해야 할 저

널리즘마저 매춘과 사기 행각을 벌이기 시작했다는 이 심각한 사태에 대해 논하고 있는 것이다. 생각해 보면 잡지 및 신문 기사와 광고를 혼동하기 쉽게 꾸며 놓고 독자의 눈을 혼란시키려 하는 매체가 몇 개 있다. 그래도 전에는 그런 기사의 윗부분에 반드시 'PR'이나 'PR 페이지'라고 적혀 있었는데, 요새는 그것조차 어느새 모습을 감춰 버린 사례가 적지 않다. 마이니치 신문은 기사 위에 '기획'이라고 써놨으니 그래도 괜찮다고 하지만, '기획'과 '광고'와 'PR'이 다 동의어라는 식의 해석은 도대체 세상 누가 정한 것일까.

배부른 돼지보다 배고픈 소크라테스가 낫다는 말과는 정반대로, 사람은 가난해지면 머리마저 아둔해지는 경향이 있다. 불황이 되니까 건전해야 할 신경이 차례차례 썩어가는 것이다. 내 주변에서도 비슷한 일이 일어났다.

연재 중인 잡지 『CREA』의 편집부에서 연락이 왔었다. 도쿄전력(일본의 민영 전기회사. 2011년 후쿠시마 원자력 발전소 사고를 은폐하려다 비난을 받았다―옮긴이)에서 여는 고용 간담회의 위원이 되어 달라는 얘기다. 위원회 리스트를 보니 상당히 유명한 필자들의 이름이 올라가 있었다. 결국 이것은 도쿄전력이 돈을 주고서 유명 작가들의 유명세를 이용하는, 상당히 교묘한 작전인 셈이다. 거기에 이름을 올리고서 돈을 받은 필자들이 세상 속에선 양식 있는 척 말하는 걸 보면 소름이 돋는다(『CREA』는 그러한 제안이 들어왔다고 내게 전달했을 뿐이다. 거절하고 말고는 작가가 판단할 일이라는 것이 그들의 생각이었다).

가난해지면 아둔해진다는 말에 한층 더 어울리는 예가 있다. 운젠

시 재해 2주년(1990년 운젠 시에 있는 후겐다케 산이 분화하여 자연 재해 피해를 입었다—옮긴이)이 되던 해, 갑자기 큐슈 요미우리 신문에서 전화가 걸려왔다. 재해 2주년을 맞아 사회면에 현지의 사람들에게 응원 기사를 실을 예정인데, 괜찮으면 거기에 찬성해 주었으면 좋겠다는 내용이었다.

희한한 요청이었다. 수화기 너머에서 들려오는 여성의 목소리는 같은 단어를 반복하는 앵무새 같은 말투여서 조금 의심스러웠다. 하지만 "운젠에 사는 분들은 나 같은 사람을 알지도 못할 거라 생각하지만, 이름을 제공하는 것만으로 응원의 뜻이 전해진다면 거절할 이유는 없다"고 대답했다. 그랬더니 전화 너머의 여성은 "그러시다면……" 하면서 말을 이었다.

"찬성하신다면 이름과 주소 개제 비용으로 5만 엔을 입금해 주셨으면 하는데요."

깜짝 놀랐다. 이제까지 신문의 기사에 몇 마디 토를 달고서 원고료를 받은 적은 있지만, 똑같은 행동을 하고서 돈을 내야 하는 외계인 같은 상황에 마주친 것은 처음이었다. 계속 이런 일이 발생한다면 나는 원고를 쓰면 쓸수록 빚이 늘어나는 불가사의한 상황에 놓이게 될지도 모른다. 내게 있어서는 생활이 달린 문제다. 그래서 이유를 듣고 싶다고 했다.

상대방은 갑자기 횡설수설거리며 이치에 맞지 않는 이야기를 늘어놓기 시작했다. 어쨌든 그 설명의 앞뒤를 신중하게 맞춰 보았더니 대충 상황을 이해할 수 있었다.

즉, 내 주소와 이름이 실리는 곳은 사회면 아래의 5단 광고란인 것이다. 5만 엔씩 입금한 여러 사람들의 이름이 한꺼번에 겹쳐져서 광고 지면을 메울 예정이다. 사회면의 재해 응원 기사는 그 광고란을 채우기 위한 수단에 지나지 않는 셈이다.

웃으려 했지만 웃을 수가 없었다. 그럼 그 광고란을 위해 내가 낸 돈은 재해 기금이 되는 거냐고 물었더니 또 횡설수설한다. 아무래도 그냥 자기네 주머니로 들어가는 모양이었다. 이래서야 사기죄에 가깝다. 불행한 일을 겪은 사람들을 미끼로 삼아 부족한 광고 분량을 메우려는 신종 사기인 것이다.

'가난해지니 머리까지 나빠지는' 이 현상은 아무래도 소크라테스보다 훨씬 지금 시대에 만연해 있는 것 같다. 한때 돼지였던 자는 살을 빼도 역시 돼지인 것이다. 살을 빼봤자 그냥 모습만 흉해질 뿐이다.

○월 ○일

어느 여성이 나를 찾아왔다.

그녀는 얼마 전에 하네다 공항에서 화재가 발생한 일본 국내선에 탑승 중이었던 스튜어디스였다. 꿈에도 그리던 천상의 직업 속에서 죽음의 공포와 직면한 그녀는 정신적 혼란 속에서 자신의 길에 불안을 느끼고 말았던 것이다. 인간으로서 지극히 당연한 감정이다.

그런데 그녀가 나를 찾아온 계기가 독특했다.

상공에서 불빛이 꺼지고 패닉 상태에 빠진 승객들은 난리를 치고 있었다. "그대로 있으세요. 앉아 있으세요. 진정하세요!(긴급 상황에는 명령조로 얘기하도록 되어 있다고 한다)" 하고 외치며 승객들을 선도하던 그녀의 마음속은 죽을지도 모른다는 불안함과 직업인으로

서 이 자리를 지켜야 한다는 책임감으로 뒤엉켜 있었다. 그러나 희한하게도 머릿속은 맑았다. 복잡한 불안 속에 사로잡힌 그녀의 뇌리에 순간 영문 모를 장면이 스쳐 지나갔다. 그것은『아메리칸 룰렛』이라는 내 사진집에 실린 사진 한 장이었다.

지평선까지 일직선으로 뻗어 나간 미국 내륙의 고속도로를 길 중앙에 서서 투시하듯이 찍은 풍경 사진이다. 그녀는 집에서 쉬고 있을 때 그 사진을 보고서 '마치 활주로 같다'고 생각한 적이 있다고 했다. 그리고 매일 날아오르고 내려앉는 활주로 위에 자신의 두 발로 서 있는 것 같은 기분이 들었던 것이다.

문제의 북새통 속에서, 어째서였는지 그 사진이 머릿속에 떠올랐다.

인간의 의식세계란 참으로 불가사의하다. 나로서는 그녀가 문제의 사진을 떠올리기까지 거쳤을 의식의 구조를 이해할 수 없다. 아니, 그녀 자신도 그 전개를 이론으로 설명하는 것은 불가능하리라. 둘이서 대화할 때도 결국 그 답을 찾아낼 수는 없었다.

그러나 그녀는 그 풍경 사진이 그 순간 자신을 구했다고 말했다. 그래서 감사의 뜻을 표하기 위해 나를 찾아왔다는 것이었다. 내게는 과분한 일이다.

그녀가 돌아간 뒤, 잠시 동안 그녀의 불가사의한 경험과 내 사진과의 상관관계를 생각해 보았다. 이것은 단지 상상에 지나지 않지만, 그녀의 의식 회로를 되짚어 볼 힌트가 하나 있다. 그때 그녀는 암흑에 사로잡혀 있었다는 사실이다.

사람은 타인의 눈을 의식하며 연기를 하는 동물이다. 집단 내에서 일하는 사람은 많건 적건 타인의 눈을 의식하며 외부에서 요구하는 자아를 만들고, 자신 외의 타자를 연기해 낸다. 스튜어디스라는 직업은 특히 이런 경향이 강하다. 그녀들은 몇백 명이나 되는 승객의 시선에 맞춰서 스튜어디스라는 역할을 연기하는 배우이기도 한 것이다. 세련된 직업이 가지는 매력과 섹시한 이미지 때문에 많은 여성들이 스튜어디스를 선망한다. 그러나 아마도 관객의 시선에 비춰지는 배우로서의 무의식적 쾌감 또한 선망의 중요한 원인이리라고 생각한다.

한데 갑자기 스포트라이트가 꺼지고 극장 안이 어두워졌다. 자신을 바라보는 관객의 시선이 순식간에 사라졌다. 아마도 이때 그녀는 어둠속에서 절반 정도는 배우가 아닌 개인으로 돌아가 있었으리라. 그 무엇보다 개인적일 수밖에 없는 정서, '죽음의 공포'가 그녀를 덮쳤다. 이때 그녀는 타율적으로도 자율적으로도 존재의 위기에 직면했다고 말할 수 있을 것이다.

바로 그 순간, 그녀의 뇌리에 그 한 장의 풍경이 떠올랐다.

그녀는 자아가 흩어질 듯한 불안 속에서 자신을 지탱해 주는 초자아적인 무언가를 필사적으로 무의식 속에서 끌어올린 것이다.

어쩌면 그녀가 본 것은 절대자와 같은 존재일지도 모른다.

신을 갈구하던 그녀를 절대자에게로 이끄는 다리 역할을 한 것이 우연히도 내가 찍은 그 사진, 아니 그 사진에 찍혀 있던 풍경이었던 것이다.

"이제 틀렸다고 생각했을 때, 순간 그 사진이 떠올랐어요. 그 사진은 마치 제가 활주로에 서 있는 것 같은 힘을 주었죠. 덕분에 저는 그 상황 속에서 제가 해야 할 행동을 취할 수가 있었어요."

그렇게 말을 맺은 그녀는 귀갓길에 올랐다.
그녀를 절대자로 이끈 것이 음악도 언어도 아니고 영상이었다는
불가사의.
내가 모르는 곳에서 타인에게 영향을 끼치는 나의 표현. 그 두려움.
나는 만감이 교차하는 마음을 다독이면서 다시 한 번 자신의 모습
을 추슬렀다.

천상의 음악

발리 섬에서 보이는 계단식 논은 아름답다. 마치 분재를 다듬는 것처럼 능숙한 손길이 빚어낸 아름다움이다. 또 한 가지 비결은 이 묘한 지형에 있다. 흡사 여성의 곡선처럼 부드러운 지형이 온통 초록색으로 물들어 있다. 구름 사이로 내리비치는 햇빛이 그 위를 쓰다듬을 때면 극장에 나 홀로 와 있는 기분마저 든다. 빽빽이 자란 벼이삭들이 소리를 흡수하는 역할이라도 하는 건지, 불가사의한 정적이 감돈다. 일본의 논밭이라면 반드시 어디선가 소란스러운 기계음이 들려오기 마련인데, 여기에는 그런 소리도 없다.

농기구를 사용할 재정이 없는 것도 아닐 텐데, 이들은 기계로 쌀을 생산하는 것을 싫어하는 모양이었다. 기계를 사용하지 않는 이유 중 하나는 지형상 그것이 어렵기 때문이다. 경작기나 탈곡기는 경사가 급한 지형을 오르락내리락하기 힘들다. 그러나 소는 묵묵히 올라갔다 내려갔다 할 수 있다.

흔히들 소가 멍청한 동물이라고 생각하기 쉽지만, 사실은 의외로 머리가 좋다. 작년 겨울의 어느 저녁때의 일이다. 서 아일랜드의 어느 마을에서 외길을 걷고 있는데, 무수한 발굽 소리와 함께 뒤쪽 멀리에서 소 떼들이 종종걸음으로 달려오는 것이 보였다.

소 떼들의 뒤에는 더러운 트레이닝복을 입은 중년 남성이 같이 뛰어오고 있었다. 소들을 이동시키는 중인가 보다 싶어 바라보고 있는데, 어째서인지 남자가 속도를 올려서 소 떼들을 추월하기 시작했다. 양이건 소건 비슷한데, 일반적으로 목동은 동물들의 뒤에서 전체를 지켜보며 무리를 유도한다. 특이한 소몰이꾼이라고 생각하며 보고 있는데, 남자는 계속 속력을 내더니 이윽고 소 떼들을 제치고 멀리 사라져 버렸다. 숨을 씩씩대며 달려온 남자는 이윽고 내 앞을 스쳐 지나갔다. 소 떼도 나도 전혀 쳐다보지 않는 것이, 뭔가 목적이 있는 사람마냥 오직 하나만을 추구하는 눈으로 먼 곳을 바라보면서 기계인형처럼 달리고 있었다. 조깅하는 사람들은 때로 조깅이 여가 활동이라는 사실을 잊고 저승사자를 뒤쫓는 것처럼 비장한 표정을 지을 때가 많은데, 아무래도 그 남자는 소몰이꾼이 아니라 아일랜드 시골을 달리는 고독한 조깅꾼이었던 모양이었다. 그렇다면 소 떼가 목동도 없이 하나가 되어 목표를 향해 달리고 있다는 얘기가 된다. 그 모습이 너무도 신기했던 나는 목을 길게 뽑았다. 그러는 새에 소 떼는 점점 내게 가까워지더니 내 모습을 곁눈질하면서 차례차례 나를 스쳐 지나갔다.

나는 그때 참 한가했다. 눈앞을 획획 지나가는 소들의 엉덩이를 보고 있자니, 왠지 그들의 목적지를 확인하고 싶어졌다. 그래서 가방을 멘 채로 소 떼들의 뒤를 쫓았다. 쉰 가까운 남정네가 할 짓이 아니라는 건 알고 있었지만, 사람이란 혼자 있으면 어린애건 할아버지건 자유인이 되고 마는 생물이다.

14~15분 정도 달렸을까. 소 떼는 아주 익숙한 길을 가는 것처럼

커브길이나 세 갈래 길을 아무 망설임 없이 달렸다. 몇 개나 되는 언덕을 올라갔다 내려갔다 했다. 드디어 커다란 커브길 너머에 농가 하나가 나타났다. 농가의 옆으로 삼백 평 정도 되는 농장이 보였다. 그 옆에 뚱뚱한 할머니가 서 있었다. 할머니는 나무 울타리의 문을 열고서 잠긴 목소리로 달려오는 소들을 향해 휘이, 휘이 고함을 질렀다. 소 떼들은 돌아왔다고 인사하는 것처럼 속도를 올리더니 그 울타리 문 안쪽으로 알아서 들어갔다. 모든 소들이 다 들어가자, 할머니는 매우 익숙한 동작으로 문을 닫았다. 그다음에야 소 떼 뒤를 쫓아온 이상한 남자를 발견한 모양이었다. 헉헉 숨을 몰아쉬고 있는 나를 '뉘슈?'라는 표정으로 힐끗 보고는 집 안으로 들어가 버렸다.

그것은 소 떼들이 이동하는 장면이었던 것이다. 감자가루를 입 주변에 묻힌 할머니의 설명을 들으니, 약 한 시간 정도 떨어져 있는 초원에서 맘대로 풀을 뜯으며 지내다가 저녁때면 일정한 시각에 집으로 돌아온다고 한다.

왜 소들이 걸어서 돌아오지 않는 거냐고 물었더니, 죽은 남편이 그렇게 가르쳤기 때문이라고 한다. 한번 가르쳐 놨더니 그때 배운 소의 아들과 손자와 증손자가 전부 달리게 되었단다. 그렇다고 꼭 뛰어올 건 없지 않으냐고 했더니, 그건 소에게 물어보지 않는 이상 알 수 없다고 했다.

발리 섬의 소도 그다지 다르지 않다. 주인이 슬슬 일하자는 표정을 지으면 알아서 일어나 일한다. 산 위에 몇 겹이나 겹쳐져 있는 계단식 논 중 어느 것이 자기네 밭인지도 똑똑히 기억하고 있다. 스스로 산을 올라간 뒤, 주인이 가르쳐 주지 않아도 그날 해야 할 작업이 뭔지 아는 것처럼 나름대로 준비를 한다. 마치 소와 농부가 텔레파시로 이야기를 나누는 것 같다. 스스로를 버리고 자연과 하나가 되는 발리 섬의 농민에겐 우리가 들을 수 없는 소리, 볼 수 없는 풍경을 잡아낼 수 있는 능력이 있는 모양이다. 인도 철학 풍으로 말하자면 아트만, 즉 불경과 하나가 되어 진정한 자아의 속에 존재하는 것이다.

원래 자연 속에는 버릴 게 없다고 하지만, 일본과 달리 발리의 밭에서는 연기조차 오르지 않는다. 뽑아내어 쌓인 풀들은 태우지 않고 소여물로 쓴다. 탈곡한 보릿짚도 꼬아서 가마니나 도롱이를 만든다. 마른 풀도 일본처럼 잿빛이 감도는 죽음의 색깔이 아니다. 아마 일본은 농약을 너무 사용해서 그런 게 아닐까.
그를 증명하듯이, 여기에는 개구리가 있다. 겁날 정도로 많은 개구리 군단이다.
개구리 군단은 밤에 만개한다. 논 한가운데에 홀로 서 있는 방 두 개짜리 대나무 호텔에 머문 일이 있다. 대나무를 엮어 만든 벽의 틈새 사이로 외풍이 그대로 들어왔지만, 삼면에 난 커다란 창문으로 푸르고 넓은 밭이 전부 다 보이니 좋은 셈 쳤다. 밤이 되어 자려고 하는 바로 그 순간, 지면이 갑자기 술렁이기 시작했다. 그러더니 점점 엄청난 하이톤의 대합창으로 번졌다. 개구리였다. 벽이라고는 대나무 묶음 하나뿐이니, 한밤중에 논의 정중앙에다 침대를 내놓은 채 자려고 하는 것과 마찬가지다.
몇만 마리가 되는 개구리가 내 주변을 포위했다. 거대한 호두열매를 굴려 대는 것 같은 소리가 공기 중에 바이브레이션을 넣었다. 양

쪽 고막을 찔러 대는 무수한 가시 같았다. 이 개구리들의 대합창 속에서 잠들 수 있는 사람이 있다면 그 사람은 인간이 아니라 개구리일 것이다. 땅의 대합창 속에서 꾸벅꾸벅 졸면서, 머릿속에 개구리 군단이 졸랑졸랑 들어오는 꿈을 몇 번이나 꾸었다. 그러나 새벽 세 시쯤일까. 어째서인지 홀연히 그 소리가 신경 쓰이지 않게 되었다.

그 순간 불가사의한 일이 일어났다. 몇 만이나 되는 개구리의 울음소리에 일정한 리듬이 있다는 사실을 깨달은 것이다. 마치 서로 다른 소리를 내는 집단이 파트를 나눠서 노래하는 것처럼 음의 강약이 기묘한 리듬을 만들고 있었다. 음악의 한 형태인 것처럼 웨이브를 그려내는 것이다. 더욱 귀를 기울인 나는 두 종류의 개구리 소리가 난다는 것을 깨달았다. 낮은 소리를 내는 개구리의 울음소리가 화음을 이루어 마치 합창의 반주를 담당하듯이 울려 퍼졌다.

나는 반쯤 조는 상태로 그것을 들었다. 음악가 메뉴인이 그리스 미고노스 섬에서 벌들이 웅웅대는 소리에서 화음을 들었다던 이야기가 생각났다. 그러는 사이 개구리들은 마치 지휘자가 있는 것처럼 도취된 상태마저 조정하는 운율을 내기 시작했다. 뭔가와 닮은 소리라는 생각이 뇌리를 스쳤다. 그 순간 겹쳐진 것이 일주일 전 발리 섬에서 들었던 케챠 음악(인도네시아의 민속 음악—옮긴이)이었다.

정말 똑같았다.

어쩌면 케챠 음악은 개구리들이 도취된 순간에 내는 운율을 따온 것일지도 모르겠다. 그들은 농경 민족이며, 개구리들이 부르는 노래를 들으며 자라 온 사람들이다. 자아를 떨친 그들은 숨어 있는 온갖 자연의 소리와 리듬을 들을 수 있는 능력을 갖고 있다. 내가 렘 수면 속에서 겨우 분별해 낸 혼돈스러운 선율을 듣는 것 정도는 식은 죽 먹기가 아니었을까.

케챠 음악을 들은 서양인들이 자주 신기해하는 것 중 하나가, 서양 음악처럼 지휘자가 있는 것도 아닌데 묘하게 리듬이 맞아 들어간다는 사실이다. 나는 그날 밤 번민 속에서, 보이지 않는 지휘자가 어딘가에서 지휘봉을 휘두르고 있는 것을 느꼈다. 그것은 수많은 사람들 안에, 그리고 개구리들의 안에, 혹은 소 안에, 즉 수많은 생물들뿐만 아니라 물과 공기 안에 잠들어 있는 아트만(진정한 자아)이었음에 틀림없다. 신이 지휘봉을 휘두르고 있는 것이다. 동양의 민족은 본디 그러한 신의 능력을 갖고 있었던 것이다.

어느 화가의 죽음

JR 플랫폼의 신문 가판대에서 석간지의 제목을 본 순간 손이 저절로 움직였다.

거기에는 이케다 마스오의 부고가 실려 있었다.

화가 이케다 마스오에 대한 복잡한 감정들이 일어났다.

내가 미대생이던 시절, 60년대의 이케다 마스오는 훌륭한 작품을 내놓았다. 세간에서도 유명했으며 많은 학생들에게는 동경의 대상이었다. 작가인 토미오카 타에코와 같이 살던 그 무렵, 그의 드라이포인트(에칭의 기법 중 하나)들이 농밀한 본능과 익살스러운 센스를 자연스레 나타내는 멋진 작품들이었다는 사실은 의심할 여지가 없다. 그 무렵 이케다가 한 발언들과 『나의 조서調書』라는 저작에서 나타난, 자학적으로까지 느껴지는 자기 폭로는 독자들의 가면을 벗겨내고 카타르시스를 느끼게 해줄 정도였다. 한때 그는 그림과 말의 무당이었던 것이다.

그러나 토미오카 타에코와 헤어지고 리란이라는 미국 여성과 살기 시작한 뒤부터, 그의 그림은 갑자기 바뀌었다. 형언할 수 없는 온갖 말들을 숨긴 채, 아이가 동판에 마구 휘저어 놓은 것처럼 풍요롭던 선은 사라지고 화면이 묘하게 정리되었다. 질척질척하던 본능적

화면이 멋진 디자인으로 변신한 것이다. 개인적인 감상을 말하자면, 그쪽 센스도 좋았다. 절대로 나쁜 작품은 아니었다.

그러나 리란과 헤어진 뒤로 그의 그림은 섬뜩할 만큼 난폭해진다. 이케다는 이후 바이올리니스트인 사토 요코와 만나지만(남의 내력을 자세히는 알지 못하기 때문에 이게 언제쯤인지는 모르겠다) 80년대 이래로 볼만한 작품이 없었다. 그의 그림에서는 확실하게 긴장감이 사라지고 있었다. 그런 느낌이 결정적으로 다가온 것은, 어느 날 긴자의 바 벽에서 이케다가 그린 나체화를 본 순간이었다. 서푼 그림쟁이가 그린 것이 아닌가 생각될 정도로 음란함이 넘쳐나고 있었다.

호색가가 나쁘다고는 전혀 생각지 않는다. 아니, 오히려 호색가가 아닌 사람은 동물로서 생명력이 떨어지는 거라고까지 생각한다. 가령 유럽의 어느 미술관에서 르누아르의 그림을 본 순간, 그가 틀림없는 호색가라고 확신했다. 그는 부드러운 붓 끝으로 여성의 탐스러운 살결을 애무하듯이 집요하게 핥아 내려갔다. 어쩌면 성불구자일지도 모른다는 생각이 들 정도로, 마치 전희마냥 여성의 몸을 그리는 행위에 시간을 들이고 있었다. 그는 진정 호색가였음에 틀림없지만, 어째서인지 그의 그림은 보는 사람의 마음을 정화시킨다.

그러나 이케다의 그림은 보고 있으면 기분이 나빠졌다. '같은 호색가인데 이렇게까지 정반대인 느낌은 어디서 오는가?' 하고 철학적인 의문마저 들었다. 나는 훌륭한 화가 한 사람이 이렇게까지 재능을 잃어버린 예를 달리 알지 못한다. 피카소는 나이를 먹으면 먹을수록 자유로워졌고, 말년에 시력을 거의 잃어버린 모네가 촉감과 상상만으로 그려낸 「수련」이라는 대작이 그의 최고작이라는 사실 또한 의심할 여지가 없다. 보나르와 마티스도 그렇고, 일본에서도 대가의 작품은 다들 나이 든 후에 그린 것이 더 좋다. 토미오카 텟사이도 셋슈도 그렇다. 내가 아는 한, 지금 살아 있는 화가 중에서는 베르나르 뷔페만이 무참히 망가졌다. 긴장감이 넘치던 젊은 시절의 선이 사라졌고, 말년에는 왜 이렇게까지 맥이 풀린 건가 생각할 정도로 무참한 그림을 그렸다.

한 사람의 화가가 도대체 무슨 정신 활동을 거치면 이렇게 그림이 긴장감을 잃고 늘어지는가. 똑같이 표현 활동을 하고 있는 나로서는 남 얘기가 아니기에 관심이 갈 수밖에 없다. 그가 변한 것은 여자가 바뀌었기 때문인가. 자기 자신을 알 수 없게 되었기 때문인가. 혹은 재능이 바닥났기 때문인가. 아니면 주위를 둘러싼 상업주의와 매스미디어가 그를 이완의 길로 밀어낸 것인가. 그도 아니면 이 모든 것이 함께 작용한 것인가.

사정을 모르는 내가 판단할 수 없는 일이지만, 작은 힌트가 되는 사건이 어느 날 일어났다.

나는 8년쯤 전에 긴자의 작은 화랑에서 드로잉전을 열었다.

전시 기간이 절반 정도 지난 어느 날 저녁 무렵, 초라한 모습의 한 남자가 화랑의 계단을 경중경중 올라와서 큰 소리로 떠들기 시작했다. 귀를 기울여 보니 "아, 마침 여길 지나던 길이었어. 우와~ 이게 후지와라 신야의 그림이야?" 이런 소리들이 들려왔다. 어디선가 들은 것 같은 목소리라는 생각에 그쪽을 쳐다본 나는 놀랐다. 옛날부터 잡지나 텔레비전, 신문을 통해서 얼굴을 익힌 이케다 마스오가 거기 있었던 것이다. 그는 어느 글에선가 술을 마시지 않는다고 했었는데, 그때는 얼굴도 벌겋고 좀 취한 말투였다. 잘 먹지 않는 술을 마시는 바람에 취한 걸지도 모른다. 어쩌면 화랑에 갈 작정으로 술을 마시고 온 것 같기도 했다. 우연히 근처를 지나다가 들렀다고 말하는 것도 속이 빤히 들여다보였다. 의외로 수줍음이 많고 귀여운 사람이었다.

나는 앞서 쓴 것과 같이 이케다 마스오라는 사람에 대해 존경과 경멸이라는 귀찮고 복잡한 감정을 안고 있었다. 그래서 그가 내 전시회에 온 것을 기뻐하는 한편으로 귀찮은 녀석이 왔다 싶은 어중간한 기분을 느꼈다.

화랑의 주인으로부터 나를 소개받은 이케다는 "아아, 후지와라 씨. 여기 계셨군요"라고 말했다. 그러나 분위기를 보아 하니 내 존재를 진작에 눈치채고 있었던 것 같았다. 그는 정말로 낯을 가리는 사람이었다. 이케다의 일거수일투족을 볼 때마다 그를 싫어하는 마음이 녹아 가는 것 같았다(그의 그림이 싫다는 사실은 그대로인데도 말이다). 거기에 더해서 화가답지 않게 나쁜 복장 센스(구겨진 쥐색 상하의를 입고 있었다). 거의 감지 않은 듯한 새집 머리. 한눈에 알 수 있는 여자 밝힘증까지.

……미워할 수가 없다.

그를 미워할 수 없는 것은, 부끄럼이 많고 낯을 가리는 반면 진정한 자신을 바로 보여 주는 무방비한 면 때문이었다. 그는 벽에 걸려 있는 그림들을 돌아보고는 뭐라고 중얼거렸지만, 입구 가까운 곳의 팔다 남은 연필 데생을 가리키며 "이거 얼마야?"라고 화랑의 주인에게 말했다.

긴자의 화랑에서 가격을 큰 소리로 묻다니 실로 노골적인 태도였다.

가격은 잊어버렸지만, 아마 5만이나 7만, 8만인가 10만, 비싸도 15만 엔 정도였을 것이다. 주인이 가격을 귀에 대고 속삭이자 "뭐야, X만이야? 싸네. 내가 살게"라며 또 큰 소리로 말했다.

개인전을 해본 사람은 알겠지만, 화가의 개인전은 엄청나게 비싼 대가의 그림이 아닌 다음에야 전시된 그림이 전부 팔려 봤자 노동자들의 평균 임금에도 못 미친다. 그 개인전에서 작품을 전부 팔고 남은 수입이 5백만 엔 정도였는데, 그 중 반은 화랑의 몫이다. 드로잉 14점을 일 년 반 동안 그렸으니(일 년 반 동안 그것만 작업한 것은 아니다), 그만큼 시간을 들여서 2백50만 엔의 수입을 얻었다는 얘기다. 그림 한 점 한 점이 비싸니까 화려해 보일지 모르지만, 이렇게 잘 뜯어보면 참으로 장사가 안 되는 직업인 것이다. 그렇기 때문에 화랑에 들어와서 이런저런 얘기를 떠드는 것보다는 그림을 한 점 사주는 것이 화가에게 있어 최고의 평가이자 기쁨이다.

이케다 마스오는 돈을 아까워하는 기색도 없이 그렇게 해준 것이다.

학창 시절에 동경하며 바라보았던 화가가 오랜 세월이 지난 뒤에 내가 그린 그림을 사주었다는 것은 생각지도 못한 일이며, 감개가 깊을 수밖에 없는 사건이다. 그러나 내 그림을 사준 그는 화가로서 최악의 그림을 그리고 있었기에 내 기쁨도 반으로 줄어버렸다. 나는 내 그림을 사는 이케다 마스오를 복잡한 심경으로 바라보았다.

그가 당시 그리던 그림처럼 주변 시선에 신경 쓰지 않는 사내였다면 마음이 편했을지도 모르겠다. 아니, 내 그림을 힐끗 보고서 말없

이 밖으로 나가버렸더라면 내 속은 훨씬 편했을 것이다.

그러나 그가 화랑을 나가기 전에 한 말은 나를 더욱 심란하게 만들었다.

"나도 옛날에는 이런 선을 그릴 수 있었는데 말이야."

웃으면서 농담처럼, 그가 갑자기 그렇게 말했다. 이케다는 자신이 선 자리를 정확하게 알고 있었다. 나는 무심코 그의 눈을 물끄러미 바라보았다.

순간 그의 미소가 아주 약간 뻣뻣해졌다. 그러더니 바로 장난스러운 미소를 보였다.

"그럼."

그렇게 말한 그는 성큼성큼 계단을 내려갔다.

나도 옛날에는……이라며 그가 말하려 했던 것은 기량의 비교가 아닐 것이다. 그림을 생업으로 삼지 않기에 가능한 자유를 가리켜 말했음을 알고는 있었지만, 그래도 나는 그 솔직한 말에 마음이 흔들렸다.

인간의 숲

10년 전에 개량조개 식중독으로 나라가 떠들썩했던 시기가 있었다. 그보다 조금 전의 일이다. 나도 개량조개 사건에 말려든 적이 있다. 아는 편집자의 집에 조수와 함께 식사 초대를 받았는데, 식탁에 조개회가 등장했다. 접시에 가득 담긴 조개의 양은 꽤 많았고, 너무도 맛있게 잘 먹었다.

흐뭇한 마음으로 집에 돌아가서 슬슬 잠자리에 들려는 때였다. 전화벨이 울렸다. 수화기를 들었더니 건너편에서 신음소리가 들려왔다. 정말 아픈 듯한, 거의 단말마에 가까운 신음소리였다. 그 신음소리 마디마디에서 "······아야야야"라느니 "······저, 접니다······."라느니 하는 음성이 끊기면서 들려왔다. 저녁 식사를 함께 했던, 자취 생활 중인 조수 O였다. 상황을 파악하기 어려웠지만, 즉각 *그*가 사는 곳으로 구급차를 보냈다. 바로 병원으로 달려가 사정을 들었더니 아무래도 식중독인 것 같다고 했다. 머릿속에 딱 떠오른 것이 그 개량조개였다. 병원에서 편집자네 집으로 전화를 걸었더니 다른 사람이 나왔다. 식사를 함께 한 편집자의 부인은 병원으로 실려 갔고, 편집자 M 씨는 그 뒤를 쫓아갔다고 했다. 조개가 식중독의 원인임에 틀림없었다.

나는 그렇게 확신했지만, 모를 일이 하나 있었다. 넷이서 똑같이 조개를 먹었는데 두 사람은 병원에 가고 다른 두 사람은 아무 일도 없었다는 사실이었다. 다음 날 아침 다시 M네 집에 전화를 걸었더니 역시 M은 멀쩡했다. 부인의 상태도 다소 나아졌기에, 예정대로 이즈 지방에 사원 여행을 간다고 했다. 내 조수도 순조로이 회복 중이어서 사건은 일단락 지어진 것처럼 보였다. 그러나 얼마 후 조개 소동의 속편이 이어졌다. 이즈로 내려간 M이 결국 병원으로 실려 갔던 것이다.

균에 감염된 후 발병하기까지의 시차가 객체에 따라 그토록 다르다는 사실이 믿겨지지 않았다. 그렇다면 다음은 내 차례일지도 모른다는 생각에 스스로를 관찰했다. 그러나 이틀이 지나고 사흘이 지나도 내 배 속에는 변화가 없었고, 결국 아무 일도 일어나지 않았다.

그 후, 때때로 그 일이 화제에 오를 때가 있다. 그럴 때마다 돼지처럼 둔감한 위장의 소유자라고 놀림받는 처지가 되었지만, 의학적 관점에서 보면 웃어넘길 문제가 아님을 알 수 있다. 내가 얼마나 철벽 위장을 갖고 있는지는 모르겠다. 하지만 그때 식중독에 걸리지 않았던 것은, 아마도 인도나 아시아에서 살았던 덕에 균에 대한 저항력이 강했기 때문일 것이다. 반대로 말하면, 무균 캡슐 같은 일본에 살고 있는 사람들의 위장은 세계적 평균에 비해 상당히 약한 게 아닌가 하는 의혹이 생겨난다.

웃을 일이 아니다. 이 저항력이란 것이, 잘 알아보니 지금까지 내가 이해했던 구조와는 전혀 달랐다. 같은 공격을 계속 받은 육체가 공격에 대항하는 내성을 기르는 것이 저항력이라고 단순하게 이해했었는데, 사실은 위장 내 미생물의 균형과 깊은 관련이 있었다.

*

위장에서는 자율신경이라 불리는 2가지 신경, 즉 미주신경과 교감신경의 명령에 의해 연동운동과 소화액의 분비가 이루어진다. 이 연동운동 및 소화액 분비는 내장에 있는 균의 밸런스에 따라 그 활동 내용이 크게 좌우된다고 한다. 주로 몸에 이로운 세균과 해로운 세균의 밸런스다. 양쪽 다 포함해서 백조 개나 되는 숫자라 하니, 인간의 장은 그 자체로 하나의 독립된 천체라고 생각해도 될 것이다. 지구라는 이름의 천체가 온갖 생물의 먹이 사슬과 공기, 물질의 상호 화학 반응, 혹은 교환에 따라 균형과 항상성을 유지하는 것과 같다. 위장도 천체처럼 상호 균형에 따라 항상성을 지탱하는 것이다.

그러나 이 항상성이 외부의 간섭에 의해 부서지고 균형을 잃을 때가 있다. 인간이 만들어 낸 것들의 과잉 개입 때문에 환경이 파괴되고 있는 지구가 직면한 문제가 좋은 예다.

인간이라는 우주 속에 하나의 천체로 존재하는 장. 장을 향한 외부 간섭은 음식물을 통해 발생한다. 예를 들어 보자. 대량유통 식품 시대에 살고 있는 우리의 음식에는 방부제를 비롯해 온갖 첨가물이 들어 있다. 우리는 일상적으로 그것을 먹으면서 위 속의 항상성을 파괴한다. 방부제가 들어간 간장과 된장은 자연 발효된 것이 아니기 때문에 해당 식품의 구성에서 가장 중요한 역할을 하는 유산균과 효모가 생성되지 않는다. 효모와 유산균은 나쁜 균에 맞서 싸우는 동시에 장내의 부패를 막고 변비와 설사를 예방하며 면역력을 높이는 데다 발암물질마저 분해한다. 불필요한 화학물질이 들어가는 현재의 식품들은 인간 내장 속의 항상성을 파괴한다.

또한 과도하게 청결한 살균 식품은 해로운 균과 함께 이로운 균도 죽인다. 영양 보충이라는 목적 뒤에 숨겨진 식품의 역할인 장내 균 활성화가 불가능해지는 것이다. 그리고 현대인의 기호에 관련된 문제인데, 사람들이 씹기 어려운 음식물을 점점 멀리하고 있다. 특히나 '사르르 녹듯' 부드러운 음식이 '맛있는' 것이라는 판단 기준이 요새 젊은이들 사이에서 강하게 드러나고 있다. 그 결과, 방귀를 뿜게 만드는 식물 섬유 식품이 점점 시장에서 사라져 간다. 그러나 식물 섬유는 된장에 있는 유산균과 효모처럼 장내 항상성을 지키는 것 외에도 중요한 역할을 담당하고 있다. 영양으로 분류되지 않는 탓에 얼핏 쓸모없어 보이지만, 대장 안의 이로운 균을 살리고 해로운 균을 죽여서 몸 밖으로 배출하는 것이다. 음식이란 실로 불가사의하다.

일본에서 현저하게 나타나는 변칙적인 식품 제조 및 기호의 변화에는 나름대로 이유가 있다. 전후 과도한 식량 부족 문제를 겪었고, 국민들의 영양실조를 해결하는 것부터 출발해야 했던 일본은 체력 유지를 위해 영양과 칼로리를 계산하는 영양 지상주의를 정착시켰다. 그리고 지금도 거기서 벗어나지 못하고 있다. 70년대 이후 대형 유통업자들은 식품을 장기보존하기 위해 온갖 첨가물을 넣거나 살균 처리해서 밀봉했다. 또한 80년대 이후에는 아까도 말했듯이 부드러운 식품이 선호되었다. 이 부드러운 식품의 가장 뚜렷한 사례가 음료다. 일본은 세계에서 가장 자동판매기가 많이 설치된 나라다. 젊은 이들이 유독 음료를 밝히는 데에는(미국도 같은 경향이다) 뭔가 숨겨진 내막이 있다. 나는 음료를 향한 과도한 탐닉이 부드러운 식품 트렌드에 박차를 가한 것이 아닌가 의심하고 있다. 우리는 알려지지 않은 식품의 역할을 말살하거나 버리고 있다. 그 결과 대장이라는 이름의 천체가 항상성을 잃어버릴 위기에 처한 것이다.

저항력의 성질을 이해하고 나니 아연하지 않을 수 없었다. 대장의 항상성 붕괴 위험에 가장 노출된 것은 지금 같은 시대 환경에서 태어나 자란 아기들과 어린이들이다. 'O-157'의 독니가 저연령층에 마수를 뻗고 있음은 명백하다.

'O-157'균은 병원성 대장균의 일종이다. 다른 대장균과 마찬가지로 무해하다. 그러나 대장 내에서 지나치게 불어나면 '베로 독소'라는 악성 독을 내뿜으며 대장은 물론 뇌에도 해를 끼친다. 이것은 올해 갑자기 태어난 것이 아니라 옛날부터 있었던 균이다. 원래는 길어야 일주일 정도 버티고, 병원에 가지 않아도 약만 먹으면 낫는 병균 중 하나였다. 균의 이름은 모름지언정, 사오십 년 이상 산 사람이라면 이 균에 감염되었다가 설사 좀 하고 나은 경험이 한 번 정도 있을 것이다.

그렇게 허약한 균이 갑자기 맹위를 떨치기 시작했다. 즉 장내 항상성이 붕괴되었다는 뜻이다. 이 나라의, 혹은 이 나라 사람들 몸속의 뭔가가 1996년을 경계로 삼아 새로운 영역으로 들어선 것이 아닐까.

문득 숲의 생태계에 관한 일화가 떠올랐다. 아시아의 어느 숲에서 인간한테 달라붙는 벌레를 퇴치하자, 그로부터 십몇 년 뒤에 숲의 생물들이 멸망했다는 얘기였다. 사람의 피를 빠는 그 가느다란 벌레도 숲 속 먹이 사슬의 일원으로서 생태계를 지키고 항상성을 유지하는 역할을 다하고 있었던 것이다. '인간 속의 숲'인 대장 또한 그러한 위험에 처해 있는 것이 아닐까. 클린 신드롬의 발생지인 미국이 인간 속의 숲을 위험에 노출시켰고, 일본이 그 뒤를 따랐다.

후생청과 지방 관청은 안달하면서 일본 전역을 소독하고 있다. 환자가 더 이상 발생하지 않도록 당장 틀어막으려면 어쩔 수 없는 일이다. 그러나 이대로 가다간 과잉 소독의 뒤를 따라올 무차별 살균, 클린 신드롬 경향은 더욱 가속될 것이고, '인간 속의 숲'은 큰 위험에 처하게 될 것이다.

원래대로라면 살균이라는 눈앞의 대응에 그치지 않고 O-157을 활성화시킨 원인을 찾아낸 후, 장기적 계획을 세워 일본인의 음식에 본질적 수정을 가하는 것이 정치다. 그러나 관리들에게는 무리한 요구일지도 모르겠다.

트림 고양이

어젯밤, 도쿄의 뒷골목을 걷다가 길고양이 집단과 마주쳤다. 고양이는 현대의 인간들보다 훨씬 개성이 강하다. 봐도 봐도 질리지 않는다. 그 녀석들의 얼굴을 뻔질나게 들여다보는 사이 집에 도착해 버렸다. 그러는 사이 모종의 꿍꿍이가 생겨났다.

집고양이건 길고양이건 상관없이 지역을 골라서 '고양이 랭킹'을 작성하면 어떨까 하는 것이었다. 가령 내가 사는 항구의 '고양이 랭킹'이라든가, 시내 쪽의 '스미다구 고양이 랭킹', 바다 쪽으로 진출하면 '니시이즈 고양이 랭킹', 산 쪽에서는 '미나미 알프스 고양이 랭킹', 혹은 멀리 건너뛰어서 그리스 근처의 '미코노스 섬 고양이 랭킹'하는 식이다. 지구와 고양이가 존재하는 한, 랭킹 만들기의 재미는 사라지지 않으리라.

나는 곧바로 제1회 고양이 랭킹표를 만들기로 마음먹었다. 어디부터 시작해야 할지 정하기 위해 칸토 지방 일대의 지도를 펼친 나는, 즉석에서 소토보소 지역을 찍었다. 고양이들이 좋아하는 두 가지 조건을 갖춘 곳이기 때문이다.

고양이들을 끌어당기는 두 가지 기본 조건, 즉 생선 냄새가 나고 환경이 난잡한 곳이다. 세상이 생겨나던 시절에 고양이와 생선이 어떤 밀월 관계를 거쳤는지는 모르겠지만, 웬지 고양이는 온갖 네발짐 승 중에서도 특히나 생선을 밝힌다. 그것도 정어리처럼 비린내가 강한 생선일수록 좋아 날뛴다. 고양이가 이렇게까지 생선을 좋아하는 것도 어떤 의미로는 신기한 노릇이지만, 온갖 고양이 서적을 읽어 봐도 이 수수께끼를 풀어 준 책은 아직 없었다. 그 해답을 알고 있는 사람이 있다면 꼭 좀 가르쳐 줬으면 한다.

고양이가 난잡한 공간을 좋아한다는 점도 재미있다. 고양이는 정돈된 공간을 싫어한다. 낡다 못해 거의 무너진 목조 건물 틈새, 어지럽게 잡동사니들이 나뒹구는 장소가 있으면 반드시 고양이들이 그곳을 차지한다. 그곳에 정어리 반토막을 가지고 가면 극락이 따로 없다. 고양이의 행복이란 참 싸게 먹힌다.

칸토 지방에서는 역시 보소 반도가 이러한 기본 조건들을 갖추고 있다. 이즈나 쇼난은 거리가 잘 정돈되어 있는 탓에 불합격이다. 보소 중에서도 정어리나 꽁치를 바다에서 잡아 올리는 소토보소가 결정적인 조건을 갖추고 있다.

그럼, 고양이 랭킹 평가의 기준은 무엇일까? 탁 털어놓고 말하면, 뭐든 웃겨 보이면 된다. 얼굴이 웃기다. 털색깔이 웃기다. 울음소리가 웃기다. 사는 곳이 웃기다. 동작이 웃기다. 꼬리 모양이 웃기다. 고양이답지 않아서 웃기다. 뭐든지 허용된다.

그리하여 어느 날, 아침 일찍 전차를 타고서 소토보소 남쪽 끝에 가까운 치쿠라에 내렸다.

그러나 고양이라는 녀석은 신기한 동물이라, 찾으려고 생각하면 절대 눈에 띄지 않는다. 아무리 걸어도 보이지 않는 것이다. 어쩌면 일종의 독심술이 아닌가 싶을 정도다. 고양이는 개와 비교해서 경계심이 강한 동물이다. 어지러운 공간을 좋아하는 것도 숨을 장소가 많기 때문일 것이다. 죽을 때가 되면 갑자기 모습을 숨기고, 절대 자신의 시체를 보여 주지 않는 것도 이 경계심이 만들어 낸 현상이라 본다. 몸이 쇠약해지면 적에게 잡히기 쉽다. 그래서 아무도 못 찾을 장소에 몸을 숨기는 것이다. 그리고 죽어 간다.

이렇듯 경계경보 독심술이 가능한 고양이들은, 내가 카메라라는 무기를 가지고 고양이들을 노리고 있다는 사실을 먼저 눈치챈 뒤 순식간에 모습을 숨기는 게 틀림없다(물론 내 멋대로의 상상이다). 이럴 때는 고양이를 찾는 게 아니라는 암시를 스스로에게 건다. 이렇게 잡념을 없애는 것은 무아의 경지에 도달하는 것과 비슷해서 평범한 사람은 하기 어렵다. 자려고 하면 잠이 안 오는 것과 똑같이, 사람의 번뇌란 없애려 하면 더 커지는 법이다. 그래서 나는 '지금은 개를 찾는 중'이라며 스스로를 속이려 노력했다. 꽤 고육지책이다.

바로 그 순간 고양이가 나타났으니 참으로 귀신이 곡할 노릇이다.

치쿠라 항구에 맞닿은 거리의 뒷골목을 걷고 있자니, 온통 프레하브로 신축된 집들 한가운데에 홀인히 도깨비 집처럼 보이는 간빗집 한 채가 나타났다. 고양이가 살 장소로서 완벽하다는 생각이 머릿속을 스친 순간, 그 속에서 일광 사진처럼 서서히 고양이 두 마리가 나타났다. 서서히 나타났다는 점이 수상했다. 마치 바닷속 문어가 자신의 색깔을 바위와 비슷하게 만들어 몸을 숨기는 것처럼, 고양이도 배경을 자신의 보호색으로 삼는다고 볼 수 있겠다. 고양이가 복잡한 공간을 고르는 것도 이런 보호색 효과를 노리는 것일 터다. 첫날은 안

타깝게도 '도깨비네 갈빗집 보호색 고양이'를 보는 것으로 마감했다. 그 외에도 고양이가 있었지만, 그냥 평범하고 그다지 재미있는 녀석들이 아니었다. 랭킹에 올릴 만한 고양이를 찾는 것은 꽤나 힘든 일인 듯했다.

며칠 뒤, 두 번째 도전은 북쪽 오오하라에서 시작되었다.

비바람을 맞고 있는 바다 옆 큰길을 걷다 보니 점심시간이 되었기에 장어구이 도시락을 먹었다. 식사 후 인기척이 없는 골목으로 들어가자 바람이 생선 비린내를 싣고 날아왔다. 아마도 정어리를 찌는 냄새 같았다. 빠른 걸음으로 냄새가 나는 쪽을 향해 걸어갔다.

오륙 분 정도 걸어가자, 눈앞에 넓은 공터가 펼쳐졌다. 축구 경기장 정도 되는 넓이였다. 냄새는 그곳 한구석에서 나고 있었다. 엄청난 양의 삶은 정어리들이 발에 널린 채 햇빛을 쪼이고 있었다. 순간 어물전 앞에서 정어리를 훔쳐 달아나는 고양이라는 고전적 풍경이 뇌리에 펼쳐졌다. 그러나 광장에는 고양이를 막기 위한 울타리는 물론 망을 보는 사람도 없었다. 고양이의 모습을 찾아 헤맸지만, 신기하게도 보이지 않았다. 정어리 비린내가 이렇게 풀풀 나고 있으니 주변에 고양이 군단이 몇십 마리 모여 있는 게 당연할 것 같은데. 요상하다고 생각하고 있을 무렵, 멀리서 뭔가가 흠칫 움직이는 기척을 느꼈다. 고양이였다. 역시 없을 리가 없다. 그러나 불가사의한 일은 그치지 않았다. 힐끔힐끔 바라보았지만 한 마리밖에 보이지 않았다. 이토록 말린 정어리가 많이 널려 있는데도 말이다. 즉 저 녀석은 얼마든지 훔치고 먹을 수가 있다. '정어리 천국 독점 고양이'인 것이다.

독점 고양이를 관찰했다. 이미 정어리를 꽤나 많이 먹었는지 배가 볼록 튀어나왔다. 근처에는 먹다 남은 정어리 조각들이 흩어져 있다. 다 먹고 나자 잠시 지면을 내려다보면서 몽롱한 눈초리로 고민을 시작했다. '이제 됐나? 아냐, 하나만 더 먹자.' 그렇게 자문자답하고 있는 모양이었다. 배는 부른데 먹고 싶다는 마음을 억누를 수가 없는 모양이었다. 마음과 몸이 일치하기란 쉬운 일이 아니다. 잠시 생각하던 고양이는 말랑말랑한 몸을 나른하게 들어 올려서 정어리를 펼쳐 놓은 발 위에 힘없이 발톱을 내밀었다. 그러더니 발톱에 걸어 들어 올린 정어리를 땅 위에 떨어뜨렸다. 반 정도 먹더니 또 생각하면서 고민한다. 또 나머지를 먹는다. 이런 동작이 장황하게 계속되었다. 그러나 어느샌가 배가 반역을 일으켰다. 앉아서 생각하고 있는데 갑자기 트림이 나온 것이었다. 고양이가 트림하는 건 처음 보았다. 왠지 타락한 인간의 모습과 닮아 있었다.

겨우 고양이가 걷기 시작했다. 너무 먹어서 기분이 나쁜 듯했다. 잔뜩 부른 배가 양옆으로 출렁거렸다.

고양이가 정어리 벌판에서 다가온 순간, 나는 아까부터 내심 마음에 걸리던 게 무엇인지 깨달았다. 고양이가 이렇게 정어리를 먹어 치우게 내버려 둬도 되는 것인가 하는 생각이 마음속 어딘가에 있었던 것이다. 그러나 이 거대한 태평양을 앞마당으로 하고 있는 고양이의 극락정토는 마을의 어물전과는 스케일이 다르다. 몇십 마리 고양이가 여기서 연회를 연다 해도 저 많은 물고기의 양에 비하면 별 것 아니리라. 고양이가 먹고 싶은 만큼 먹게 놔두는 정어리 벌판의 너그러운 태도는 이 힘든 세상 속에서 귀중한 것이 아닐 수 없다. 고맙다

는 말 한마디 없이 사라져 간 트림 고양이를 대신해서 깊이 감사의
말을 올린다.

아기 예수의 편지

아일랜드의 윗크로에 사는 M. 시몬스 씨가 반년 만에 연락을 해왔다. 올해 여름에 아일랜드를 찾아갈 예정이었는데 그냥 지나가 버려서 마침 아까워하던 참이다. 자기 집의 정원에 손님 전용 방을 만들었다는 이야기가 쓰여 있었다. 그리고 마지막 부분에 그녀의 친족이 겪은 사고 이야기가 적혀 있었다. 아마 이것이 편지를 보낸 이유였을 것이다.

마지막 문장을 읽고서 조금 당황했다. 나는 운명론을 믿지 않지만, 일어날 사고의 전조라면 있을지도 모른다는 생각이 머릿속에서 떨어지지 않는다. 타인의 인생 속에서 전조를 본 듯한 기분이 그런 생각을 더 절실하게 만들었다.

아일랜드에 간 것은 4년 전 한겨울일 때였다.

아일랜드의 관광 시즌은 4월에서 여름까지다. 가는 곳마다 현지인들로부터 '겨울에 관광 오다니 정말 특이하다'는 말을 들었다. 사실 아일랜드의 겨울은 볼품없다. 멕시코 난류의 영향으로 얼어붙을 것처럼 춥지는 않지만, 매일매일 폭풍우가 몰아친다. 아일랜드 하면 목가적인 초록 풀밭 풍경인데, 겨울에는 무거운 잿빛 구름 아래 질퍽하게 젖은 칙칙한 갈색만이 펼쳐진다. 교통까지 불편해서 렌터카를 빌렸지만, 걸을 때면 바람 때문에 우산조차 쓸 수가 없었다. 별 수 없이 신발에 방수 크림을 바르고 레인코트를 입고서 모자를 눌러썼다. 무슨 소방대원 같다. 더 난감했던 것은, 이렇듯 뚜렷한 계절 차이 때문에 지방으로 가면 호텔과 레스토랑이 일시 휴업하고 있는 경우가 많았다는 점이다. 특히 개인 가정집에서 손님을 받는 작은 민박 같은 곳은 이 계절에 찾아온 동양인을 경계하기도 했다.

M. 시몬스 씨네 집도 그런 민박집이었다.

더블린 남부의 윗크로 지방에 있는 그녀의 민박집은 어디에나 있을 것 같은 평범한 가정이지만, 관광 시즌에 한정해서 트윈베드가 있는 방을 빌려 준다. 저녁 늦게 차를 몰고 지나가던 중, 시내 외곽에 있는 그녀의 집 앞에 '민박'이라고 쓴 자그마한 간판이 보였다. 묵을 곳을 찾고 있던 나는 이 집에 들어가 보기로 했다. 사이프러스 울타리 너머로 아담하게 들어앉은 M네 집은 옛이야기 속에 나올 듯한 빨간 지붕집이었다. 동화적인 느낌이라 여성 여행자들은 좋아할 것 같지만, 빳빳하고 어두운 카키색 레인코트를 입은 남자에게는 좀 안 맞는 것 같은 느낌도 들었다.

문을 두드리자 현관문 대신 왼쪽 방의 창문 유리 너머로 여성이 얼굴을 내밀었다. 그녀가 M. 시몬스였다. 여든이 가까운 나이에 남편은 먼저 세상을 떠났고, 세 아이들은 각자 결혼하였기에 혼자 살고 있었다. 낯선 동양인과 마주친 그녀는 초반에 경계심을 보였지만, 내가 자신을 화가라고 소개했더니 갑자기 태도가 부드러워졌다. 나는 여행할 때 내가 가진 몇 개의 특기 중 그림 그리기를 업으로 소개하는 경우가 많다. 화가는 세상의 직업들 중에서도 애들 놀이의 연장선에 있는 가장 사심 없는 일 중 하나다. 화가라고 밝히면 어느 나라에서건 사람들에게 경계당하지 않는다.

다음 날, 그녀의 집에 길게 머물 수밖에 없는 사정이 생겼다. 그녀는 독실한 카톨릭 신자여서 자신의 방은 물론 손님방에도 성모의 그림을 장식해 놓고 있었다. 그런데 지하에 걸어놓은 아기 예수를 안은 성모 그림에 얼룩이 있었다. 몇 년 전 겨울 폭풍우가 불어칠 때 스며든 빗물에 그림이 더러워졌다는 것이었다. 수채화인 탓에 떨어진 물방울이 딱 아기 예수 뺨을 깨뜨리듯이 번져 있었다. 그녀는 줄곧 그 사실이 신경 쓰였던지, 내가 화가라는 말을 듣자 그림을 복구해 주지 않겠느냐고 열심히 부탁하기 시작했다. 급히 어디를 가는 길도 아니었기에, 있는 물감을 긁어모으고 오전 내내 꼬박 시간을 들여서 어찌어찌 복구했다. M은 어지간히도 기뻤던지 숙박비를 안 받는 것은 물론 그림 복구 비용도 내겠다고 나섰다. 거절했지만 결국 숙박비는 면제받았다. 떠나려 하자 "당신은 내 가족 같은 사람이니 돌아갈 때 꼭다시 들리세요"라며 고마운 말을 해주었다. 현관에서 나를 배웅하는 M은 들뜬 마음에 "와아, 오늘은 드물게 멋진 날씨네요"라고 말했지만, 그 집 뒤쪽 하늘에서 이미 겨울의 시커먼 먹구름이 일어나고 있는 것이 보였다. 이것이 아일랜드의 겨울인 것이다.

국도로 들어가지 않고, 구불거리는 옛날 길을 통해 남쪽 지방으로 향했다. 포장도 갈라져 있고 커브도 많고 기복도 심해서 달리기에는 그다지 좋은 길이 아니지만, 대신 풍경을 볼 수 있기 때문에 종종 멀리 돌아가는 길을 선택하곤 한다. 잡목으로 둘러싸인 옛날 길에는 차가 거의 없었다. 연일 비가 오는 통에 곳곳에 물웅덩이가 생겨난 길에서 속력을 냈다. 그림 복구 때문에 시간이 지체되어서 다음 마을에 저녁까지 도착할 수 있을지 불안했다. 차선이 없는 좁은 길이라 길 중앙을 달렸다.

한 시간 정도 달려서 기분이 느긋해진 직후의 일이었다. 나무에 가려져서 잘 보이지 않는 커브길을 도는 순간, 갑자기 앞에서 차가 튀어나왔다. 연분홍 색깔의 미국 대형차였다. 앞 유리로 여성의 얼굴이 보였다. 한 35~36세 정도로 보였다. 옅은 색의 머리카락이 말벌처럼 위쪽으로 묶여 있었다. 순간적인 일이었지만 이럴 때 사람은 상대방을 또렷하게 응시하는 법이다. 그녀의 눈도 나를 바라보고 있었다. 눈은 나를 응시하고 있었지만 표정에는 아무 변화도 없었다. 나는 순간 핸들을 꺾었다. 가로수 나무의 가지에 천장을 스치면서 겨우 피했다. 건너편 차는 핸들을 꺾는 시늉도 하지 않고 브레이크도 밟지 않은 채 그대로 달려서 멀어져 갔다. 차가 부딪치기 직전에도 사람의 표정이란 영화처럼 확 변하는 게 아니구나 싶었다. 평상시와 똑같다. 아니, 그보다는 내면의 동요를 얼굴에 떠올릴 틈도 여유도 없다. 소위 말하는 '평범한 얼굴'을 한 채로 온몸이 얼어붙는다. 눈만이 겁먹은 듯 빛난다.

나는 속도를 늦추지 않고 달렸다.
인적 없는 길이 계속 이어졌다.

그로부터 한 시간 정도 달렸을 때였다. 문득 뒤쪽에서 무슨 기척을 느꼈다. 백미러 너머로 아까 부딪칠 뻔 했던 연분홍 차가 비치고 있었다. 속도를 내고 있는지 점점 가까워지는 모습이 백미러에 가득 찼다. 그녀의 의중을 모르는 채로 속도를 늦춰서 길옆에 차를 세웠다. 그녀도 차를 나란히 세우고 내렸다. 창유리를 내렸더니, 그녀는 금속성 하이톤으로 고래고래 소리를 지르기 시작했다. 이런저런 소리를 했는데, 요약하면 그녀의 이야기는 전부 아이에 대한 것이었다. 앞유리 너머로는 보이지 않았지만, 조수석에 아이가 타고 있었다고 했다. 태어난 지 한 살도 안 된 아기였다. 그녀의 연령을 생각하면 늦게 얻은 보석 같은 아이일 것이다.

그녀에게 있어서 아이는 신과도 같은 존재였다. 그런 아이가 남의 부주의 때문에 죽을 뻔했다는 사실에 무서울 정도로 화를 내고 있던 것이다. 나만 부주의했다고 생각지는 않았지만, 반론했다가는 실신해 쓰러질지도 모른다는 생각에 정중하게 사과했다. 그녀는 문을 쾅 닫고서 온 길을 다시 되돌아갔다. 다시 차에 탄 나도 남쪽으로 달렸다.

그러나 차 안에서 상황을 반추하던 중 등골에 차가운 것이 스쳤다. 그녀는 내게 항의하겠다는 그 일념으로 한 시간이나 걸리는 길을, 그녀의 소중한 아이를 태운 채, 무서운 속도로 내 뒤를 쫓아왔던 것이다. 과거 이웃나라 영국에 의해 무서운 살육 사건들을 겪으며 쌓였을 이 민족의 뒤엉킨 한의 일면을 본 것 같은 기분이 들었다.

그러고 나서 반 시간 정도 달렸을 때였다. 차를 세우고 길 끝의 모습을 사진으로 찍으려 했을 때, M네 민박집에 라이카 표준 렌즈를 놓고 왔음을 깨달았다. 나는 서둘러 유턴했다. 속도를 있는 대로 내면서 달렸다.

한 시간 뒤, 전방에 문제의 연분홍 차가 보였다. 그 일을 완벽하게 잊고 있었다. 그녀를 자극하고 싶지도 않고 더 이상 얽히고 싶지도 않았기 때문에, 눈치채지 못할 거리까지 후퇴해서 다른 길로 돌아갔다. 그녀의 주행 속도는 35마일(56킬로)이였다. 정말 느리다.

도중에 비가 세차게 내려서 주변이 흐려졌다. M네 민박집에 도착하니 오후 6시가 다 되어 있었다. 길에 차를 세우고 서둘러 집으로 달려가던 나는 그 자리에 우뚝 멈춰 섰다. 그 연분홍 차가 M네 집 앞에 서 있었던 것이다. '근처에 맏딸이 살고 있어서 일주일에 한 번은 온다'라던 M의 이야기가 떠올랐다. 맏딸은 최근 남편과 사이가 안 좋아진 탓에 고민이 많다고 했었다.

나는 세찬 빗속에서 선 채로 어떻게 대응해야 할지 고민했다. 그길로 차를 타고 시내로 내려가서 작은 꽃다발을 샀다. 그 꽃다발을 사죄의 의미로 그녀에게 내밀었다. M은 내가 그림을 고쳐 준 좋은 사람이리며 자리를 중재해 주었다. 맏딸은 고쳐진 그림을 보더니 갑자기 상냥해진 태도로 아까는 자신이 감정적이었다고 말했다. 그날 밤은 다시 M네 집에 묵으면서 즐거운 식사 시간을 보냈다.

그것이 시몬스 가족과 나 사이의 기묘한 인연이다. 나는 언젠가 여름이 되면 윗크로의 산들을 돌아보고 싶다는 말을 남기고 다시 여행을 떠났다.

그런데 그 M 씨에게서 편지가 온 것이었다.

M 씨의 맏딸이 그때 그 차로 사고를 냈다고 했다. 그녀는 언제나처럼 외동아들을 조수석에 태우고 그 옛날 길을 달려서 친정으로 오고 있었다. 그러다 여행자의 차와 부딪쳤다. 다행히도 대형차였던 덕에 크게 다치지는 않았지만, 목이 조금 타격을 받았다고 한다. 조수석에 타고 있었던 아들은 찰과상을 입었다.

 '손자인 케리는 볼에 상처가 나는 정도로 그쳤습니다. 그런데 신기하게도 당신이 예전에 고쳐 주신 그림 속 아기 예수와 똑같은 위치에 상처가 났지 뭐겠어요. 참 불가사의한 일이라고밖에 생각할 수 없군요. 그때 그림을 고쳐 주신 덕에 케리가 가벼운 상처만 입고 살아났는지도 모르겠습니다.'

 신앙심이 깊은 아일랜드 사람다운 말이다. 나로서는 우연히 같은 자리였다고밖에 생각할 수 없다. 그보다 신경 쓰이는 것은, 맏딸이 바로 그 길에서, 그때 아슬아슬하게 피해갔던 사고를 재현했다는 사실이었다.

 나는 M 씨의 맏딸에게 사고 지점이 정확하게 어디냐고 묻는 편지를 쓰다가 도중에 그만두었다. 이런 사건을 깊이 알려 하는 것은 누구에게도 도움이 되지 않는다. 오히려 사람 마음을 상처 입힐 가능성이 있다. 나는 편지지를 찢어 버린 후 하루빨리 쾌차하시길 바란다는 일반적인 문장으로 답장을 마무리 지었다.

후지산 일기

후지산을 촬영하러 갔다. 글을 청탁받아 밥벌이를 하는 반면, 의뢰받은 사진을 찍는 적은 거의 없다. 그냥 자신이 내킬 때 좋아하는 것을 찍곤 한다. 그러나 이번에는 『아쿠비카메라』라는 잡지에서 70주년 기념으로 촬영 의뢰를 해왔다. 후지산을 찍는 것은 꽤 까다로운 작업이다. 그에 대해서는 이번에 발매된 『아쿠비카메라』에 자세히 실려 있으니 생략하겠다. 여기에는 그 촬영 여행에서 쓴 일기의 발췌문과 공개하지 않았던 사진을 실을 생각이다.

○월 ○일
아침 여섯 시. 도쿄에서 출발하여 고속도로를 지나 누마즈로 향했다. 어제까지 오락가락하던 날씨는 촬영 당일을 기다린 것처럼 쾌청하게 개었다. 후지산 촬영은 평범한 촬영과 다르다. 구름 때문에 산이 보이지 않으면 그날은 그냥 끝이다. 이 얼마나 겁나는 일인가.
한 시간을 달려가자 앞에서 느닷없이 후지산의 얼굴이 드러났다. 배기가스의 두터운 층을 뚫고 산봉우리의 눈이 빛나고 있었다. 차 지붕을 열고 35mm로 연속 촬영했다. 차가운 바람을 고스란히 받자 몸이 얼어붙을 것만 같다.

고속도로를 달리면서 바라보는 후지산은 마치 한 폭의 그림 같다. 더군다나 보는 장소에 따라서 그 크기가 변화한다(아마 앞과 중간의 대비 관계 때문일 것이다). 길 건너편으로 커다란 후지산이 나타났다가, 커브길로 접어들자 사라진다. 잠시 달리다가 다시 나타난 후지산은(거리적으로는 가까워졌을 텐데도) 아까보다 더 작아진 것처럼 보인다. 소위 말하는 '고속도로에서 자유자재로 변화하는 후지산'이다.

오전 여덟 시 반. 누마즈 입구에서 국도 414번 길로 들어갔다. 후지산을 찍을 때는 어디서부터 시작해야 할지 망설이게 되는 법이지만, 나는 우선 바다부터 보고 싶다고 생각했다. 고속도로 위의 변화무쌍 후지산을 본 뒤, 해안의 후지산을 바라보고서 산 위로 올라가 보는 것이 내 생리에 맞는다. 니시이즈 입구에 있는 안쪽 포구까지 갔더니 겨우 바다를 배경으로 삼은 후지산이 나타났다. 산 쪽으로 난 길 끝에는 '쥬혼지住本寺'라고 적힌 작은 간판이 보였다. 절이란 대체로 좁고 높은 장소에 있다. 절이 있다면 묘지가 있을 것이다. 이 위치라면 묘지 너머로 후지산이 보일지도 모르겠다고 생각했다. 차를 세우고 산을 올라갔더니 딱 맞아떨어졌다. 서쪽 산의 비탈면 중간에 있는 작은 묘지에서, 바다 너머 멀리 자리 잡은 후지산이 묘석과 대면하는 것처럼 서로를 바라보고 있었다. 하늘에 다소 가스가 끼어서 완전히 깨끗하진 않다는 사실이 안타까웠지만, 4X5로 몇 장 찍었다. 일명 '묘지산'이다. 이런 후지산을 찍는 사람은 얼마 없으리라.

돌아가는 길에 묘석 사이에 몇 개 빈 자리가 있는 것이 눈에 띄었다. 여기서 고민이 싹을 틔웠다. 죽으면 인도의 갠지스 강에 뼛가루

를 뿌려 달라고 할 작정이었다. 그러나 만일 묘를 쓸 거라면 이런 장소가 좋겠다는 욕심이 생겨났던 것이다.

절 경내로 가자, 마침 주지승의 아내와 접수를 담당하는 중년 부인이 장바구니를 들고서 돌계단을 올라오는 것이 보였기에 종파를 물었다. 이치렌슈^{日蓮宗}라는 대답이 돌아왔다. 행운이라고밖에 말할 수가 없다. 우리 집도 이치렌슈이기 때문이다. 개인적으로는 이치렌슈건 죠우도슈건 상관없고, 선종 신자가 기독교 묘지에 들어가도 전혀 신경 쓰지 않는다. 하지만 오히려 죽은 뒤에 종파주의가 사람을 속박하는 선례들이 있으니, 쥬혼지가 이치렌슈라는 사실에 일단 기뻐하기로 했다. 갠지스나 히말라야가 1순위라는 전제하에 내가 돌아갈 장소를 몇 개 점찍어 놓고 다녔는데, 오늘 하나가 더 늘었다. 마음대로 골라잡으면 되는 것이다. 여행자의 특권이다. 부인과 조금 더 이야기하고 돌아오는 길에 묘지의 가격을 물으려 했는데 순간 망설여져서 그만두었다.

○월 ○일
아침 여섯시에 출발했다. 어제는 1박2일에 만 엔인 '비힌 관광 호텔'이라는 곳에서 칠천 엔으로 요금을 깎은 뒤 묵었다(운전사랑 조수까지 합쳐서 총 4명이라 약간의 금액 차이도 무시할 수 없다. 이럴 때는 관광이 아니라 일로 왔다면서 숙박료를 깎는 게 좋다). 식사 메뉴가 많은 것이 맘에 들지 않았다(나는 일본 여관이나 호텔의 식사 가짓수가 너무 많다고 본다). 그 때문인지 아침에도 개운하지 않았다.

이다에서 후지산으로 간다. 이번 촬영 전에는 몰랐던 사실인데,

'후지산 사진과'라는 분야가 있다고 한다. 이런 후지산을 찍으려면 여기, 저런 후지산을 찍으려면 저기 하는 식으로 후지산 촬영 포인트가 수십 개, 아니 그 이상으로 많은 촬영 장소가 이미 정해져 있다는 것이다. 니시이즈의 이다도 그 중 하나다. 절벽 위에서 바다 너머로 다이나믹한 후지산을 볼 수 있다고 한다. 어제 나도 포인트로 꼽힐 만한 '묘지산'에서 후지산을 찍었지만, 역시 공식적 촬영지도 무시할 수 없었다. 그 나름대로의 좋은 점이 있었다. 그날은 하늘이 흐렸지만 후지산 쪽만 맑았다. 그러나 아침노을은 없었다. 이날 종일토록 후지산은 구름에 싸여 있었다. 이런 날은 맛집에서 보람을 찾을 수밖에 없다.

어제 눈여겨 봐두었던 니시우라히라사와의 항구 민박집 '야마야'에 짐을 풀었다(칠천 엔을 육천 엔으로 깎았다). 이번에는 맘에 드는 집이었다. 좋은 방이라고는 못 하지만, 주인이 도미 샤브샤브를 만들어 낸 사람으로 유명하다고 했다. 저녁밥으로 평소 먹던 식사 외에 삶은 도미머리, 도미 샤브샤브, 도미 회가 나왔다. 처음 먹어 본 도미 샤브샤브는 혀 위에서 사르르 녹는 맛이었다. 꽤 괜찮은 미식이다. 다음에 도미를 낚으면 직접 만들어 봐야지.

조수들에게 도미 샤브샤브를 테마로 시를 지어보라고 했더니 한 명이 싯구를 읊었다.

'도미 샤브샤브와 함께 어둠 너머 후지산을 재우는 파도 소리를 듣다'

이십대가 짓는 시 치고는 좀 삭았지만, 그렇게 나쁘진 않다.

○월 ○일

여섯 시 출발. 여울 촬영일이다. 어제는 흐린 하늘 사이로 후지산이 보이다가 아침이 지나자 완전히 사라져 버렸었다. 이대로는 일을 할 수가 없는 까닭에, 한줄기 희망을 걸고 야마나시 현의 후지산 뒤쪽으로 전화를 걸어보았다. 그랬더니 그쪽은 하늘이 새파랗게 개었다고 한다. 귀신이 곡할 노릇이다. 즉시 죽을힘을 다해 야마나시 현으로 달려갔다.

달리면서 후지산을 바라보니 자연 현상의 불가사의한 작용을 이해할 수 있었다. 후지산의 서쪽 산기슭 위에서 남북으로 뻗은 후지산 도로를 올라가자, 후지산 남쪽 아래에 구름이 모여 있었다. 니시이즈에서 올려다보면 그 구름에 가려서 후지산이 전혀 보이지 않는다. 하지만 해발 고도가 높아지고 서쪽에 가까워지면서 구름이 사라져 간다. 뒤쪽은 해발 고도 천 미터에 가깝기 때문에, 후지산을 올려다보면 반대편의 구름은 전혀 보이지 않고 푸른 하늘만이 펼쳐지는 것이다. 이렇듯 몇 개나 되는 기후를 자기 주변에 펼쳐 보이다니, 역시 후지산은 크다고밖에 표현할 길이 없다.

○월 ○일

아침 여섯 시 출발. 영하 8도.

정면으로 후지산이 보이는 하이웨이로 갔다. 전날 촬영 장소로 점찍어 두었던 곳이다. 그러나 여섯 시가 조금 지난 이른 아침인데도 차들이 쉴 새 없이 지나다녀서 사진을 찍을 수가 없었다. 예정을 바꿔서 모토수코 호수로 직행했다. 그러나 호수에 가까워지자 구름 같은 안개가 가득한 것이 멀리서도 보였다. 후지산이 보일 리가 없다. 안개가 끼어 있지 않은 장소를 찾기 위해 눈앞의 산비탈에 올랐다.

　15분 정도 그러고 있다가 포기하고 경사면을 내려올 때였다. 문득 후지산에 눈을 돌렸는데, 아연해질 만큼 놀라운 광경이 펼쳐졌다. 지금까지 몰려 있던 비 같은 안개가 바람도 없는데 술렁술렁 움직이기 시작하는 것이었다. 완전히 마음을 빼앗긴 채 보고 있던 나는 안개가 무서운 속도로 소멸하는 중이라는 것을 깨닫고 마음이 급해졌다. 순식간에 비탈을 뛰어내려 와서 4X5를 설치하고 호수로 달렸다. 그 순간, 마치 꿈같은 광경이 눈앞에 나타났다. 새하얀 안개 속에서 거대한 후지산의 모습이 그림자처럼 비쳐 나타나는 게 아닌가. 마치 신이 강림하는 순간 같았다. 서둘러 필름을 넣고 셔터에 손을 갖다 댔지만, 이미 늦었다. 안개 사이사이가 찢겨지면서 후지산의 그림자도 그 일부만을 남기고 사라졌다. 단 십 초 만에 벌어진 일이었다. 후지산의 그림자가 떠오른 것은 실로 찰나였다. 예전에 어느 책에서 후지산을 찍을 때는 순간이 승패를 가른다는 글을 읽은 적이 있다. 문자 그대로 이렇게나 '순간'이라고는 생각지도 못했다. 완패다.

　○월 ○일
아침 여섯 시 출발. 기온 영하 8도.
　조건은 어제와 똑같다. 이번에야말로 후지산의 그림자를 놓치지 않겠다며 다시 모토스코 호를 향했다가 어안이 벙벙해졌다. 안개가 전혀 없었던 것이다. 왜? 어째서? 하고 중얼거리며 멍하니 서 있었다.

나중에 안 것이지만, 안개의 발생 조건은 무척 까다롭다고 한다. 그 전날의 기후마저도 안개의 발생 조건에 포함되어 있다. 어제처럼 후지산 정상도 보이지 않을 만큼 안개가 짙게 낀 것은 드문 일이라고 한다. 우리들은 첫날부터 천재일우의 기회를 잡았던 것이다. 비상식적일 정도로 운이 좋았다. 순간의 방심이 그 운을 놓치게 만들었다.

○월 ○일

오늘은 야마나시 현에서 내려와 다시 니시이즈에 묵었다. 뛰어들듯이 묵었던 민박집 '마스야'(칠천 엔을 육천 엔으로 깎음)의 저녁 식사에 넋을 잃었다. 촬영 중이던 오후 4시에 예약했는데, 지금 장을 보러 갈 수 없는 상황이라 그다지 괜찮은 식사가 아닐지도 모른다는 말을 들었다. 그러나 막상 보니 초절임, 튀김 등이 놓인 식탁 중앙에 50cm 길이의 삶은 금목도미가 떡하니 등장했다. 성대한 식탁 차림이 매우 신경 쓰였다. 보통은 대파 무침 같은 걸 올릴 텐데 그런 조작이 전혀 보이지 않는다. 기름진 호박색의 도밋국 속에 길게 누운 생선의 형태가 너무나 깔끔하다. 그 식탁은 식도락 시대인 요즘 붙어 다니는 미사여구 및 과장된 연출에 익숙해진 우리들을 향해 '요리란 그런 게 아니다'라고 주장하는 것처럼 보였다. 세간의 허례허식을 밀어내며 재료와 맛만 있으면 된다고 말하는 요리의 원형을 본 것 같은 기분이었다. 맛이 일품이었다는 사실은 굳이 얘기할 것도 없다.

뭔가 인연이 생기면 '마스야'에 한 번 더 가고 싶다. 같은 니시우라에 있는 '니시우라소우'의 요리가 무서울 만큼 맛없었다는 사실을 뒤돌아볼 때, 인간성이 스며 있는 요리란 불가사의한 것이라는 생각이 새삼 떠올랐다.

　○월 ○일

　아침 여섯 시 출발. 후지미야.

　낮에 백사의 용(효고현 토요오카 시에 있는 폭포—옮긴이) 너머의 후지산을 찍었다. 산꼭대기에 하얀 구름이 떠 있기에 세 시간을 기다렸다. 저녁 무렵 타누키 호수로 이동했다. 바람은 없었다. 후지산이 아주 멋지게 호수에 비쳐 있었다. 4X5의 핀트글래스에는 렌즈를 통한 배경이 아래위로 뒤집어져서 비치는지라, 뒤집어진 후지산을 다시 뒤집어 보는 묘한 경험을 했다. 쌍둥이 같은 후지산을 바라보고 있자니 에서의 그림을 보는 것처럼 머릿속이 어지러워진다.

　보자기 속에서 핀트글래스를 바라보고 있는데, 순간 머릿속이 뚜렷해졌다. 뒤집어진 후지산, 즉 호수에 비친 쪽이 약간 흔들려서 불분명해졌던 것이다. 눈을 떼고 실제 풍경을 바라보니 호수면이 약간 흔들리고 있었다. 피부로도 느끼지 못할 정도의 바람이 불고 있는 것이다. 호수가 완전히 거울 상대가 되려면 바람이 완벽하게 한 점도 없어야 한다. 모토수코 호수의 안개 사건 때와 똑같다. 후지산은 단 한 순간 외에는 자신의 아름다움을 드러내 주지 않는다.

　그렇게 후지산은 햇빛, 그날 온도, 바람 상태, 공기 습도와 투명도, 구름, 안개, 계절에 따른 태양의 위치, 하늘의 색깔, 전경·중간 풍경·원경의 계절 변화, 온갖 자연과 자연 현상을 짜 맞추며 무한에 가깝게 변신하는 자연을 우리가 모르는 곳에서 계속 바라보고 있다. 그 변화가 억년 단위로 이어져 왔음을 상기하면 정신이 아득해진다. 그 옷자락에 기생하고 있는 찰나의 생물, 품격 없는 현대 일본인 및 밋 밋한 일상과 비교하면 깜짝 놀라지 않을 수 없다.

역시 후지산은 좋다. 후지산을 만나러 가보라.

온천 안락사

매년 봄이 올 때마다 나라 현 토쓰카와 마을에 있는 작은 온천 여관에 가보고 싶다고 생각하면서도 계속 갈 기회를 놓쳤었다. 올해 4월에 겨우 예약을 하려고 전화해 봤더니, 휴업했다는 답변이 되돌아왔다.

딱히 유명한 것도 아니고 이거다 하는 특징이 있는 것도 아닌, 나라 현 산속의 온천 여관에 집착하는 이유는 나중에 설명하겠다. 그와 관련된 다른 온천지에 대해 먼저 이야기하려 한다.

나는 고등학교 2학년 때 후쿠오카 현의 모지 항에서 벳푸의 칸나와라는 곳으로 이사했고, 도쿄에 나오기 전에 2년간 그곳에서 살았다. 칸나와는 벳푸 시에서 버스로 30분 정도 산을 올라가면 나오는 작은 치료용 온천장이다. 지금은 꽤 커져서 훌륭한 여관도 들어섰지만, 내가 고등학생일 때에는 현재 규모의 십분의 일 수준이었다. 온천이 풍부해서 온 땅에서 수증기가 올라오고, 물을 묽게 하지도 않기 때문에 벳푸 시내의 온천보다 훨씬 좋기로 유명했다.

손님은 대체로 농한기의 농민들이 절반 이상이었다. 농한기가 되면 유카타 차림의 할아버지 할머니들이 몰려와서 느긋하게 나무 샌들 소리를 내며 여기저기서 온천을 즐겼다. 대체로 무료 마을 욕탕에 사람이 많았다. 내가 매일 이용하는 마을 목욕탕에도 자주 들어왔다.

우리 집이 이용하는 목욕탕은 마을 밖에 있는 작은 혼욕탕이었지만, 목욕탕 물이 새는 탓에 수리하는 동안 좀 먼 곳에 있는 다른 목욕탕에 다녔던 적이 있다. 마을 중심부에 있는 큰 건물인데, 혼욕은 아니었다. 신사의 여우상 및 헌금통을 경계로 삼아 남탕과 여탕의 입구를 갈라놓았고, 목욕탕은 하나였지만 그 중앙을 널빤지로 분리했다. 단지 입구 쪽은 판자로 막혀 있지 않아서 자유롭게 드나들 수 있는 구조였다.

농한기가 되어서 슬슬 온천 손님이 늘어나기 시작하던 어느 날 오후였다. 학교에서 돌아오다가 목욕탕에 들렀다. 공부보다 목욕을 좋아했던 나는 수건과 비누를 항상 가방에 넣고 다녔다. 욕탕은 텅 비어 있었다. 오십 대 정도 된 남자 한 명이 몸을 씻고 있었다. 열탕에 들어가 있는데, 잠시 후 여탕 쪽이 갑자기 소란스러워지기 시작했다. 아무래도 시골 아주머니들이 단체로 들어온 모양이었다.

이 시설의 시골 아주머니라는 생물은 모든 면에서 성별은 둘째치고 인간마저 초월한 존재였다. 요새 말들 하는 '아줌마리언' 정도는 문제도 되지 않을 정도로 유아독존이었던 것이다. 여름 때 욕탕에 들어갔다 나오면, 발갛게 달아오른 맨몸을 드러낸 채 밖으로 나온다. 그러고서는 목욕탕 앞의 버스 정류장 벤치에서 알몸으로 앉은 채 주름투성이인 살갗을 흔들며 큰 소리로 음담패설을 떠드는 것이다. 길을 걸어가다가 갑자기 그런 광경과 마주치게 되면 알몸의 도깨비 오백 명과 마주친 것처럼 압도되곤 했다.

할머니들은 온천 하면 마땅히 음담패설이 따라붙는 것이라고 생각하는 건지, 그때도 큰 소리로 어디 사는 누구의 고추가 너구리만큼 크다는 둥 온갖 외설을 떠들고 있었다. 그러던 중 칸막이 반대편의 떠들썩한 소리가 문득 변했다. 몇 번이고 사람 이름을 부르는 소리가 나더니 불현듯 조용해졌다. '맥이 없어', '숨을 안 쉬어'라는 등 긴박한 음성이 들려오는가 싶더니, 갑자기 네다섯 명쯤 되는 알몸의 할머니들이 남탕으로 넘어왔다. 좀 전까지 기운 좋게 자기 남편의 고추 이야기를 하고 있던 요시라는 할머니가 갑자기 쓰러졌다는 것이었다.

중년 남자는 "큰일이네!"하고 외치며 알몸인 채로 여탕에 달려들어 갔지만, 곧바로 헐레벌떡 남탕으로 돌아와서 "어이 학생, 좀 도와줘!"라며 내 팔을 끌어당겼다. 여탕으로 가보니 피부가 시커멓고 바짝 마른 주름투성이 할머니가 젖은 타월을 덮고서 욕탕 바닥에 누워 있었다. 약간 눈을 뜨고 있었지만 눈꺼풀은 까딱도 하지 않는다. 남자는 "병원! 병원 가야 돼!"라고 외치며 나에게 할머니의 다리를 들게 하고 욕탕 밖으로 나가려 했다. 욕탕 현관에 나오자 공기가 급속히 차가워졌다. 나는 자신이 알몸이라는 사실을 그제야 깨달았다. 주변 사람들의 입장에서 보면 알몸의 남자 둘이 알몸의 할머니를 들고 가는, 실로 기묘한 풍경이 펼쳐지는 셈이다. 나는 팬티도 못 입고 바지만 겨우 챙겨 입은 채 할머니를 운반했다.

할머니의 상반신을 든 남자가 달려간 곳은 바로 앞 골목에 있는 치과였다. 치과라니, 이 남자 바보인가 싶었건만 치과 의사는 신기하게도 침착했다. 할머니를 진료 의자에 눕히고 맥을 짚더니 눈꺼풀을 뒤집어 본 의사는 손을 흔들면서 단 한 마디를 뱉었다. "틀렸어."

뒤를 졸랑졸랑 쫓아온 알몸의 할머니들이 "틀렸다뇨?"하고 묻자, 치과 의사는 명확하게 고개를 저으면서 "틀렸어"라고 잘라 말했다.

"목욕탕 바로 옆에 있다 보니 옛날부터 이런 환자들이 자꾸 오더라고. 이걸로 열 명 정도 되는가 봐. 하지만 온천에 들어가 있다가 픽죽는 건 공덕을 많이 쌓았다는 증거니까 다들 슬퍼하지 말고 기뻐하세요들."

의사가 달관한 듯 말하더니 느닷없이 시체의 입에서 금니를 꺼내 사람들에게 보여 주었다.

"금니를 좀 더 많이 해넣었으면 사오 년은 더 살았을 거야."

금니가 뇌졸중을 예방해 준다는 것이 의사의 주장이었다. 나는 말도 안 된다고 생각했지만, 할머니들은 술렁거리며 관심을 보였다.

*

토쓰카와 마을의 온천에 가보고 싶다는 생각이 든 이유는 그와 똑같은 일이 그 여관 목욕탕에서 일어났기 때문이었다. 내 친구인 R 군의 아버지가 아침에 목욕하다가 돌아가신 것이다.

예전에 결혼식 때 그분과 만난 적이 있었다. 세상에 이렇게 순박하고 착한 사람이 있다는 것에 놀랄 정도로 순진무구한 노인이었다. 홋카이도 변경에서 태어나 그곳 국철에 취직해서 정년을 맞았던, 그림으로 그린 듯이 평범한 인생을 살았던 사람이었다. 세간의 경쟁 원리와 동떨어져 있었던 옛날 지방 국철에는 때로 신선 같은 사람이 있곤 했다. 그는 그 전형이었다고 말할 수 있으리라. 단 한 번 만났을 뿐이건만 그 순박한 미소와 결혼식 때의 감사 인사, 눈물에 젖은 얼굴이 언제까지고 기억 속에 남아 있었다. 그로부터 수년이 지나 부고를 들었다.

R 군에게서 정황을 듣고 놀랐다. 그분은 이세 신궁을 참배하러 키슈로 가 용궁 같은 여관에서 하룻밤을 묵었다. 그 후 버스로 4시간 떨어진 곳에 있는 토쓰카와 마을의 요시노야 여관에 짐을 풀었다.

"신궁에서 출발하면, 정말 천국까지 올라가는 것처럼 도로를 빙글빙글 돌며 경사를 올라가야 토쓰카와 마을이 나와요."

R 군은 아버지를 모시러 갈 때, 마치 천국의 아버지를 맞이하러 가는 것 같은 기분이 들었다고 말했다.

동행했던 아버지 친구로부터 사정을 들어 보니, 고인은 아침에 혼자 온천에 들어갔다고 한다. 친구는 물이 찰랑대는 소리를 듣고서 누가 아침 목욕 중이라는 사실을 깨달았다. 그러나 그 사람이 R 군의 아버지라는 사실을 안 것은 "이야~ 정말 아름답다!"라는 목소리가 욕탕에서 들려온 뒤였다. 그것을 끝으로 욕탕은 조용해졌다. 식사 시간이 되어도 나오질 않기에 욕탕에 가보니 물 위에 R 군의 아버지가 떠 있었다고 했다. 마치 욕조의 물을 베개 삼은 것처럼 따뜻한 물속에서 하늘을 바라보고 있었단다. 노천탕이었기에 아름다운 아침놀을 배경으로 건너편의 호수와 산이 보였다. "이야~ 정말 아름답다!"는 말은 그 풍경을 보고 나온 음성이었던 것 같지만, R 군은 "어쩌면 꽃밭을 본 것일지도 몰라요"라고 말했다.

"아버지는 꽃을 좋아하고 길렀던 탓인지, 꽃밭 꿈을 자주 보곤 했거든요. 그 꿈속에서 본 꽃밭 얘기를 저녁밥 먹을 때 자주 꺼내곤 했어요. 자기가 가꾸는 꽃밭이 점점 넓어져서 건너편 산까지 뒤덮는 꿈이었대요."

생전에는 꽃밭 꿈을 꾸다가 밤중에 갑자기 감탄사를 올리곤 했다고 한다.

만일 그런 거라면, 세상에서 그처럼 행복한 죽음은 없을 거라는 생각이 들었다. 사건의 자초지종을 들은 나는 "음, 즉 온천 안락사로군"이라며 그분의 죽음에 부제를 달았던 것이다.

영국의 평범한 창문에서 바라본 풍경

오늘도 아침부터 잿빛의 구름이 낮게 깔려 있다. 오전 거리에 스모
그가 가득하다. 내리는 건지 그친 건지 종잡기 어려운 가랑비가 계속
되고 있다. 하지만 런던 사람들은 이 정도 비에는 우산조차 쓰지 않
는다. 나도 그렇기 때문에 왠지 친밀감을 느꼈다.

옛날 어떤 책에서 우산을 갖고 다니는 것이 영국 신사의 패션이라
고 읽은 적이 있다. 하지만 런던에 내리는 비의 성격을 보건대 그것
은 패션이 아니라 실용이다. 날씨가 고양이 기분처럼 변덕스럽기 때
문이다. 지금 같은 계절에는 맑은 날에도 비에 대비하는 편이 좋다.

말수가 적은 사람들, 두터운 구름, 눈에 보이지는 않지만 사람들
사이에 서열을 만드는 계급 제도, 그리고 차가운 비, 음울함. 내 몸속
에도 스모그가 스며든다.

비에 젖은 채 오래되고 어두운 지하철에 몸을 싣는다. 아무도 입을
열지 않는다.

모두들 무뚝뚝하게 스모그로 가득 찬 허공을 바라보거나 신문을
읽고 있다.

암담한 겨울의 런던 속. 그 지하철의 한 모퉁이에 경쾌한 한줄기
빛이 비친다. 신문이다. 신문 1면의 오른쪽 위에서 찰흙으로 만든 판

다가 우스꽝스러운 표정으로 복잡한 미소를 띠고 있다. 일본 신문이라면 있기 어려운 일이다. 일본에서 그 자리는 키코만(일본의 조미료 회사—옮긴이) 같은 대형 기업이 따놓고 사용하는 일등석 광고 지면이기 때문이다. 그 찰흙 판다 인형은 찰스 황태자 폐하를 비꼬아 만든 것이다. 이런 우스꽝스러운 인형을 보면 도저히 웃음을 참을 수가 없다. 일본에서 이런 짓을 했다간 맹비난을 피하지 못하리라. 하지만 영국의 찰스 황태자는 이런 형태로 자신의 몸을 희생해서 스모그로 가득 찬 런던 시민들의 스트레스를 해결해 주고 있는 것이다.

한때, 그리고 어쩌면 지금도 일본의 황실이 가족 제도의 모델로 기능했던 것처럼, 영국 황실은 명백하게 사람들 내면에 차 있는 스모그를 빼기 위한 피에로로서 활동하고 있다.

○월 ○일
세상의 음식은 부자 국가에 모인다.

일본 백화점 지하 식품 매장을 보라. 매년 화려하게 증가되는 다품목화는 부자 나라로 올라선 일본의 웅변 같은 증명이다. 종류에 따라서는 미국을 완전히 초월하여 세계 1위에 도달했다고 생각했었다.

그러나 영국 황실용으로 유명하며, 할인 기간마다 전 세계의 쇼핑광들이 몰려든다는 해롤드 백화점에 가보면 일본인의 무지를 깨닫게 된다. 단언하건대 해롤드의 식품 판매 코너는 데카메론이며 바커스다. 이에 비하면 미쓰바시 백화점이나 오다큐의 식품 판매관은 일반 서민의 연회에 지나지 않는다. 요즘 같은 시대에 이 화려한 식재들은 다 뭔가. 영국 요리는 빈곤하기 짝이 없다는 상식에 반역하는 것처럼 음식의 전당이 숨어 있다. 음, 이 수수께끼는 어떻게 풀어야 하나.

○월 ○일

츠치야는 십 년쯤 전에 내 일을 도와주었던 지인이다. 5년 전에 런던 근교로 이사했는데, 공교롭게도 내가 런던을 방문하는 타이밍에 귀국할 예정이었다. 다행히도 사흘뿐이지만 체류 기간이 겹쳤던지라, 그가 어디 사는지 궁금했던 나는 이사 직전에 집을 방문했다. 런던의 일반 주택 사정을 알 수 있는 좋은 기회였던 것이다.

그가 세든 집은 도심에서 전철로 30분 정도 걸리는 곳에 있었다. 역에서 걸으면 10분 정도 걸리는 베드타운 주택지다.

도쿄라면 전철로 30분 달려 봤자 도쿄 근방을 못 벗어나니까, 도회지의 떠들썩한 느낌이 그대로 남아 있을 것이다. 그러나 런던에서는 전철을 조금만 타고 가도 창밖의 풍경이 조용해진다.

왜 그럴까? 광고의 문제가 아닐까 싶다. 번쩍거리는 거대한 네온사인은 고사하고 평범한 광고판조차 찾아볼 수 없다. 놀랄 일이다. 얘기를 들어 보니 옥외 광고 활동이 금지되어 있다고 한다. 미관을 위해서라기보다, 미국이나 일본처럼 풍경을 찍어 누르면서까지 말보로 및 소니의 거대 광고를 세워 놓는 행위 자체를 파렴치하게 보기 때문이 아닐까. 일본에 살고 있으면 그런 걸 느끼지 못하지만, 여기서는 그러한 관념이 느껴지는 점이 신기하다.

생각해 보면 깡촌 밭 한가운데에도 간판이 서 있는 일본과, 풍경 속에서 상행위를 찾아볼 수 없는 이 나라의 GNP를 단순 비교할 수는 없다. 매일 다섯 시가 지나면 거의 모든 가게가 문을 닫고 일요일에는 영업하지 않는 이 나라와, 시간의 경계가 사라져 버린 일본과 GNP를 비교하는 것은 의미가 없다.

전철 창밖의 풍경 하나만으로도 이토록 생활 감각의 차이가 확실히 표현되는 것이다.

창밖의 풍경에는 또 하나 기묘한 점이 있다. 막 도심을 벗어난 전철이 가장 도시에 가까운 주택지(10~15분이면 도시로 들어가는 가장 좋은 조건의 베드타운이다)에 다가가면, 의외로 좀 더러워 보이는 마을이 눈에 들어온다. 도시에 가장 가까운 녹지에 살고 있는 것은 주로 노동자 계급인 것이다. 그로부터 10분이나 15분 정도 더 달려가면 츠치야가 살고 있는 중급 주택가가 나오고, 거기서 30분 정도 더 가면 갑자기 시야가 넓어지면서 대토지를 소유하고 있는 상류 주택지가 등장한다. 이러한 진입 시간 대비 주택 지도는 일본의 분포도와 완전히 반대다. 무슨 얘기를 하고 싶은 거냐면, 이 나라에서는 일하는 사람들이 되도록 빨리 도시에 진입 가능하도록 되어 있다는 것이다. 조금 쓸쓸해지는 얘기다. 일본으로 치면 도심까지 2시간 걸리는 통근 지옥을 매일 겪어야 하는 슬픈 샐러리맨들의 집이 있을 위치인데, 여기서는 대토지 속에 강물까지 소유한 귀족들이 낚시나 사냥을 즐기며 살고 있다.

그에 비하면 츠치야가 사는 베드타운은 노동자들이 사는 마을이었다. 그렇다곤 해도 이 마을의 분위기는 도쿄로 치면 덴엔쵸부 같은 느낌이다. 그러나 덴엔쵸부에서 기와지붕이 있는 120평방미터의 단독 주택을 빌리려면 월 백만 엔은 내야 할 것이다. 츠치야가 빌려 살고 있는 세미 디태치드 하우스(집 하나를 좌우로 나눠서 두 세대가

사는 형태의 단층 연립주택. 건축비가 2/3밖에 들지 않는다—옮긴 이)의 월세는 일본 엔으로 환산하면 15만 엔이다. 런던의 물가나 주택비가 비싸다지만 역시 도쿄와는 비교가 안 된다. 축복받은 주거 환경이다.

국토가 좁다는 점은 영국이나 일본이나 마찬가지다. 단독 주택이라지만 런던 집들은 그렇게 넓지 않다. 침실과 부엌이 6~10평 정도다. 그러나 집에 들어가면 희한하게도 비슷한 크기의 일본 주택과 달리 옹색한 느낌이 없다. 오히려 마음이 가라앉는다. 아마도 공간의 요소마다 변화를 준 내부 조성 방식 덕분이겠지만, 가장 큰 이유는 창밖의 풍경이다. 당연한 얘기지만 이 주택가에는 광고 간판 따윈 일체 보이지 않는다. 즉 인공적인 원색이 존재하지 않는다.

그에 더해서 놀랄 일이 하나 더 있다. 거리에서 주택가를 봤을 때는 집마다 딸린 정원들이 그다지 넓게 느껴지지 않았다. 그런데 집 안에 들어가면 갑자기 그 녹지대가 넓어 보인다. 일종의 도시 계획이랄까. 츠치야네 집의 2층에 올라가서 그 정원들을 하나하나 바라보면서 무릎을 쳤다. 부엌 옆에 붙은 뒤뜰은 담쟁이덩굴이 엉킨 목제 울타리로 구역을 표시하고 있을 뿐, 그대로 다른 집 뜰과 주루룩 이어져 있었다. 그 풍경이 마치 거대한 녹지대처럼 보였다. 각자 집에 붙어 있는 뒤뜰은 겨우 30에서 50평방미터밖에 안 된다. 그러나 그 작은 뒤뜰은 수십 채나 되는 집의 뒤뜰들을 배경으로 삼도록 구성되어 있다. 그것도 각각의 뒤뜰에 달린 출입구에서는 다른 집이 보이지 않도록 나열되어 있다. 부엌에 앉으면 거대한 대지에 살고 있는 것 같은 기분이 든다. 놀라운 지혜다.

이층의 창문에서 이슬비에 젖어드는 영국의 주택가 풍경을 바라보았다. 이 풍경, 혹은 전망, 아니 지혜는 뭔가를 닮았다는 생각이 들었다. 바로 런던을 감싸는 그린벨트 구역이다. 산업혁명을 발판으로 삼았던 영국은 이미 2백 년 앞서서 마구잡이 토지 개발이나 버블 경기 등을 경험한 나라다. 그들은 힘들었던 경험을 살려서 의식의 중심을 경제 지상주의에서 인간 지상주의로 바꾸어 갔다. 그 결과 중 하나가 일체의 개발을 금지하는 그린벨트 지구다.

이러한 생각의 실천들이 점차 인간 생활의 작은 부분에도 파장을 일으켰을 것이다. 어쩌면 그것이 이 주택가의 조감도에 투영된 것이 아닐까.

하나 더 놀랄 사실은, 여기서는 부동산을 판매할 때 토지가는 거의 변하지 않고 집 자체의 가격만이 부동산 가격의 기준이 된다고 한다. 이것 또한 일본과는 정반대다. 이런 방식이라면 일본처럼 기업의 땅 투기 때문에 땅값이 출렁일 걱정은 없다. 또한 사람은 집과 정원을 소중히 여기게 된다. 이러한 의미에서 보면 세입자로서 일본인이 환영받을지도 모르겠다. 일본인은 집 안에서 신발을 벗고 다닐 정도로 깨끗한 걸 선호한다고 생각될 테니 말이다. 인도인은 진한 향냄새가 집 안에 배어서 기피 대상인 모양이다.

다들 아는 얘기지만, 일본의 경제 지상주의가 붕괴 중이다. 이제 인간적인 생활을 우선하는 본래의 비전이나 철학을 떠올려야 할 때가 다가오고 있다. 한때 영국이 그랬듯이, 일본 또한 실패 속에서 지혜와 이념을 붙들 수 있을까? 임시변통으로 때우는 일본인의 성격을 생각해 보건대 아무 성과도 없을 것 같은 예감이 들어서, 묘하게 무거워진 마음을 안은 채 작고도 거대한 서민의 전원을 바라보았다.

손금 마라톤

독자들은 이 글의 제목만 봐도 어리석은 행동이라 생각할지도 모르겠다.

나도 조금 그렇게 생각한다.

전철을 갈아타면서 야마노테선(도쿄의 중심부를 순환하는 일본 전철. 한국의 2호선에 대응된다―옮긴이)의 수상가들을 정복하는, 그런 기묘한 마라톤을 한들 무슨 의미가 있단 말인가.

실은 이 '야마노테선 일주 손금 마라톤'이라는 묘한 기획은 지금으로부터 약 17~18년 전에 생각했던 것이다. 사진 잡지 『포커스』에서 「도쿄표류」의 연재를 막 시작하려던 참이었다. 시작하기 전에 백 개 정도 되는 기획을 내놓았는데, 그 중에 '야마노테선 일주 손금 마라톤'이라는 기획이 끼어 있었다. 그 후 『포커스』의 연재는 도중에 좌초되었고, 그때 만들었던 기획들은 허공에 흩어졌다. 그 가운데 후일 반드시 해보고 싶다고 생각했던 것들이 꽤 있었는데, 이 '야마노테선 일주 손금 마라톤'도 그 중 하나였다.

사실 나는 손금이건 점이건 혈액형이건 전혀 관심이 없다. 혈액형으로 성격을 판단하다니 어리석고도 우스운 일이며, 점이나 손금에 사람의 인생을 맡기고 우러르다니 자율성이 약하다고 생각한다. 실제로 이제까지 한 번도 손금을 보거나 점을 본 적이 없다. 그러면 왜 잡지 같은 공개 지면을 사용하면서까지 이렇게 수상한 일을, 그것도 야마노테선 일주라는 어리석은 행동을 하려 하는가.

실은 내 속에 모종의 계산이 있었다. 야마노테선의 역 근처에는 몇 십 명이나 되는 수상가들이 만반의 준비를 갖추고 손님이 오기를 기다리고 있으리라. 가끔 거리에서 마주치는 수상가들은 대부분 사기꾼 같은 인상이었다. 개중에는 사기꾼도 있겠지만 열심히 노력해 온 수상가도 있을 것이다.

그러나 비바람을 맞으며 밖에 서 있는 그들의 대화를 모아 보면, 어쩌면 지금 시대의 진정한 모습이 떠오르는 게 아닐까 싶었다. 잡지라는 공간을 사용해서 이런 바보 같은 기획을 해보려고 생각한 까닭은,「도쿄표류」라는 연재의 밑바닥에 깔린 '세상을 보는 관점' 및 현대 사회에 대한 개인적 관심사가 맞아떨어졌기 때문이다.

하지만 이건 어디까지나 수상학을 경험한 적도 없는 나의 개인적인 단정에 지나지 않는다. 내가 예상한 전개가 완전히 빗나갈 수도 있다. 손금이란 개인의 내면이나 과거를 얘기하는 것이니, 자신의 과거가 전부 파헤쳐지는 게 아닌가 싶은 두려움도 약간 있었다.

번갈아 찾아드는 상념을 가슴에 품고, 어느 날 저녁 거리로 뛰어나갔다. 그날부터 매일같이 야마노테선을 타고서, 수상가라면 남녀노소를 가리지 않고 내 손바닥을 내밀었다.

도합 30명 정도의 수상가와 만났다. 그들의 이야기를 주머니 속의 녹음기로 기록한 뒤, 그대로 편집자에게 넘겼다. 재미있다 싶은 이야기를 고르기 위해서다. 내가 직접 선별하면 자기 입장에 유리한 것만 골라 버릴 가능성이 있어서 공정하지 못하기 때문이다. 페이지가 부족해서 다섯 개밖에 싣지 못했지만, 결과는 내 예상과 다르게 사회 현상학 대신 내 과거나 성격에 대한 보고서가 되어 버렸다. 그야말로 도마 위의 생선 같은 신세다.

그럼 우선 신주쿠 역 근처에 가게를 펼쳐 놓고 있던 기모노 차림의 중년 여성 수상가부터 시작해 보자. 녹음된 말투 그대로 받아 적었다.

No.1 다카라베 에츠코
공부하는 사람 아니에요?
머리를 쓰는 별이 붙어 있네요. 게다가 당신의 성격에 잘 맞는 일을 해왔기 때문에 제멋대로인 구석이 있어요. 자기가 좋아하는 일만 할 뿐, 남 밑에 들어가는 것이나 공무원 같은 일은 싫어하는군요. 이 손가락을 보면 감정이 풍부해요. 그런 쪽 별은 나쁘지 않은데요. 연예계 쪽 일도 잘 맞을 것 같아요.

생명선도 기네요. 자기가 좋아하는 일은 반드시 하는 사람이에요. 지식욕이 있어서 여러 가지 연구도 하는군요. 가족 일보다는 자기 일에 집중하면서 살 거예요. 어쨌든 자기가 좋아하는 길을 철저하게 걷는 게 좋아요. 자유업이 어울리겠네요. 그런 식으로 살 사람이에요. 하지만 이 손가락을 보니, 의외로 참을성이 없을지도 모르겠군요.

자기 좋은 일에는 돈을 아낌없이 쓰지만, 싫어하는 일에는 철저하게 거부하는 극단적인 별이 보입니다. 올해 금전운은 좋겠지만, 내년은 인기를 모으는 별이 나타나니까 그쪽 행운도 찾아올 거예요. 하지만 막상 일이 생기면 남한테 말할 수 없게 되는 고민과 방황의 별도

나와 있어요. 약간 우유부단한 면모를 표시하는 손금이 있고요.

이 선의 길이를 보니 자기주장이 강하군요. 일할 때 장점으로 작용할 것 같아요.

미래의 얘기를 하자면, 머릿속에서 끝없이 아이디어가 샘솟는 별이 당신에게 있어요. 그쪽으로 가게 되겠지요. 몸에 관해서는…… 발목이 접질리지 않도록 조심하는 쪽이 좋겠네요. 너무 먹거나 마셔서 소화기관에 이상이 올 것 같으니 그쪽도 주의하세요.

생명선은 확실하네요. 지위를 획득하고 싶어 하는 마음이 엄청 강해요. 아래에 있는 걸 싫어하고, 항상 사람을 리드하는 입장에 있으려하는 별이 보입니다. 당신은 그런 점에선 신중하게 행동하는 편이지요. 어떤 상황에서도 괜찮아요. 자신의 마음을 발산하는 행위에 좀 약한 구석이 있군요. 그래서 여기 온 거고요. 많이 생각하고 행동하는군요. 당신의 별은 그다지 활달한 편은 아니에요.

여성에 대해서도 감정이 깊어요. 하지만 그 감정을 여성에게 그대로 가져가면 파멸해요. 일에서는 이 감정선을 잘 살릴 수 있을 거예요.

감정이 깊고 세세한 구석까지 잘 눈치채는군요. 여자보다 더 섬세한 데가 있어요. 그걸 일하는 데 쓰면 좋지만, 자칫 여자에 말려들어 갔다간 그다지 좋은 꼴은 못 봐요. 그런 손금이에요.

No.2 도이 에시

이런, 당신은 불변의 운이군요. 불변의 운이란, 연초에 노력하면 그 결과가 나오고, 중년 시절에 노력하면 그 결과도 나오고, 말년에 노력해도 그 결과가 나오는 걸 말해요.

이름이 뭐지요?

입 좀 벌려 보세요. 아~앙.

음, 이빨 때운 데가 있군요.

왜 이빨을 봤냐고요? 이빨을 빼면 좋은 운이 달아나고, 건강을 해쳐요. 개중에는 배우자의 연이 끊기는 사람마저 있어요. 그러니 이빨이 숭숭 빠져 있는 점쟁이한텐 가면 안 돼요. 그런 사람은 남의 운세보다 자신의 운세를 걱정하는 편이 낫지요.

이 손금을 보니 일만 신경 쓰는 게 좋겠군요. 승부처를 노리지 말고 취미로만 하는 쪽이 좋아요. 일 관계에서는 자신의 길을 가면서 자유분방하게 돌아다니는 자력갱생 타입입니다. 굉장히 합리적, 실리적인 지능선을 갖고 있어요. 정신적인 지능선과 의지력을 통일할 필요가 있어요. 좋은 태양선을 갖고 있구만. 운명선이 주욱, 힘차게 뻗어 있는 걸 보니 여러 고난을 극복해 왔고, 여러 장사를 할 수 있는 운이에요. 수상이란 고양이의 눈만큼이나 변덕스러우니까 환경 변화나 사고방식에 따라서 바뀌거든요.

……혹시 아이가 유산된 적 없어요?

여기 봐. 하나, 둘, 세 줄이나 있구만. 남자의 경우 자기가 모르는 데서 흘러 나간 것도 계산에 포함되니깐. 사산아 공양을 하지 않으면 일하던 중에 발목 잡혀요. 일곱 명 사산한 사람을 읽은 적이 있어요. 물장사 하는 마담이었죠. 보통 점쟁이는 사산아의 영혼까진 안 가르쳐 주지만, 40년이나 연구해 보니 역시 대중을 상대하려면…… 그런 거지.

55세 이후의 재물운이 이미 나와 있군요. 두뇌선과 감정선이 같이 있어. 곤란한 상황에 빠져도 가뿐하게 헤쳐 나가는 게 이런 선의 특징이죠. 대중을 상대로 하는 일이라…… 여기 태양선이 나와 있으니까, 기업 관리직 경향. 영업자 경향이네. 격식 있는 사람은 사람에 경의를 갖고 대하죠. 선의를 가진 사람과의 만남을 소중히 하는 대신, 나쁜 사람은 입에도 올리지 않고, 얼굴에도 표가 안 나고, 뱃속에 갈무리해 두고 주의하지요. 다른 사람을 대하는 걸 보면 인덕과 인격이 나옵니다. 그러면 일도 잘 풀려요. 잘 풀리면 이윤도 나오고, 재산이 모이고. 사회란 인간들의 인연이 만들어 가는 곳이니 자기 혼자서는 돈 못 버는 법이죠. 지금의 직업을 소중히 하면서 평생 매진하는 게 좋겠어요. 알칼리성 칼슘 섭취하면서 건강도 챙기고. 다음에 올 때는 눈과 이빨에 대해 알려 주죠. 한 번에 다 가르쳐 주면 안 오게 되니까.

No.3 이토 칸

아~ 이건 그거구만. 일반 사무계 경향이 아니야. 자신의 힘으로 회사에서 더 인정받을 수 있어. 대인관계가 억척스러워. 죽을 때까지 뻔뻔해지진 못하겠군. 남을 돌보는 건 좋아하지만 귀찮은 걸 싫어해. 한마디로 말해서 제멋대로인 거지. 집에서는 으스대지만 밖에 나가면 얌전한 사람이야.

전~혀 고생을 안 하는구만! 처음부터 끝까지. 그리고 끈질기다고 표현하면 좀 그렇지만, 집착이 강해. 이걸 해봐야겠다고 생각하면 몇 년이고 그것만 바라봐. 여자를 찍으면 계속 그 사람만 생각하는 거야. 엄청 서툴구만.

발명이든 발견이든 자신의 재능을 펼칠 수 있는 부분을 파고 들어

가면 성공할 거야. 5년이나 10년, 20년 정도 걸려서 천천히 노력하면 반드시 성공해. 하나 더하면, 타인의 결점이 자꾸 눈에 잘 들어오는 타입. 저런 멍청이! 하고 말하고 싶은 적이 많겠지.

여자관계에서는 승부심이 강하고 상냥하지만, 반해 버리는 쪽일 것 같아. 도박은 안 돼. 돈도 빌려 주면 안 돼. 직업은 자유업. 가진 게 자신밖에 없으니까.

오래 살 거야. 90세 넘을걸. 생명선이 길어. 비행기를 타도 절대로 안 떨어지는 비행기만 골라 탈 타입이야. 강한 남자구만. 허둥댈 필요 없어. 괜찮아. 당신, 초등학교 시절부터 공부를 안 했구만. 중학교도 고등학교도 전부 흘려보냈어. 하지만 사람은 괜찮으니 분명 성공할 거야. 도박이나 돈놀이만 제쳐 놓으면 잘될 거야.

No.4 카지타 쿄지

전문적인 일을 해야겠군요. 싫어하는 일을 전혀 못하는 사람이거든요. 자기 전문 분야를 살리는 게 좋아요. 신중한 성격이라 자기가 직접 하지 않으면 속이 안 풀려요. 남한테 맡기질 못해요. 여기 손금이 이렇게 내려가 있지요? 계획형이라는 뜻이에요. 당신은 계획적으로 사람을 지도하는 일을 하는 게 좋겠어요.

질척한 관계도 싫어하는군요. 아내가 있다면, 아내가 자신의 취미를 살리는 게 좋겠어요. 아내는 아내대로 뭔가를 해야지, 안 그러면 가정이 방치될 뿐이겠죠.

일은 활동형이네요. 바쁘고요. 일 관계로 이동하는 건 어쩔 수 없죠. 어디든 마음대로 가세요. 여기 이동선이 진하잖아요. 오래 살 거니까. 심지도 튼튼하고. 어느 정도 맘에 들면 적극적으로 나서야겠네요. 이것저것 고려하다 보면 점점 자신이 싫어질 거예요. 그러니 그냥 직접 하세요. 이번 일은 실패해도 다음 일이 잘 풀릴 거라는 마음가짐을 가지는 게 좋아요.

기반이 먼저 오고 재물은 그다음에 따라오네요. 자신의 기반을 확고히 다지는 게 좋겠어요. 뭐든 돈만 벌면 좋다는 식으로 사는 건 안맞아요. 젊었을 때 고생하고 나중에 보답을 받는 연금형 인생이랄까? '저 사람은 그 일만 10년을 했으니 분명 친절하게 잘할 거야' 그런 말을 업계에서 들으면서 자기 기반을 다지는 타입이에요.

절대로 사람과의 의리나 사정 상담에 무리하게 얽히거나 관여하면 안 돼요. 정에 약하니까요. 의리가 관련되면 지고 말지요. 그런 사람은 부탁받을 때 무척 조심해야 돼요. 당신이 평생 동안 일해서 만들어 놓은 기반을, 조금 주워듣고서 훔쳐 가는 사람이 있거든요. 그래서 이 손금은 조심해야 돼요. 이게 의리선이거든요. 이 선이 없으면 정도 없을 텐데…… 자기 일 남 일을 딱 구분하고 살 수 있을 텐데. 인정선이 있으니까 아무리 노력해도 상대를 잘라낼 수가 없어요. 그게 무서운 거예요.

일 관계를 볼까요. 내년에 재미 좀 보겠는데요. 뭔가 건수가 있으면 적극적으로 하세요. 해도 나쁠 것 없어요. 기다리는 것보다 스스로 움직이세요. 집에 앉아서 손님을 기다려 봤자 아무도 안 와요. 당신은 집 밖으로 나가야 돼요. 상대방을 자기 페이스로 끌어들이는 데다 휘둘리는 걸 싫어하니까 일은 잘할 거예요. 신용도 있고. 하지만 평생 그거에 만족하며 살 타입은 아니군요. 하나가 끝날 때마다 다른 일을 추구하지 않으면 만족하지 못하는 사람이에요.

남한테 호감을 주는 타입이네요. 이게 인격선이에요. 요기 둥그렇게 구부러진 선이요. 커브가 부드럽죠? 집에서는 이상한 사람 취급 받아요. 깐깐하죠. 그래도 관계가 나쁘진 않군요. 절대로 여자한테 정을 주면 안돼요. 당신은 이 여자를 내 걸로 만들겠다거나 이용하겠다는 그런 걸 못해요. 그냥 정에 빠져서 버려지는 쪽이 될 뿐이죠. 남녀 상관없이, 충동적으로 남의 사정에 끼어들지 말아요.

No.5 이시야마 한쇼
건강 외엔 걱정할 것 없음!
외국에도 다녀와, 타지에도 다녀와, 댁이 걱정할 거라곤 눈병밖에 없네. 눈이 나쁠 때는 꼭 의사한테 가. 안과에 내주는 돈은 내버리는 게 아니야. 백내장 같은 거나 눈다래끼나 결막염 같은 거 말이야. 그리고 댁은 간이 아주 좋아! 왜 간이 좋으냐면, 머리를 많이 쓰기 때문이야. 머리를 쓰면 목에서부터 위쪽이 병들게 되거든. 그중에서 제일 약한 게 눈이야. 그러니까 쓸데없는 걸 생각하지 말라고!

뭔가 이것저것 사오곤 하지? 게다가 사놓고 쓰지도 않아. 개량할 생각으로 가져왔으니까. 그만둬! 그런 짓 하지 말고 그냥 얌전히 써버리라고.

누군가와 싸울 때 말이야, 막 속으로 억누르는군. 발산해 버렸다간 상대랑 연이 끊기니까. 그런 짓 그만해. 남의 원조, 힘, 인기, 그게 당신을 성장시키는 거니까. 사회당 같은 거야. 반대를 위해서 반대하는 그런 짓은 좀 그만해.

입도 험한데, 좀 참아.

무슨 일을 하는진 모르겠지만, 글을 쓰거나 그림을 그리거나 책을 쓰는 이 세 가지 중에 하나구만. 재능 많네.

집도 두 채 이상 갖고 있어. 지면이나 건물에 관심 있지 않아? 댁이 태어난 별이 이흑토성이라는 별이거든? 토건기사가 되거나, 땅과 관계된 일을 하도록 해. 그게 당신의 숙명이야. 이름이 뭐였지? (후지와라 신야.) 당신 회사 다니지? (아니, 안 다니는데.) 만일 다닌다면 말야, 일은 잘할 거야. 근데 상사를 괴롭히면서 즐거워하고 있을 거야. 당신 상사가 불쌍해. 왜냐면 당신은 정론만 얘기하거든. 하지만 상사는 반항하는 거라고 생각할 거야. 그런데 당신 말이 맞을 거라고. 가령, 여기 종이가 있잖아. 하얗잖아. 당신은 이걸 진심으로 하얗다고 생각할 거야. 하지만 제3자가 먼저 "아, 이 종이 하얗네."라고 말하면, 당신은 이제 종이가 하얗다는 게 싫어질 거야. 그런 부분이 꼬였어.

원래대로라면 승부사나 장기를 두는 사람, 경마 기수 같이 언제든 이기고 지는 것이 딱 나오는 장사를 하는 게 맞아. 그러니 항상 누군가에게 싸움을 걸지 않으면 직성이 안 풀리는 거지. 기질이 거칠어. 그러니 행동이 비상식적으로 거칠지. 평온함이 없어. 행동력은 있지만.

호주머니에 돈이 한 푼도 없어도 괜찮아. 당신은 마치 한도가 없는 금고를 갖고 다니는 것 같아. 집이 사고 싶어지면 집을 살 만한 돈이 생겨. 가령 여기 5천만을 가진 사람이 있다고 쳐. 당신은 한 푼도 없어도 돼. 한도 없는 금고를 갖고 있다고 생각해. 단지, 원래대로라면 그럴 필요 없는 인간을 부양해야 돼.

내년에는 기쁠 일이 많겠어. 내년엔 하고 싶은 걸 맘껏 해도 돼!

여자는 됐어, 여자는. 요기서 남자의 기운이 팍팍 나오고 있으니까, 댁이 윙크하면 여자가 자석처럼 줄줄 딸려 올 거야. 하지만 당신은 그다지 여자를 칭찬하질 못하는군. 아무리 바보라도 좋으니 칭찬해 주라고. 돈 드는 것도 아니잖아. 여자는 얼굴에 반하는 동물이 아니라고. 여기서 타오르는 남자의 기운이 팍팍 풍겨 나온다니까.

댁은 놀아 본 적 없는 여자와 놀아 본 여자를 극단적으로 갈라놓는 구만. 엄청나게 논 여자랑, 남자와 사귄 적도 없는 여자, 그 양극단을 좋아하는 게지.

뭐, 이 정도일려나?

어느 길고양이의 짧은 생애에 대하여

몇 년 전, 미나미보소의 산속 집의 천장 뒤에 길고양이가 새끼들을
낳았다고 쓴 기억이 난다. 인간의 연령으로 계산하면 60세 정도로
추측되는 이 암고양이는 새끼를 참 많이 낳았다. 그 이전에도 이후에
도 매년 지치지도 않고 계속 낳았다. 한 번에 낳는 새끼 수는 점점 줄
어들었지만, 내가 아는 한 그럭저럭 총 합계 50마리는 되는 듯하다.
새끼 고양이가 아니라 명태알을 낳는 것 같다.

아직 야생의 규칙과 본능이 남아 있었는지, 일정 시기가 되면 어미
고양이가 새끼들을 밀쳐 내기 시작한다. 그래도 새끼들이 아양 떠는
소리를 내면서 몸을 비벼 대면 위협하거나 때린다. 그러한 과정을 거
치면서 새끼들은 점차 어미의 곁을 떠나야만 한다는 자각을 갖게 된
다. 어미에게 거절당하고 갈 곳이 없어진 직후에는 불안한 표정을 지
으면서 아픔을 감추지 못하지만, 일단 자립을 결심하면 표정이 싹 바
뀐다는 점이 놀라웠다. 서서히 변하는 게 아니라 어느 날 느닷없이
달라진다. 눈빛도 자세도 갑자기 어른이 된다. 시선이 안쪽 대신 바
깥을 향하기 시작하다가 며칠이 지나면 홀연히 사라진다. 돌아오지
도 않는다. 도대체 어디로 갔는지, 잠시 산그림자를 바라보며 간 곳
을 상상해 보았다. 외로운 반면 안도감이 느껴졌다. 멋진 독립이다.

어미도 멋지고 새끼도 멋지다. 잘 독립하지 못하는 인간들에게 보여 주고 싶을 정도다.

돌아보면 이제까지 몇십 마리나 되는 고양이를 봤지만, 먹이를 준 적은 한 번밖에 없다. 낡은 물고기를 무심코 쳤다가 그 고양이에게 계속 먹이를 뜯기는 신세가 되었던 것이다. 그러나 그 녀석에게도 야생의 피가 남아 있었는지, 어느 봄날 홀연히 모습을 감추었다. 그 이후 나는 길고양이에게 먹이를 주지 않는다. 그 고양이들은 도시 고양이와 다르게 자연과 일체화되어 그들의 세계에서 자립해 살고 있기 때문이다. 인간의 변덕과 재미로 고양이의 세계에 개입해서 삶의 방식이 변형되어서는 안 된다.

그러나 나는 또다시 이 규칙을 어겼다. 죽어 가는 고양이를 살려 준 것이다.

2년 전 봄의 일이다. 태어난 지 일 년이 지난 네 마리의 고양이들 중 한 마리가 죽어 가고 있었다.

늦게 피기 시작한 수련이 꽤 흐드러졌기에, 친척에게 보내려고 꺾어다가 이삼백 송이를 묶어 큰 다발로 만들었다. 그것을 현관 옆 금속 대야에 놓아두었다. 아침에 꽃을 꺾어다 놓고, 오전에 문득 창문 너머로 꽃다발이 놓여 있는 쪽을 바라보았을 때였다. 길고양이 한 마리가 대야에 손을 얹고서 열심히 물을 마시고 있는 모습이 보였다.

유전 탓인지, 병약한 몸으로 태어난 것이 분명한 새끼 고양이였다. 몸은 말라비틀어졌고 등뼈와 갈비뼈가 드러났다. 더러운 이야기지만 침을 계속 흘렸고, 입 주위의 털은 딱딱하게 들러붙어 있었다. 오른쪽 앞발에는 피가 섞인 물집처럼 벗겨진 종기가 있었고, 피고름으로 범벅된 발자국이 도장처럼 여기저기에 찍혀 있었다. 전혀 나을 기미가 보이지 않았다. 입 안에도 종기가 있으니 아무것도 먹을 수가 없으리라. 가까이 가자 곪은 것 같은 냄새가 강하게 풍겼다. 일 년이나 살아 있었다는 게 기적처럼 느껴질 정도로, 그 새끼 고양이는 온갖 병을 떠안고 있었다.

그러나 그것도 숙명이다. 야생의 규칙에 따라 짧은 수명을 받은 것이니, 그에 끼어드는 것은 옳지 않다는 생각에 그대로 살도록 내버려두었다. 그 고양이가 대야의 물을 마시고 있었던 것이다.

사오 분 정도 지났을 때, 고양이가 마구 나뒹굴면서 괴로워하기 시작했다. 이윽고 엄청난 양의 토사물을 토해 내더니 신음하기 시작했다. 처음에는 이 고양이에게 무슨 일이 일어난 건지 전혀 눈치채지 못했다. 죽을 때가 됐나 보다고 생각했다. 그러나 그런 것치고는 처절했다.

순간 고양이가 대야의 물을 마시는 광경이 뇌리를 스쳤다. 설마 싶었다. 물속에 독이 퍼진 걸지도 모른다. 구근식물 중에는 알칼로이드 계열의 독소를 품고 있는 종류가 있다. 예전에 보험금 살인으로 의심받았던 사건도 투구꽃이 사용된 게 아니냐는 얘기가 있었다. 가을에 피는 피안화에도 이 독이 숨겨져 있다. 어쩌면 이 구근에도 알칼로이드 계열의 독이 포함되어 있을지 모른다. 고양이가 괴로워하는 모습을 보자니 내가 고통스럽게 만든 것 같은 기분에 사로잡혔다.

결국 나는 고양이를 집으로 데려왔다. 녹초가 되어 늘어져 있길래

세면기 속에 수건을 깔고 재웠다. 하다못해 마지막 순간만이라도 편안하게 해주고 싶었다.

그러나 그 병든 고양이는 원래 아픈 몸이었기 때문인지 질긴 녀석이었다. 또다시 죽지 않고 살아난 것이다. 이삼일 정도는 흐느적거렸지만, 사나흘이 지나자 원래 모습으로 돌아왔다. 그러더니 그대로 집에 눌러앉아 버렸다. 다시 일어났을 때 밖으로 내보냈으면 좋았을 것을, 어차피 여생이 길지 않을 고양이에게 그만 동정심을 품고 만 것이었다.

귀여운 동물은 사람의 사랑을 받는 법이지만, 결손이 있는 동물도 다른 의미로 사람의 마음을 끄는 모양이다. 그다지 향기롭다고는 못할 냄새와 함께 침을 흘리고 피로 물든 발도장을 찍으며 돌아다니는 이 녀석을 보면, 집에 찾아온 손님들은 "손이 많이 가는 녀석을 돌보고 계시네요" 하면서 관심을 보인다. 그 말들 속에는 때때로 내 봉사에 대한 칭찬이 포함되어 있곤 했지만, 그럴 때마다 "그런 게 아니에요"라고 간단하게 대답했다.

사람만이 아니라 다른 동물들, 혹은 식물에 이르기까지, 생물들은 모두 에고이즘에 의지하여 살아간다고 말해도 과언이 아니다. 대가 없는 사랑이라는 아름다운 말이 있지만, 그런 건 추상적인 개념일 뿐이다. 생물의 관계성이 존재하는 한, 완벽하게 대가 없는 헌신이란 존재하기 어렵다.

예전 미국의 포토맥 강에 항공기가 떨어졌을 때, 헬리콥터가 내려준 생명줄을 차례차례 다른 사람에게 양보하고 결국 빠져 죽은 사람이 있었다. 그 사람이 아름다운 마음의 소유자라는 사실은 의심할 여지가 없다. 본능을 우선시하는 동양인 사이에서는 상당히 일어나기 어려운 일이다. 그는 거의 대가 없이 자신의 생명을 다른 사람에게 던진 것이다. 그러나 그 사람은 경건한 크리스천이었고, 교리 속에서 강조되는 '타인을 위해 희생하면 주어지는 내세의 보상'을 전혀 의식하지 않았다고는 생각하기 어렵다. 그런 것과 비교하기엔 수준이 너무 다르지만, 내가 병든 고양이를 기르는 것은 다른 사람들이 생각하는 것처럼 자비심이 깊어서가 아니다. 그 고양이의 존재가 내 안에 잠들어 있던 자비심을 일깨운 것이다. 반대로 말하면, 이 고양이는 스스로 병을 짊어짐으로써 다른 사람들에게 자비심을 나눠 주었다는 얘기다. 누가 봐도 더럽고 냄새나는 생물이 다른 무엇보다 귀여워 보이기 시작한다면, 둘의 깊은 내면에서 그러한 형태의 계약이 맺어졌다는 뜻일 것이다.

고양이는 그로부터 2년간 살다가 최근에, 올해 2월에 잠자는 것처럼 숨을 거두었다. 그 몸을 고려하면 장수한 편이다. 죽음과 동시에 그 육체에 달라붙어 있던 냄새가 사라졌다. 그러나 누구나 불결하다고 느낄 썩은 내가 사라지자, 불현듯 그 냄새가 사랑스럽게 느껴졌으니 신비한 노릇이다.

노인과 바다

어제도 오늘도 바다를 봤지만, 가을의 바다는 언제나 쓸쓸하다.

열사의 여름을 온몸으로 받아 낸 저 바다가, 그 물의 품속에 어린 아이처럼 안겨 있는 비밀스러운 달을 묵묵히 거절하고 있기 때문일까. 혹은 열과 함께 타버린 여름의 사랑이 가을에는 허망하게 끝나버린다는, 마치 시 문구 같은 진부한 일상을 느끼게 해주기 때문일지도 모른다. 게다가 높은 가을 하늘도 가을 바다의 적막감을 고조시킨다. 왠지 바다도 하늘도 멀게만 느껴진다.

이 가을 바다에 부쳐, 좀 색다른 바다 이야기를 해볼까 한다.

내 기억의 서가에는 사반세기에 걸친 여행 속에서 새겨진 온갖 풍경이 백과사전처럼 꽂혀 있다. 그 기억 서가에는 당연히도 바다 항목도 있다. 그곳에는 온갖 지역의 바다 정경이 한 권의 책처럼 겹겹이 쌓여 있다. 한가할 때면 향기 좋은 홍차를 코끝에 갓다 대며 눈을 감고 느긋하게 그 페이지를 넘겨보는 것이다.

끝 부분의 페이지에는 푸른 기억의 포스트잇이 붙어 있고, 그 위에 이런 글씨가 갈겨 쓰여 있다.

'몸을 던진 쉐넨드의 검은 머리카락처럼 반짝반짝 빛나는 파도.'

이 짤막한 문구만으로는 무슨 얘긴지 알 수 없을 터이니 조금 더 책을 펴보겠다.

그것은 미국 산티아고의 서해안, 남쪽 멕시코에 가까운 바다의 풍경이었다. 그날 저녁놀로 물든 서쪽 하늘은 마치 돌고래의 선혈이 흐르는 것처럼 붉게 물들어 있었다. 바닷가의 깎아지는 낭떠러지 위에는 부서져 버린 푸른 벤치가 텅 빈 채로 바다 쪽을 멀리 내려다보고 있었다. 그 벤치들 중 한 곳에 앉은 나는 잠시 동안 피처럼 붉은 노을을 바라보았다. 회색과 자줏빛의 하늘의 틈 사이로 흘러넘치는 노을은 오렌지색에서 고래의 핏빛으로 바뀌더니, 이윽고 대기에 노출된 피가 그러듯이 급속히 바랬다.

저녁놀의 최후를 지켜보면서 벤치에 앉아 있던 나는 낭떠러지 끝의 길을 지나 마을 쪽으로 돌아가려 했다. 가는 길에 가게에서 타스코를 사먹을 생각이었다. 조금 걸었더니 앞쪽의 벤치에 검고 땅딸막한 그림자가 보였다. 그는 양손을 허공에 내민 채 마치 몽유병 환자처럼 천천히 춤추고 있었다. 정신이 이상한 사람일지도 모르겠다는 생각에 다소 긴장한 채 그 앞을 지나쳤는데, 그 순간 그림자가 작은 목소리로 내게 말했다.

"오늘은 날씨가 좋네요."

나는 목소리의 주인을 쳐다보았다. 그림자는 미소 짓고 있었다.

아마도 일흔을 넘긴 노인이었다. 백발인 머리카락을 뒤로 묶고 있었다. 헐렁하게 늘어진 카키색 작업복에 청바지, 낡은 스니커. 빨갛게 물든 손의 껍질과 얼굴은, 그가 평생을 태양 아래서 살갗을 태우

며 보냈음을 알려 주고 있었다. 얼굴의 윤곽은 백인 같았지만, 피부
에는 제로니모 인디언처럼 깊은 주름이 몇 겹으로 새겨져 있다. 언제
어디서나 들을 수 있는 평범한 인사였지만, 그의 입에서 흘러나오자
왠지 오늘이 다른 때와 바꿀 수 없는 사랑스러운 날인 것처럼 느껴졌
다. 나는 마주 웃어 보이면서 천천히 노인의 곁에 앉았다. 담배에 불
을 붙인 뒤, 한숨을 뿜어낸 뒤 "멋진 노을이었지요"라고 대답했다.

잠시 침묵이 이어진 뒤, 노인이 말했다.

"……저는 당신의 눈에 어떤 사람처럼 보였을까요?"

"멀리서 보면 가벼운 몽유병에 걸린 것처럼 보였습니다."

나는 솔직하게 대답했다.

"……가까이에서 보면요?"

"문명에서 홀로 남겨져 바다를 향해 박자를 맞추고 있는 인디언의
후예."

노인은 쉰 목소리로 유쾌하게 웃었다.

"대충 맞추셨습니다. 하지만 저는 박자를 맞추고 있는 게 아닙니
다."

노인은 풍채에 어울리지 않게 "이미지 트레이닝이죠"라며 현대적
인 단어를 말했다.

자연을 상대로 스포츠를 할 때는 자연의 기복과 움직임에 맞추어
몸을 길들이고, 빠르게 일체화하는 게 중요합니다. 이미지한 자연의
리듬에 타는 거지요. 죽을 때까지.

그것은 파도의 이야기였다. 나는 가을의 저녁놀 속에서 노인의 신
비한 물결 이야기에 귀를 기울였다.

*

　백인과 인디언의 혼혈인 노인 Y는 일곱 살 때부터 아버지에게 파도 타는 법을 배웠다.

　"지독하게 물을 삼켰습니다. 물 밑 바닥에 부딪쳐서 온몸에 긁힌 상처가 났죠. 거친 나무 서핑 보드가 마치 상어처럼 달려들었습니다. 이 따위 걸 누가 하나 싶었지요. 당시에 서핑 같은 걸 하는 사람은 얼마 없었으니까요. 미친 사람이나 하는 거라고 생각했어요. 하지만, 마치 펠리컨이 수면 위를 닿을락 말락 미끄러지는 것처럼 아버지가 파도를 타는 모습을 며칠이나 지켜보고 있다가 생각이 바뀌었죠. 나도 아버지처럼 되고 싶다고 생각했던 겁니다.

　일 년이 지나자 파도에 녹아들 수 있게 되었어요. 웨이브를 타고 달리면 내가 인간이 아닌 것 같았죠. 물고기도 새도 아니었어요. 바다 그 자체가 된 거죠. 그것도 물이 아니라 바다의 파동과 일체화되어서요. 어린 마음에, 나는 바다에 사랑받고 있다고 생각했어요. 그 외엔 아무것도 필요 없다고까지 생각했었죠. 나이를 먹을수록 더욱 깊이 빠져들었어요.

　아버지는 제가 열한 살일 때 돌아가셨지만, 죽기 전에 이렇게 말씀하셨죠. 2년 후에 쉐넨드가 올 거라며, 너는 아직 그걸 탈 수 없다고. 하지만 내 눈이 닿지 않는 곳에서 그걸 탈 경우엔 주의하라고. 평소처럼 으스대며 파도를 박차면 안 된다고요. 상대는 신이다. 전신의 힘을 빼고 눈을 감아라. 교회에 간 것처럼 마음속으로 기도해라. 그러면 쉐넨드가 얼마나 거대하게 너를 감싸고 있는지, 어떻게 움직이는지 깨닫게 될 것이다. 안 그러면 죽는다고…….

　쉐넨드는 멸망한 포피족 추장의 딸 이름입니다. 그녀는 백인 유부남 카우보이와 사랑에 빠졌는데, 결국 카우보이는 살해당했죠. 그를 안 쉐넨드는 높은 절벽에서 몸을 던져 죽었습니다. 그녀가 열여덟 살 때의 일입니다. 쉐넨드는 태양에 반짝반짝 빛나는 아름다운 흑발을 갖고 있었다고 합니다. 온갖 장애를 뛰어넘으려 했던 그녀의 높은 기상과 고결함, 빛나는 흑발을 기려, 거대한 파도에 쉐넨드 웨이브라는 이름이 붙여졌습니다.

　세상은 불가사의한 일들로 가득 차 있습니다. 바다와 놀고 있으면 그 사실이 뼈저리게 느껴집니다. 쉐넨드 웨이브는 쉐넨드가 죽은 나이와 똑같이 18년에 한 번 오는 산맥 같은 거대한 파도입니다. 과학에 대해서는 잘 모릅니다만, 우주는 이처럼 온갖 현상을 되풀이하고 있다고 하더군요.

　아버지의 말대로 2년 후 여름에 쉐넨드가 왔습니다. 정말 흑발처럼 반짝이는 아름다운 파도였지만, 너무도 커서 나를 겁에 질리게 만들었죠. 죽을까 봐 겁이 난 서퍼들은 아무도 바다에 들어가려 하지 않았습니다. 서른세 살에 쉐넨드에 탔다던 아버지의 얘기가 떠올랐습니다. 마치 신과 만난 것 같았다고 아버지는 말했죠. 무모한 소년이었던 저는 자기 자신조차 잊고서 바다를 향해 돌진했습니다. 그러나 탈 수 있을 리가 없었죠. 갈기갈기 찢겨서 파도에 휘말렸고, 물속에서 숨이 막혀 기절했지만 운 좋게 해변까지 밀려왔습니다. 덕분에 살아날 수 있었지요.

그 이후 제 인생의 목적은 쉐넨드를 타는 것이 되었습니다. 작은 파도 따윈 더 이상 신경 쓰지 않았죠. 그것들은 쉐넨드를 타기 위한 연습에 지나지 않았습니다. 산에 들어가서 인디언 사이에서 구전되는 불의 명상도 해보았고요.

그리고 서른한 살의 여름, 쉐넨드가 다시 몰려왔습니다. 저는 가슴에 십자를 긋고서 바다로 뛰어들었습니다. 마음을 비운 채 거대한 파도의 정점에 섰을 때, 그 순간의 기분은 말로는 도저히 형언할 수 없더군요. 아버지는 신과 만난 것 같았다고 표현했지만, 저는 신이 아닌 다른 것과 만난 것 같은 기분이 들었습니다. 그러나 말로는 설명할 수 없어요. 단 하나 알고 있는 것은, 쉐넨드가 사그라든 순간부터 다음 쉐넨드를 타는 것이 제 인생의 전부가 되었다는 사실입니다. 다음 쉐넨드는 제 인생에서 만날 수 있는 마지막 쉐넨드가 될 터였습니다. 그 쉐넨드는 사십칠 세의 여름에 오니까요. 체력의 한계를 생각하면 마지막 찬스죠.

기다리고 기다린 끝에 그것이 왔습니다. 아직 어두운 아침이었는데, 멀리서 심상치 않은 파도 소리가 들려왔습니다. 잠자리를 박차고 일어난 저는 나무 보드를 안은 채 바다로 향했습니다. 새파란 바다의 수평선이 커다랗게 부풀어 오른 채 빛도 없는 세상에서 반짝거리고 있더군요. 가슴에 십자를 긋고서 인생 마지막 쉐넨드를 향해 바다로 뛰어들었습니다. 멀리서 바다가 치밀어 오르는 것이 보였습니다. 될 수 있는 한 오랫동안 쉐넨드를 타기 위해 계속 파도 쪽까지 보드를 저어 갔습니다. 쉐넨드의 장엄한 멜로디가 들려왔습니다. 인디언의 불 명상을 몸속에 새긴 채 무심으로 다가갔습니다. 목숨을 바칠 작정이었습니다.

그러나 제 인생은 갑자기 거기서 끝났습니다. 어째서였을까요? 파도까지 접근한 순간, 갑자기 쉐넨드를 잃어버렸어요. 그렇게나 거대한 풍채를 뽐내던 쉐넨드가 갑자기 납치라도 당한 것처럼 모습을 감춘 겁니다. 저는 여우에 홀린 것처럼 보드에 배를 붙이고 근처를 헤엄쳐 다녔습니다. 파도 하나 없는 고요한 바다가 펼쳐졌습니다. 이윽고 멀리 하얗게 물든 수평선 쪽에서 아침에 가장 먼저 불어오는 부드러운 바람이 다가와서 내 뺨을 쓰다듬고 멀어져 가더군요.

……그게 꿈이었는지, 현실이었는지 지금도 모르겠습니다. 결국 그 해의 쉐넨드는 오지 않았어요. 그리고 저는 늙어 버린 채 이렇게 바다와 인연 없는…… 아니, 이렇게 매일매일 바다를 원하면서 인생의 단 한 번 타보았던 쉐넨드의 그리운 기억을 덧그리는 보잘것없는 노인이 되어 나이를 먹고 있습니다.

나는 해가 지는 바다를 바라보며 말했다.
"마치 사랑 이야기 같군요."
노인은 대답 없이 침묵을 지켰다.
그러나 잠시 후, 고개를 조금 옆으로 흔들면서 내쉰 작고 긴 한숨이 내 귓속에 파고들었다.

옮긴이 **장은선**
중앙대학교 일어일문학과를 졸업하고 출판 편집자 겸 작가로 활동하다가 일본으로 건너
가 가수 JAM Project의 스태프로 일했다. 현재 일본어 통역 및 번역 활동을 하고 있으며,
지은 책으로 『로빈슨의 올래올래 스페인 탐험기』와 번역한 책으로 기무라 유이치의 『대
머리 사자』, 사사 료코의 『현수성이 간다』, 나카가와 히로타카의 『홀리넝』이 있다.

인생의 낮잠 사진, 여행, 삶의 또 다른 시선

지은이 후지와라 신야   옮긴이 장은선
디자인 김무열
발행일 2011년 12월 10일 초판 1쇄

발행처 다반   발행인 노승현   주소 서울시 금천구 가산동 470-5 에이스테크노타워 10차 1003호
전화번호 02-868-4979   팩스 02-868-4978   이메일 davanbook@naver.com
출판등록 제2011-08호 (2011년 1월 20일)

ISBN 978-89-966109-3-9 03830